Gott mit Uns

Josef Beer

Gott mit Uns

Notizen eines Deutschen Soldaten

Bibliografische Information der Deutschen Nationalbibliothek:
Die Deutsche Nationalbibliothek verzeichnet diese Publikation
in der Deutschen Nationalbibliografie; detaillierte bibliografische Daten sind im Internet über http://dnb.dnb.de abrufbar.

Herstellung und Verlag:

BoD – Books on Demand, Norderstedt

ISBN: 978-3-7386-4804-1

Den ungerechten Frieden finde ich immer noch besser als den gerechtesten Krieg.

Cicero 106 v. Chr.

Vorwort

Als ich im Oktober 1942 zur deutschen Wehrmacht einberufen wurde, tobte die größte Entscheidungsschlacht des 2. Weltkriegs. Die eingeschlossene 6. Armee in Stalingrad unter Führung von General Paulus musste schließlich Anfang Februar 1943 kapitulieren.

Die neue 6. Armee, unter Führung von General Schörner wurde aufgestellt, zu der ich auch gehörte. Sie sollte die Eingeschlossenen befreien und den Siegeszug weiterführen.

Ende Februar rollte unser Transport nach Russland. Als wir in Woroschilowsk ankamen, war die Stimmung nicht mehr so siegessicher, wie es die Partei im Radio, in der Presse und in den Wochenschauen propagierte.

Hinter der Front wurden wir Neulinge täglich von morgens bis abends gedrillt und schikaniert, sodass wir nach zwei Wochen froh waren, dass es am anderen Morgen an die Front ging.

Wir lösten eine Einheit ab, die etwa acht bis zehn Km vor Woroschilowgrad (heute Wolgograd) in Stellung lag. Es hieß, wir werden hier in Stellung warten, bis die Vorbereitungen zum Großangriff auf Stalingrad beendet sind.

Gott war aber nicht mehr der Partner des größten Feldherrn aller Zeiten Adolf Hitler. Dieser Gott hat uns verlassen.

1

Der Verlauf des Krieges bestand für uns nur mehr aus Verteidigung, planmäßigem Rückzug, wieder Verteidigung usw..

Auf unserem Koppelschloss steht aber „Gott mit uns". Für uns ist es der gütige Gott, der Retter der vielen russischen Angriffe, der immer seine schützenden Hände über uns halten möge, der uns wieder in die Heimat führen möge.

Notizen eines Deutschen Soldaten

Es war ein rauer Frühlingstag, dieser 22. April 1924, als ich im ersten Haus beim Dorfeingang von Osten kommend geboren wurde. Durch mein Erscheinen löste ich in der Familie großen Wirbel aus, obwohl ich von meinen Eltern schon mit Spannung erwartet wurde. Es waren schon ein vierjähriger Bruder und eine zweijährige Schwester da, die durch mein Erscheinen vollkommen überrascht waren.

Die Geburt ist ganz normal verlaufen, was nicht immer selbstverständlich ist und so gratulierte die Hebamme meine Mutter zu ihrem neuen Erdenbürger.

So ist der erste Tag in meinem Leben verlaufen, erzählte mir später meine Mutter.

Das Leben auf unserem Dorf Schönkirch in der nördlichen Oberpfalz war mehr armselig als wohlhabend. Die meisten Einwohner waren Arbeiterfamilien, von denen wiederum viele Väter arbeitslos waren. Nur einige hatten Bauernhöfe, die ihre steinigen Felder und Wiesen bewirtschafteten, um halbwegs davon leben zu können.

Es ist sehr eintönig im Dorf. Wenn im Frühjahr die Felder bestellt sind, hoffen die Landwirte, dass der dazugehörige Regen und Sonnenschein abwechselnd zum Erntesegen beitragen. Sie jammerten aber doch immer, weil einmal der Boden zu nass wurde, oder wenn im Sommer der heiße Wind alles austrocknete.

Die Arbeiter, zu denen der größte Teil der Dorfbewohner zählte, gehen oder fahren täglich mit dem Fahrrad bei jedem Wetter zu ihrer Arbeitsstelle, so wie unser Vater auch.

Viele Familienväter hatten aber keine Arbeit, sie gehen dafür zweimal in der Woche zum Stempeln und bekommen dafür auch ihr Geld. Manche von ihnen gehen damit gleich ins Wirtshaus, wo sie nach einiger Zeit schon fröhliche Lieder singen und bis in die Nacht hinein dort bleiben.

Unser Vater ging nie ins Wirtshaus, er musste ja die ganze Woche über arbeiten. Wir hatten immer wenig Geld und mussten immer sparen, Das wenige Geld, das sich unsere Eltern erspart hatten, hatten sie durch die Inflation verloren. Als danach die Rentenmark kam, mussten wir noch mehr sparen. Jeden Pfennig mussten wir mehrmals umdrehen, bevor wir ihn ausgaben.

Das Kreuz war eigentlich der Mittelpunkt in unserer Familie. Unsere Eltern lebten beispielhaft unseren christlichen Glauben vor. Ich sehe noch immer unseren Vater mit erhobenem Zeigefinger sagen: „Unser kurzes Erdenleben ist nur die Vorbereitungszeit für das ewige Leben!" Als wir fragten, wie lange das ewige Leben dauert, sagte er nur: „Die Ewigkeit hat kein Ende." Er sagte auch: „Gott hat auch eine andere Zeitrechnung als wir: Bei ihm sind 1000 Jahre wie ein Tag oder auch umgekehrt."

Als ich eingeschult wurde, hatte ich schon vier Geschwister und meine Eltern sagten, vielleicht bekommen wir noch mehr Kinder. Auch andere Familien können noch Kinder bekommen. Schönkirch war schon ein kinderreiches Dorf. Die Dorfbewohner werden immer unruhiger, denn es werden auch immer mehr Arbeitslose. Überall ist Not und Elend, wodurch es in manchen Familien zu Streitigkeiten kommt. Die Leidtragenden waren immer die Mütter mit ihren Kindern.

In unserem Dorf gibt es einen Bäcker, einen Metzger und drei Kramerläden. Eingekauft wurde von vielen auf

Pump, sie ließen aufschreiben und zahlten, wenn sie einmal Geld hatten.

Die Frauen jammerten immer, was sie kochen sollen, um die Familie satt zu kriegen. Probleme hatten die Mütter schon mit dem täglichen Pausenbrot. Kinder von Bauern hatten noch Butterbrote dabei, während wir Arbeiterkinder nur trockenes Brot hatten. Und manche nicht einmal das.

In den Großstädten wie Berlin, Nürnberg und besonders in München kamen zur allgemeinen Not noch die politischen Unruhen, Aufstände und sogar Straßenkämpfe, die die verschiedenen Parteien untereinander austragen.

Auch hier in unserem Dorf sympathisierten die Leute mit verschiedenen Parteien. Unser Lehrer war ein 100 prozentiger Nationalsozialist. Er beauftragte uns Kinder, überall für seine Partei für die kommende Wahl die Wahlplakate gut anzubringen. Wir wetteiferten untereinander. An vielen Hoftoren und Heustadeln ist unser Führer Adolf Hitler als Retter Deutschlands zu sehen. „Jeder bekommt Arbeit und Brot." Und: „Keiner soll mehr hungern und frieren!", versprechen die Plakate. Er sagte auch: „Gebt mir 12 Jahre Zeit und ihr werdet Deutschland nicht wieder erkennen."

Am 30.1.1933 wird Adolf Hitler Reichskanzler. Das Dritte, das ewige Reich ist geboren. Alles änderte sich und die Partei greift eisern durch. Wer in der Gemeindekanzlei oder auf einem Amt etwas zu erledigen hatte, musste beim Eintreten mit erhobener Hand mit „Heil Hitler" grüßen und auf dieselbe Art den Raum wieder verlassen. In der Schule wurde das Kreuz durch das Hitlerbild ausgetauscht, wogegen viele protestierten. Viele Arbeitslose gingen zur Partei, wodurch sie sich einen Vorteil erhofften. Sie sagten: „Wir sind deswegen dieselben Arbeiter." Unser Lehrer machte aber doch einen Unterschied.

Kinder, deren Väter bei der Partei sind, werden anders behandelt als wir anderen. Bei Eignung durften sie kostenlos auf eine höhere Schule oder auf ein Internat wechseln. Wer aber nicht bei der Partei war, wurde gleich als Parteigegner eingestuft.

Unser Lehrer organisierte auch die H.J. (Hitlerjugend), zu der sich die meisten meldeten. Sie marschierten mit der Hakenkreuzfahne schneidig durch unser Dorf und sangen dabei die neuesten Kampflieder. Ich wäre auch gerne mitmarschiert, durfte aber nur am Straßenrand zuschauen. An 1936 wurde es Pflicht, der H.J. beizutreten, wenn man später einen Beruf erlernen wollte. So willigte mein Vater letztendlich ein, worüber ich mich am meisten freute.

Wir hatten jede Woche ein mal Appell, den ich nie versäumte. Wir übten und exerzierten wie die Soldaten und führten Wettkämpfe durch. Am liebsten war mir das Schießen mit dem Luftgewehr. Wir lernten die neuesten Kampflieder, die wir singend oder mehr schreiend hinaus plärrten.

An einem sonnigen Nachmittag marschierten wir in den nahen Wald, sammelten Reisig und Holzreste zu einem großen Haufen, um ihn bei Dunkelheit anzuzünden. Als die Sonne untergegangen war, verteilten wir uns um den Haufen und zündeten ihn an. Unser Lehrer stimmte das neueste Kampflied an.

„Vorwärts, vorwärts, schmettern die Heldenfanfaren.
Vorwärts, vorwärts, die Jugend kennt keine Gefahren.
Deutschland, du wirst leuchtend stehn. Mögen wir auch untergehn.
Vorwärts, vorwärts, schmettern die Heldenfanfaren.
Vorwärts, vorwärts, die Jugend kennt keine Gefahren.
Ist das Ziel auch noch so hoch, die Jugend zwingt es doch....Ref:
Unsere Fahne flattert uns voran.

In der Zukunft ziehn wir Mann für Mann.
Wir marschieren für Hitler durch Nacht und durch Not.
Mit der Fahne der Jugend für Freiheit und Brot.
Unsere Fahne flattert uns voran.
Unsere Fahne ist die neue Zeit.
Unsere Fahne führt uns in die Ewigkeit.
Ja, die Fahne ist mehr als der Tod."

Stille.

Nur das Knistern des Feuers ist zu hören. Wir sind alle so ergriffen, dass jeder sein Leben für die heilige Fahne geben würde.

Nun erklärt uns unser Lehrer den tiefen Sinn dieser Stunde.

„Wenn wir heute und jetzt in dieser Stunde dieses Feuer in uns einwirken lassen, so wollen wir geloben, dass diese Flamme auch nie wieder erlöschen soll."

Als die letzten Flämmchen erloschen waren, marschieren wir wieder singend zum Dorf zurück. Am Kriegerdenkmal lässt uns der Lehrer mit einem „dreifach kräftigen Sieg Heil" wegtreten.

Als ich an diesem Abend später als sonst vom Appell nach Hause kam, waren meine Eltern in Sorge, denn wir hatten beim Gebet Läuten heimzukommen. Ich dachte mir gar nichts dabei, denn wir feierten ja die Geburt dieses „Ewigen Reiches". Mein Vater schimpfte aber auf diesen Appell oder Verein, der sich während der Nacht irgendwo herumtreibt. „Zum Gebet Läuten hast du heimzukommen, das gilt auch weiterhin."

Vor einigen Minuten schwor ich noch auf die heilige Fahne und auf das Ewige Reich. Jetzt aber befinde ich mich wieder in meinem wirklichen Leben.

Diese Rüge verletzte mich und ich spürte in mir einen Groll gegen sie aufkommen. Sie haben noch nicht begriffen, dass wir in einer neuen Zeit leben. Unser Führer brachte uns allen Arbeit und Brot, so wie er es versprochen hat. Meine Eltern sind aber nicht so eingestellt und wollen von der neuen Partei noch gar nichts wissen.

An 1935 kehrt Saarland durch freie Wahlen wieder an Deutschland zurück, das wir durch den 1. Weltkrieg an Frankreich abtreten mussten. Auch die allgemeine Wehrpflicht wurde wieder eingeführt. Deutschland wird wieder eine mächtige Nation.

Mit 13 Jahren, im April 1937 ist meine Schulzeit zu Ende. Ein neuer Lebensabschnitt beginnt. An einem Sonntag besucht uns ein Mann und verhandelt mit meinem Vater über mein nächstes Dienstverhältnis. Sie vereinbarten, dass ich bei einem Bauern den Dienst antrete, um das Vieh zu hüten. Mein Lohn sind im Monat fünf Reichsmark, die aber am Ende meinem Vater ausbezahlt werden. Das Essen habe ich ja und wenn ich einmal Geld brauchen sollte, so soll ich zu meinem Vater kommen. Nachdem der Bauer auch mit mir ein paar Worte redete, verabschiedete er sich und fuhr mit seinem Fahrrad wieder weg. Ich wurde nicht einmal gefragt.

Als ich etwas später wieder in die Stube kam, schaute mich meine Mutter traurig an und sagte: "Aller Anfang ist schwer. Du wirst es selber bald merken, dass deine Schulzeit die schönste Zeit war. Je älter du wirst, desto schwerer wir auch dein Leben werden. Da gibt es einen frommen Spruch, den du dir merken musst: 'Üb immer Treu und Redlichkeit, bis an dein kühles Grab. Und weiche keinen fingerbreit von Gotteswegen ab.' Die ersten Takte waren einmal im Radio die Pausenzeichen vor jeder Sendung. Und wenn du jeden Tag zu deinem Schutzengel betest, dann wird er auch dein ganzes Leben lang auf dich aufpassen."

Nun frage ich noch, wann ich von hier, von daheim weg muss? „Schon nächste Woche!" gibt sie mir traurig zur Antwort. „Das Dorf heißt Ilsenbach und ist gar nicht weit weg. Der Vater hat dir aus mehreren alten Fahrrädern ein brauchbares zusammengebaut, damit du ab und zu auch heimfahren kannst."

Als die paar Tage vorbei waren, bittet mein Vater seine Mutter, die im Dorf vorne mit meinem Großvater eine Gastwirtschaft betreibt, ob sie mich zu meiner neuen Dienststelle bringt. Meine Mutter konnte meine kleinen Geschwister nicht allein lassen. Weil sie auf dem Rückweg eine Abkürzung durch den Wald nimmt, geht meine vier Jahre jüngere Schwester mit.

Meine Mutter packte mein Bündel zusammen, das meine Großmutter in einen Buckelkorb (Rückenkorb) steckte und wir machten uns auf normalen Straßen auf den Weg. Nach etwa zwei Stunden erreichen wir meine Stelle, wo ich abgeliefert werde.

Als ich am Abend dem Knecht in unsere gemeinsame Schlafkammer folgte, versteckte ich meine Tränen unter der Bettdecke.

Am Morgen war unser erster Weg in den Stall. Jeder hatte seine zugeteilte Aufgabe. Alle Rinder müssen gefüttert, die Kühe gemolken und der Mist beseitigt werden. Ich hatte die Kälber zu versorgen. Nach dieser Arbeit gab es die Morgensuppe. Anschließend ging es auf die Felder, die für die Aussaat vorbereitet werden. Alle Arbeiten wurden mit Pferde- und Ochsengespann ausgeführt. Damals gab es im ganzen Dorf noch keinen Traktor.

Der Sonntag beginnt mit derselben Stallarbeit, nach dem Kaffee gehen alle in die Kirche zum Hochamt. Die Bäuerin und die Magd waren schon in der Frühmesse, sie bereiten nun das Mittagessen vor. Bevor es soweit ist, muss erst noch das Vieh versorgt werden. Der Nachmittag war frei. Am Abend musste nach der Fütterung wieder der Stall ausgemistet werden. Zum Abendessen stellt die Bäuerin eine Schüssel Brotsuppe auf den Tisch, wie an jedem Alltag auch.

Wenn am Morgen der Hahn kräht, werden auch wir geweckt und der lange Arbeitstag wird durch zwei Brotzeiten und eine halbe Stunde Mittagessen unterbrochen. Während der Dämmerung gehen zuerst die Hühner in ihren Stall, eine nach der anderen wie auf Befehl. Nur bei uns ist noch lange kein Feierabend. Da gibt es noch vieles zu tun. Man könnte auch sagen: „Abends wird der Faule fleißig." Wenn es während der Erntezeit manchmal bis zur Erschöpfung kommt, zeigt sich unser Bauer auch großzügig durch ein gutes Trinkgeld. Ich bekomme eine Mark und der Knecht und die Magd bekommen gleich zwei.

Mitte Mai. Nach den Eisheiligen ist es dann für mich soweit, dass ich jeden Nachmittag, auch am Sonntag, um vier Uhr meine Viehherde auf die Weide bringe und aufpasse, dass keines in fremden Wiesen oder Kleefeldern grast. Das ist zwar nicht so schwer wie die Feldarbeiten oder Heu wenden, aber den ganzen Nachmittag bis in die Nacht dem Vieh nachzulaufen ermüdet auch. Eintreiben darf ich erst, wenn ich geholt werde, wenn der Stall daheim ausgemistet und frisch mit Stroh ausgestreut ist. Sehr lang kamen mir diese Stunden an den Sonntagen vor. Am schlimmsten aber war der Hochsommer, wenn die Sonne immer heißer herunter brennt, die Bremsen über das Vieh herfallen und es nicht mehr fressen lassen. Oft ziehen dann vom Westen noch Gewitterwolken auf, die in kurzer Zeit den Himmel verdunkeln. Wenn es dann blitzt und zugleich knitschend kracht, weiß ich, dass sich das

Gewitter über uns entlädt. Von diesem Knall erschrocken, stäuben meine Rinder in alle Richtungen auseinander und ich muss sie mit guten Zurufen wieder zusammen holen. Nachdem sich die Abstände zwischen Blitz und Donner vergrößerten, weiß ich, dass das Gewitter wieder abzieht.

Im Herbst wird das Vieh solange auf die Weide und Wiesen getrieben, bis es schneit und der Schnee auch liegen bleibt. Während dieser Schlechtwetterzeit laufen wir Hirtenbuben immer noch barfuß, aber uns wird trotzdem nicht kalt, weil wir ständig in frischen Kuhfladen steigen.

Als ich für dieses Jahr zum letzten Mal mein Vieh in ihren Stall bringe und jedes an seinem eingestreuten Platz befestigt hatte, gehe ich mit einer Bürste zum Hofbrunnen und beseitige den letzten Rest von Kuhfladen. Nach dem Trockenreiben belohnt mich ein angenehmes Grübeln.

Mir ist aufgefallen, dass ich hier noch keinen Appell hatte und auch nicht brauchte. Hier hat noch niemand mit „Heil Hitler" gegrüßt. Hier ist eine andere Welt, obwohl mein Zuhause nur zehn Kilometer entfernt ist. Hier gibt es keine H.J. und keine Heldenfanfaren. Meine Aufgabe mit Vieh füllte mich voll aus. Jeden Abend krieche ich müde in mein Bett. Als ich dies einmal meinen Eltern erzählte, freuten sie sich darüber.

Während der Wintermonate gibt es auf einem Hof viele verschiedene Arbeiten. Zuerst wird das eingebrachte Getreide gedroschen – Damals gab es auch noch keinen Mähdrescher. Viele Wochen verbrachten wird mit Waldarbeiten. Auch damals gab es schon das Waldsterben. Alle dürren Bäume wurden ausgeholzt und zu Bau- und Brennholz verarbeitet. Mitten im Hof war der Misthaufen, der per Hand auf den Mistwagen aufgeladen, auf die Felder gefahren und wieder per Hand ausgebreitet wurde. Die Mistgabel war das einzige Werkzeug. Wir hatten immer Bewegung.

An Maria Lichtmess, den 2. Februar ist der einzige Tag, wo jeder Dienstbote seine Arbeitsstelle wechseln kann oder noch mal ein weiteres Jahr bleibt.

Meine Eltern redeten mit mir schon darüber und sie meinten, ich solle noch mal ein Jahr bleiben, weil ich ja alle Arbeiten kenne. Mein Vater sagte dann: „Für das nächste Jahr besorge ich dir eine Lehrstelle in der Stadt." Mit dieser Hoffnung fahre ich wieder zu meiner Rinderherde zurück.

Seit Tagen bewegen sich viele Militärfahrzeuge auf unseren Straßen, besonders auf der B 15, die hier in der Nähe verläuft. Kettenfahrzeuge mit angehängten Geschützen rasseln sogar über Bezirks- und Landstraßen, damit sie schneller an die tschechische Grenze kommen. Es sieht nach Krieg aus. Die Welt hofft auf München, wo gerade die Außenminister von England, Frankreich und Deutschland verhandeln. Alle rufen „Wir wollen heim ins Reich". Es endete gut. Die Tschechoslowakei gibt Sudetenland frei. Der Führer zieht als Sieger ein und wird vom Volk stürmisch empfangen. Dieser Ruhm hat ihn zum Gott gemacht. Er ist größenwahnsinnig geworden. Deutschland wird zur Weltmacht aufsteigen und nichts und niemand werde ihn davon zurückhalten.

Unsere Nationalhymne, das Deutschlandlied, wird mit „Die Fahne hoch..." ergänzt. Als Unterstützung dienten ihm die SA, die SS und eigentlich alle Parteigenossen. Zur Sicherheit und Abschreckung wurden Konzentrationslager errichtet.

Am 1. September 1939 hört ganz Deutschland die Stimme des Führers aus dem Radio: „Seit fünf Uhr wird zurückgeschossen". Der zweite Weltkrieg hat begonnen. Polen wird überfallen und täglich große Teile erobert und besetzt. Als Stalin sieht, dass da etwas zu holen ist, greifen russische Truppen von Osten an und kommen Hitler entgegen. In der Mitte teilen sich beide dieses Land. In nur drei Wochen war Polen besiegt. Dieses Land gibt es nicht mehr.

Im Frühjahr 1940 wurde so nebenbei Dänemark und Norwegen besetzt und im Mai hören wir aus dem Radio das schneidige Marschlied: „Kameraden, wir marschieren nach Westen mit dem Bombengeschwader vereint. Und fallen auch viele der besten, wir schlagen zu Boden den Feind. Vorwärts voran voran, über die Maas, über Schelde und Rhein. Marschieren wir siegreich nach Frankreich hinein, hinein...“

In den Wochenschauen sieht man die deutschen Helden an brennenden feindlichen Panzern vorbei ziehen, während auf der anderen Straßenseite die gefangenen Franzosen zurückgebracht werden. Mitte 1940 kapitulierte Frankreich. Alle deutschen Jungen wurden von dieser Siegeseuphorie mitgerissen. In Nordafrika rollen Rommels Panzer gegen die Engländer vor. Die deutschen U-Boote jagen in allen Meeren die feindlichen Schiffe und die deutsche Luftwaffe beherrscht den europäischen Luftraum.

Wer jetzt noch an einem deutschen Endsieg zweifelt, sollte es für sich behalten.

Am 22.6.1941 greift Hitler sogar Russland an. Die Welt war schockiert. Diese Überraschung wurde auch von der deutschen Bevölkerung unterschiedlich aufgenommen. Während die Jugend sich gleich in Siegestaumel hineinsteigerte und viele sich gleich freiwillig zum Kriegsdienst meldeten, reagierten viele abwartend. Mein Vater sagte zu mir: „Das ist der Anfang vom Ende!“ Als ich ihn fragend anschaute, zeigte er mir im Atlas Europa und sagte: „Deutschland kann dieses Riesenland niemals besetzen und auch halten. Schon Napoleon versuchte es 1812 und kam sogar bis nach Moskau. Nur ein Teil blieb übrig.

Russland hat aber einen mächtigen Verbündeten, den General Winter und mit seiner Kälte und Frost, der monatelang alles Leben zum Erliegen bringt, auch heute noch."

In den nächsten Tagen ging es auch an der Ostfront Schlag auf Schlag. Eine Stadt nach der anderen wurde erobert. Es gab nur deutsche Truppen auf dem Vormarsch und auch hier wieder auf der Gegenseite unüberschaubare Gefangene, die zurückgebracht werden. Mein älterer Bruder ist vom ersten Tag an mit dabei, worüber sich unsere Eltern große Sorgen machten. Nach drei Monaten, im September 1941 wurde er bei einem russischen Fliegerangriff schwer verwundet, wo er sieben Monate in Lazaretten verbrachte. Um nach seiner Genesung nicht gleich wieder an die Front zu müssen, meldete er sich als Abiturient auf eine Offiziersschule, wo er nach acht Wochen Leutnant wurde. Er wurde gleich wieder an die Ostfront abkommandiert, wo er nun eine schwerere Aufgabe bekam.

Auch bei mir blieb die Zeit nicht stehen. Als Bäckergeselle wurde ich 1942 zum Wehrdienst einberufen. Mein Chef versuchte, mit einem Gesuch an das Wehrbezirkskommando mich davon zu befreien. Nach einigen Tagen kam die Antwort: „Aus wehrpolitischen Gründen kann ihr Gehilfe Beer vom aktiven Wehrdienst nicht freigestellt werden." Mein Chef sagte dazu: „Wir haben damit schon gerechnet. Wir ham's halt versucht."

Am 15.10.1942 melde ich mich bei der angegebenen Sammelstelle in Marktredwitz. Die Halle füllte sich bald mit meinen zukünftigen Kameraden. Zuletzt kamen zwei Soldaten mit Listen, die uns alle noch namentlich aufriefen.

Anschließend folgen wir den Soldaten zum Bahnhof, wo für uns die Wagons bereit stehen.

Als es dunkel wurde kommt die Lokomotive und bringt uns weg. Wir fahren die ganze Nacht durch und kommen am Morgen in Laun, einer kleinen tschechischen Garnisonsstadt an, wo sich oberhalb der Stadt die Kaserne befindet. Im Kasernenhof werden wir der Größe nach aufgestellt und in Züge und Gruppen eingeteilt.

Anschließend werden wir auf unser Zimmer gebracht. Wir sind 27 Mann. Rechts an der Wand sind 27 Spinde. Unsere Aufsicht, ein Gefreiter, hat sein Einzelbett, sein Spind steht am Fenster.

Unser Kompaniechef O-Lt. Geiling spricht zu uns: Jeder von uns ist verpflichtet, sein Leben für sein Vaterland zu geben. Das können wir aber nur, wenn wir gut darauf ausgebildet und vorbereitet werden.

In den nächsten Tagen werden wir eingekleidet, dann beginnt eine harte Zeit. Auf Schießen wird der große Wert gelegt. Wir müssen schneller und genauer als der Feind sein, um jeden Zweikampf zu gewinnen. Wir werden auch am MG 34 und 42 ausgebildet. Jeder muss auch bei der Nacht Lauf- und Schlosswechsel können, deswegen werden uns jetzt die Augen verbunden.

Am 15. Januar 1943 war unsere Ausbildungszeit zu Ende. Wir bekommen eine Woche Urlaub. Wir wissen, dass wir anschließend an die Front müssen.

Täglich wurden uns die militärischen Erfolge in der Luft, am Wasser und auf dem Lande durch Sondermeldungen bekannt gegeben. Leningrad (Petersburg) wurde eingeschlossen, die deutsche Spitze erreichte Moskau, auf dem höchsten Berg im Kaukasus, dem über 5000 m hohen Elbrus, weht die deutsche Flagge und die 6. Armee zog Richtung Stalingrad.

Schlagartig bekam Russland einen Verbündeten. Es war der General „Winter„. Mit der Kälte setzen auch die

Schneestürme ein und bringen alles Leben zum Stillstand. Schon einmal in der Geschichte wollte Kaiser Napoleon Russland erobern. Sein Siegeszug endete 1812 auch in Moskau, wo er von General Winter ebenfalls in die Knie gezwungen wurde.

Auch die heutige Technik kann dem Dauerfrost nicht stand halten. Mit schmerzlichen Erfrierungen mussten viele Ostfrontkämpfer in die Lazarette. Die Lücken konnten mit Reserve nicht aufgefüllt werden. Die Propaganda überbrückte das meisterlich. Mit dem Frühjahr sollten auch die Eroberungsangriffe fortgeführt werden. So wollte es unser Führer und seine Generäle. Der Widerstand der Russen wurde härter, denn die konnten ihre Verluste ohne Störung wieder erneuern, wogegen bei uns der lange Nachschubweg durch die Partisanen immer öfter unterbrochen wurde.

Der Abschied wird uns schwer fallen, besonders den Müttern und sie können gar nichts dagegen machen. Tausende Mütter haben schon diesen Schmerz ertragen und viele trauern schon um ihre Lieben, die irgendwo in fremder Erde liegen, ohne auch jemals das Grab zu besuchen.

Wieder zurück in der Kaserne legen wir uns zum letzten Mal in unsere Betten und werden am anderen Morgen eine Stunde später geweckt. Wir liefern unsere Bettwäsche ab und stellen uns gleich beim Furier an, um die Marschverpflegung zu fassen, wo je eine Flasche Schnaps dabei ist. Das Mittagessen ist auch besser und reichlicher.

Ein Pfiff vom UvD ruft uns auf den Kasernenhof, den wir diesmal für immer verlassen.

Auf dem Bahnhof unten steht der Zug schon bereit, der uns weg bringt.

Noch immer weiß keiner, wie unser Auftrag lautet. Wir sind nun schon einige Stunden unterwegs und die ersten öffnen ihre Flaschen. Bald prosteten sich alle zu, dabei steigt auch die Stimmung und keiner fragt mehr, wohin wir gebracht werden.

Gegen Mitternacht wird es immer ruhiger und die Kameraden liegen schon ausgestreckt auf und unter den Bänken. Die Luft ist aufgebraucht und stickig. Ich gehe mit einigen auf die Plattform hinaus, um ein wenig frische Luft zu schnappen. Es ist kalt geworden. Der Nieselregen hat sich in Schneeregen verwandelt und wir gehen wieder in den Zigarettenrauch hinein. Ich hänge mir eine Decke um und versuche auch ein wenig zu schlafen.

Der neue Morgen hat auch das Wetter verändert und die Sonne verwandelt die Berggipfel gegenüber in pures Gold. Unser Zug hat das Gebirge überwunden und fährt erleichtert in das immer breiter werdende Tal hinein. In Klagenfurt ist unsere Fahrt zu Ende. Vom Bahnhof aus werden wir in Baracken untergebracht, wo nebenan auch schon einige Kameraden untergebracht sind. Sie kamen aus Zagreb und hatten dieselbe Grundausbildung wie wir. Es waren Österreicher. Ein hochdekorierter Gebirgsjäger Major begrüßte uns und sagte uns, dass wir als Gebirgsjäger Klagenfurt wieder verlassen. Der Gebirgsjäger ist der härteste Soldat von allen Waffengattungen, was wir bald merken.

Mitte Februar wurden wir - ein Gebirgsjägerbataillon - vom Bahnhof Klagenfurt nach Russland transportiert. Auf dieser Reise wurde unsere Lust auf das kommende Abenteuer von Tag zu Tag geringer. Während der Fahrt durch Polen und schließlich durch Russland wurde uns der Ernst dieser Reise bewusst. In Woroschilovsk war unsere Reise zu Ende. Wir marschierten noch einige Stunden weiter nach Osten und wir kamen in ein Dorf mit kleinen Häusern und Hütten, das unser Endziel war. Wir wurden gleich aufgeteilt in kleine Gruppen, sodass wir je sechs bis acht Mann Neulinge waren. Am nächsten Morgen verließ eine Kompanie mit über 300 Mann das Dorf weiter in Richtung Osten. Wir, die 2. Kompanie, marschierten nach Südosten in ein anderes Dorf. In den Häusern wohnten noch die Russen mit ihren Ziegen, Hühnern und manchmal mit einer Kuh. Sie waren uns gegenüber nicht einmal feindlich eingestellt. Wir wurden von morgens bis abends außerhalb des Dorfes geschliffen und gedrillt, was wir als Schikane auffassten. Warum die Offiziere und Unteroffiziere uns so durch den Dreck zogen, konnte sich keiner erklären. Wir kamen uns wertloser als Abfall vor. Aber keiner protestierte dagegen, keiner muckte auf.

Nach knapp zwei Wochen dieser Schinderei erklärte uns der Kompaniechef, dass wir morgen an die Front kommen, um eine andere Einheit abzulösen. Es war für uns eine Erlösung, denn dieses Leben war unmenschlich.

Es war Mitte März, bei sonnigem Wetter, als sich unsere Kompanie in Bewegung setzte. Bald sind wir vom aufgewirbelten Straßenstaub eingehüllt. Am späten Nachmittag machten wir an einem Hang Halt. Hier müssen wir die Dunkelheit abwarten, weil die andere Seite vom Feind eingesehen werden kann. Ab und zu hören wir ein dumpfes Grollen wie ein Gewitter, es waren Kanoneneinschläge. Sobald die Nacht da war, setzen wir unseren Marsch über den Hang fort. In weiter Ferne sehen wir am Horizont entlang wieder eine Anhöhe, aber da steigen schon ab und zu Leuchtraketen hoch. Es wird spannend. Bald sind wir im nächsten Dorf, in dem sich die dunklen Häuser gegen den Himmel abheben. Unsere Gruppe - 12 Mann - wurde von unserem Gruppenführer in eines dieser Häuser hineingeführt. Hier sollen wir warten, bis er von der Besprechung wieder zurückkommt. Wir waren alle Neulinge. Einer von uns zündete eine Kerze an, damit wir uns zurechtfinden. Wir stehen nun in einem großen Raum, in dem sich auch die russische Großfamilie befindet. Die

Kinder liegen schon der Reihe nach auf ihrem Schlaflager und schauen uns neugierig an. In der anderen Ecke steht ein selbstgezimmerter großer Tisch, unter dem eine Ziege hervorspringt und uns ebenfalls anstarrt. Sie war am vorderen Tischbein angebunden. An der Wand entlang sitzen die Hühner auf ihren Stangen und gaggerten, weil wir sie störten. Wir setzen uns um den Tisch, um ein wenig zu essen. Eigentlich hatte ich keinen Hunger. Weil die anderen alle essen, nehme ich auch meinen Brotbeutel und mache mit. Kaum nehme ich den ersten Bissen zu mir, blitzt und kracht es draußen und das Häuschen wackelt, als würde es zusammenstürzen. Wie auf Kommando gehen wir alle unter der Bank und dem Tisch in Deckung. Die angebundene Ziege springt von uns erschreckt in die Mitte des Zimmers und zieht den Tisch mit sich. Nach einigen Sekunden wiederholte sich derselbe Feuerüberfall draußen, ohne dass das Häuschen getroffen wurde. Ich war der letzte vorne, hatte keinen Platz mehr unter der Bank und so hechtete ich dem Tisch nach und ziehe ihn zu uns zurück. Die angebundene Ziege nimmt den Kampf gegen mich auf und stemmt sich dagegen. Ich versuchte mit einem Ruck, den kleinen Schutz zurück zu erobern. Der Tisch war diesem Zweikampf nicht gewachsen und zerbrach. Der Tisch kippte um und alles, was darauf war, kullerte am Boden herum, dabei erloschen auch die drei Kerzenlichter. Zum dritten Mal wiederholte sich draußen das Inferno. Die Ziege springt mit dem angebundenen Tischbein aufgeregt umher, während wir zusammengepfercht warten, was nun geschehen wird. Die Tür geht auf und ein Soldat kommt herein. Wir waren auf alles gefasst. Es war nicht der Angriff der Russen, wie wir meinten, sondern unser zurückkehrender Gruppenführer. Mit einer Taschenlampe suchte er nach uns. Vollkommen erledigt und schwitzend kriechen wir aus unserer Deckung hervor. Wir wundern uns, dass er lebend vor uns steht. Er sagte zur Beruhigung, „etwa 50 m hinter diesen Häusern hier steht unsere Artillerie und die feuerten einige Salven ab." Im selben Atemzug fordert er uns auf, sofort vor dem Haus anzutreten, denn es geht nach vorne zur Ablösung. Wir suchten unsere Sachen schnellstens zusammen, verpackten alles im Rucksack und mit Gewehr und Stahlhelm waren wir schon abmarschbereit. Durch die lange Dorfstraße, die mit Granattrichtern übersät war, stolperten wir in der Finsternis dem Dorfausgang entgegen. Dann folgten wir auf einem Seitenweg einen kleinen Hang hinunter und waren nach 300 m an unserem Ziel. Die Infanteristen warteten schon auf uns und 10 Minuten später standen wir in unserem Schützengraben. Sogleich wurden wir jeweils zwei Mann auf Wachposten eingeteilt. Der Gruppenführer erklärte uns noch unsere unmittelbare Lage. „Etwa 50 m vor uns ist ein Minenfeld angelegt, deren Minen mit Stolperdraht verbunden sind. Wenn die Russen uns angreifen, so müssen sie zuerst da durch." Aufmerksam beobachten wir für den Rest der Nacht, was sich vor uns ereignen wird. Der Morgen graut und allmählich nimmt das Niemandsland vor uns Gestalt an. 500 m vor uns endet das Feld, in dem wir uns befinden, in einer langgezogenen Mulde, die mit Sträuchern und Stauden bewachsen ist. Hier werden sich die Russen versteckt haben, meinten wir. Nach genauen Beobachtungen sehen wir, dass sich in dem Geäst viele Elstern aufhalten. Da diese Raubvögel sehr menschenscheu sind, wissen wir, dass da vorne keine Russen sein können. Über der Mulde steigt das Gelände wieder an und ganz oben sehen wir tatsächlich einige Russen, wie sie sich geduckt hin und her bewegen.

Das ist die Stellung, die wir zu verteidigen haben, wurde uns erklärt. Es soll der Ausgangspunkt für die weiteren Eroberungen sein. Das also ist die HKL (Hauptkampflinie) , die momentane Grenze zwischen Deutschland und Russland.

Der Vormittag vergeht ganz ruhig. Die Russen wissen nicht, dass ihnen fast lauter Neulinge gegenüberstehen, sie haben nichts von der Ablösung bemerkt. Nach der turbulenten und aufregenden Nacht kommt die Müdigkeit über uns. Es werden zwei Mann als Wachposten für je zwei Stunden eingeteilt, die übrigen konnten sich in einem kleinen Erdloch von ca. drei qm in Sitzstellung ausruhen (schlafen). Sobald es dunkel wurde, wurden zwei Mann zum Essen Holen eingeteilt und alle anderen mussten wieder auf Wache. So vergingen die ersten paar Tage und wir wurden leichtsinniger und wir bewegten uns fast aufrecht in unserem Schützengraben. Am vierten Tag hören wir einige dumpfe Abschüsse von den Russen und Sekunden später heulen die Granaten heran und schlagen unmittelbar neben unserem Erdloch ein. Sofort verteilen wir uns im Laufgraben und gehen in volle Deckung. Es waren etwa 50 Granattrichter um uns herum, aber nicht einer von uns wurde durch eine Granate verletzt. Ab nächsten Tag bewegten wir uns nur noch gebückt im Graben. Am Abend kam der Oberjäger zu uns und sagte, „einer von euch Beiden kommt auf Spähtrupp mit", dabei klopfte er meinem Kameraden auf die Schulter. Ich bleibe also allein zurück. Nach etwa drei Stunden war der Spähtrupp wieder zurück. Mein Kamerad, der dabei war, wurde von einer Kugel getroffen, nun liegt er tot vor uns, keiner sagte ein Wort. Es hat mich so hart getroffen, dass ich aufschreien wollte. Man brachte ihn in das Dorf zurück, wo er auf dem Heldenfriedhof beerdigt wurde. Wir anderen gingen schweigend auf unsere Posten zurück. Erst am anderen Tag überkam uns die Wirklichkeit dieses Krieges. Einer von uns brachte die Stimmung von jedem von uns mit einem Satz zum Ausdruck, als er sagte, „wenn ich dürfte, würde ich zu Fuß nach Hause gehen." Nach einer weiteren Woche durfte jeweils ein Mann zum Dorf zurück, um sich auszuruhen und um sich zu reinigen. Als ich dran war, besuchte ich zuerst den Heldenfriedhof. Auf einem Birkenkreuz steht sein Name. Es kommt mir vor, als wäre das alles nicht wahr gewesen. Traurig und trostlos verlasse ich diesen ehrwürdigen Platz und frage mich nur „warum?" Am Abend gehe ich wieder mit der Feldküche nach vorne in die alte Stellung. Für uns geht das Leben weiter.

Nach einigen Wochen wurden wir abgelöst. Wir kamen in ein Dorf zurück, unsere Ausfälle wurden aufgefüllt und wir wurden wieder gedrillt und geschliffen, bis wir erneut zum Einsatz kamen. Wieder im Schützengraben verlief eine Woche wie die andere. Noch immer geht es um die Vorbereitung zum großen Gegenangriff, heißt es. Keiner kann sich so recht vorstellen, wie das gehen soll. Niemand weiß, wie lange wir hier bleiben.

Ich war für unsere Gruppe der Essenholer. Um 21 Uhr war es hier schon finster, als ich mich auf dem Weg zum Kompaniegefechtsstand mache. Eine halbe Stunde brauche ich bis dort hin, ebenso bis das Essen ausgeteilt und auch die Post verteilt war und dann stapfte ich wieder denselben Weg zurück. Ein warmes Essen bekamen meine Kameraden nie. Um Mitternacht machte ich nochmals denselben Weg zum Kaffee holen. Es war ein schwarzes Gesöff, bitter, aber es war abgekocht. Es gab kein anderes Getränk. Um 1 Uhr war ich wieder mit einem Kameraden auf Wachposten und wir warteten wieder auf den neuen Morgen. Täglich wurden wir beim Morgengrauen von den Russen mit einer MG-Salve begrüßt. Das ging folgendermaßen: Uns gegenüber, etwa 1500 m entfernt, war das russische MG in Stellung. Es hat sich genau auf unsere Schützengräben eingeschossen. Zuerst bekam die erste Gruppe ihre Salve. Dann waren wir an der Reihe, usw., bis alle sechs Gruppen durch waren. Nach einer Pause von ca. 10 Minuten wiederholte sich das ganze. Es war eigentlich nicht gefährlich, denn wir gingen nach der ersten Gruppe gleich in Deckung und warteten, bis unser Segen vorüber war. Am 10. Juli 1943, ein Morgen wie jeder andere, gingen wir beide wieder in Deckung, als wir an der Reihe waren. In dieser Hockstellung verspüre ich einen brennenden Stich im Oberschenkel und einen dumpfen Schlag im Oberbauch. Ein verirrter Querschläger hat mich verwundet. Zwei Kameraden eilen sofort herbei, verbinden mich, packen mich unterm Arm und versuchen, mich noch vor Tagesanbruch nach hinten zu bringen. Es war aber schon so hell, dass die Russen sehen konnten, wie sie mich die 200 m zum Laufgraben zurückbringen. Sofort setzen sie Granatwerfer ein, um meine Rettung zu verhindern. Noch zweimal mussten meine Kameraden die Rettungsaktion wiederholen, bis ich in Sicherheit war. Der Sanitätswagen brachte mich zum Hauptverbandsplatz. Als ich hier meine Taschen leerte, weil die Kleidung zur Entlausung kam, merke ich, dass mein Taschentuch völlig durchlöchert ist. Ein harter Gegenstand fällt zu Boden. Bei genauerer Untersuchung kommt ein russisches Leuchtspurgeschoss zum Vorschein. Wie ich zu diesem Heimatschuss, zu dieser wunderbaren Verwundung kam, ist mir heute noch ein Rätsel. Das Geschoss durchschlug meinen Oberschenkel und blieb im Taschentuch stecken. Ich glaube, der russische MG-Schütze war mein Schutzengel.

Nach gut zwei Monaten Lazarettaufenthalt in Prag folgten drei Wochen Genesungsurlaub. Als ich daheim ankam, war mein Bruder ebenfalls schon zwei Tage im Genesungsurlaub zuhause. Er wurde fast zur gleichen Zeit wie ich verwundet. Wir verbrachten im Kreise unserer lieben Familie den schönsten Urlaub. Leider haben diese Tage auch nur 24 Stunden.

Nun müssen wir wieder auf unbestimmte Zeit voneinander Abschied nehmen. Jedermann wusste bereits, dass dieser Krieg niemals siegreich für uns endet, aber niemand durfte es laut sagen. Unsere lieben Eltern meinten, wir sollten versuchen, irgendwelche Lehrgänge zu machen, um einen sofortigen Fronteinsatz zu verzögern. Mein Bruder wurde nach Rückmeldung bei seiner Stammeinheit nach Li Bourne bei Bordeaux abkommandiert. Am nächsten Tag musste dann ich mich bei meiner Stammeinheit in Kufstein zurückmelden. Dort kam ich, wie jeder Verwundete, zur Genesungskompanie. Unsere Rekonvaleszenz erreichen wir am schnellsten wieder durch harte Arbeit. Morgens mussten die Marschfähigen zum Hohen Steinberg hinauf. Der Aufstieg dauerte drei bis vier Stunden. Dort wartete ein langer Holzstoß, der zum Tal gebracht werden musste. Jeder bekam, je nach der Schwere seiner Verwundung, einen Holzklotz in die Hände gedrückt, den wir den weiten Weg zur Kaserne zurücktragen mussten. Die Marschunfähigen zersägten und zerhackten diese Holzknüppel zu Brennholz. Auf diese Art wurde die ganze Kaserne mit Heizmaterial versorgt. Der schmerzhafte Muskelkater verschwand allmählich nach einer Woche.

Nach dieser harten Zeit wollte es der Zufall, dass Unterführer zur Ausbildung von Rekruten gesucht wurden. Ich meldete mich sofort und wurde mit noch ca. 30 Mann zum Lehrgang nach Glasenbach (Salzburg) abkommandiert. Dieser Lehrgang dauerte drei Monate. Da waren auch zwei Wochen Skiausbildung auf der Gerlosplatte dabei. Untergebracht waren wir in Walter's Sporthotel, es war eine wunderbare Zeit.

Zurückgekehrt nach Kufstein, trafen auch schon die jungen Rekruten ein, aus denen wir kampffähige Soldaten machen sollten. Nach dreimonatigem harten Drill wurden sie neu eingekleidet und ab ging es mit ihnen an die Front.

Wir Ausbilder bekommen zwei Wochen Urlaub. Wieder zurück in der Kaserne kommen schon die nächsten Rekruten an. Diesmal sind es Ausländer, Jugoslawen, die in deutscher Gefangenschaft waren. Sie wurden vor die Alternative gestellt, entweder freiwillig für Deutschland zu kämpfen oder Gefangene zu bleiben. Ein Sprachkurs wäre besser gewesen. In nur acht Wochen Grundausbildung lernten sie das Nötigste, wurden neu eingekleidet und ab ging es wieder nach Osten. Der Krieg wurde härter und brutaler. Die Front verschlingt und verheizt immer mehr Leute und die Heimat konnte nicht mehr das Nötigste nachliefern. Außerdem wurden die Luftangriffe auf Großstädte und Rüstungsanlagen immer schlimmer. Das Geschrei vom Endsieg des Reichspropagandaministers Dr. Göbbels wurde immer lauter. „Schon bald werden unsere Geheimwaffen zum Gegenschlag ausholen, die Wende steht kurz bevor und der Sieg wird unser sein!" Als wir die jugoslawisch-deutschen Soldaten neu eingekleidet zum Bahnhof gebracht hatten, nahmen wir den neuen Urlaubsschein in Empfang. Wieder konnten wir uns zwei Wochen erholen. Fast schämte ich mich in meinem Heimatdorf, weil ich schon wieder da bin, während Familienväter und viele andere schon über ein Jahr nicht mehr zu Hause waren. Ich redete mir ein, wenn ich diesen Ausbilder nicht gemacht hätte, hätte es ein anderer gemacht.

Als ich von diesem Urlaub wieder zur Kaserne zurück kam, war das Gebirgsjägerbataillon aufgelöst. Aus der Jägerkaserne wurde eine Offiziersschule. Unsere Baracken waren mit Offiziersanwärtern belegt. Auf der Schreibstube bekam ich eine Fahrkarte nach Bruck an der Mur. Die gute Zeit war endgültig vorbei.

Nach einigen Tagen, es war Ende Juni 1944, als alle vom Urlaub wieder da waren, wurden wir neu eingekleidet und wir marschierten zum Bahnhof. Diesmal geht unsere kostenlose Reise nach Rumänien. In Vatre Donai war Endstation. Vom Bahnhof aus marschierten wir am Abend auf einer staubigen Straße die ganze Nacht in Richtung Osten. Tagsüber ruhten wir im schattigen Wald, denn es war Hochsommer und außerdem mussten wir uns vor russischen Flugzeugen schützen. Nach sieben strapaziervollen Märschen erreichten wir am 10.Juli Woroschilowsk, das ich vor 365 Tagen durch meinen Heimatschuss verlassen hatte.

Durch den planmäßigen Rückzug verlief die jetzige Frontlinie etwa 1000 km westlicher als vor einem Jahr. Von den alten Kameraden treffe ich nur mehr einige an. Zur Zeit haben sich die Fronten beruhigt. Es ist Stellungskrieg, das heißt, wir bereiten uns hier für den Großangriff vor. Ich war keine zwei Wochen wieder im Schützengraben, da erschütterte uns eine niederschmetternde Nachricht. Wir wurden abwechselnd zum Kompaniegefechtsstand zurück beordert, wo uns ein Offizier mitteilte, dass auf unseren Führer ein Attentat verübt wurde. „Die Vorsehung wollte es, dass unser oberster Feldherr von diesem feigen Anschlag verschont blieb. Die Verräter kamen aus den eigenen Reihen. Sie wurden sofort standrechtlich erschossen." Eisiges Schweigen. Der Offizier betrachtet unsere Gesichter, unsere Reaktion. Dann kam der Hammer. „Auf Führerbefehl ist ab sofort der Soldatengruß mit der Hand zur Kopfbedeckung verboten. Der deutsche Gruß mit erhobener ausgestreckter Hand ist somit auch der militärische Gruß."

Nach dieser Belehrung gingen wir in unsere Stellungen zurück. Jeder macht sich seine Gedanken darüber, was geschehen wäre, wenn Hitler jetzt tot wäre. Wir unterhalten uns ganz offen darüber, was mit uns geschehen würde, wenn jetzt der Krieg auf einmal aus wäre. Was würden wir hier machen mitten im Urwald? Vielleicht ändert sich doch etwas? Die Nacht bricht herein und wir verteilen uns wieder auf unsere Wachposten wie immer. Nur sind wir heute etwas aufmerksamer als sonst. Aber nichts passierte.

Auch hier habe ich mich als Essenholer einteilen lassen, weil dadurch die Nacht schneller verging. In dieser Nacht wurde mir mitgeteilt, dass ich mich bei Tagesanbruch beim Kompaniegefechtsstand mit meinem Gepäck melden soll. Ich komme mit noch einigen Kameraden zu einem Gruppenführerlehrgang zum Regiment zurück, um anschließend eine Gruppe zu übernehmen. Der Fußmarsch war beschwerlich, er dauerte drei Tage. Zu meinem Pech kam noch hinzu, dass ich schon fast eine Woche Durchfall hatte. Ich hoffte, es würde einmal wieder besser werden, statt dessen verschlechterte sich mein Zustand immer mehr. Als noch Fieber dazu kam, konnte ich mit den anderen kaum mehr mithalten. Endlich erreichten wir das Regiment. Nachdem wir in unser Quartier eingeteilt wurden, ging ich gleich zum Arzt. Nach der Untersuchung wurde ich sofort ins Lazarett eingewiesen. Auf dem Rückweg zum Quartier, wo ich meine Sachen holen wollte, war beim Regiment höchste Alarmbereitschaft. Im Quartier waren meine Kameraden dabei, wieder an die Front zu gehen. Grund: Die Russen eröffneten die große Offensive. Ich dagegen befinde mich in einem Krankenwagen auf dem Weg ins Lazarett nach Vatre Donai. Nach zwei Tagen Teepause wurde das Lazarett geräumt, denn die russische Front rückte näher. Am 1. August kam der Lazarettzug, in dem ich mich befand, in Fonyod (Plattensee) an. Nach etwa zwei Monaten wurde ich wieder geheilt entlassen und war nach drei, vier Tagen wieder bei meiner Einheit angekommen. Der Frontverlauf änderte sich ständig. Kaum hatten wir unsere Verteidigungslinie ausgebaut, mussten wir uns bei Nacht wieder zurückziehen. Die Russen versuchten uns ständig einzukreisen und gefangen zu nehmen. Einige Male waren wir schon eingeschlossen und wir mussten uns immer wieder den Durchbruch erkämpfen, wobei es ständig zu Nahkämpfen kam. Anfang Oktober bezogen wir am Westufer der Theiß unsere Verteidigungslinie für den kommenden Winter. Schon einen Tag später wurden wir vom Ostufer aus von Scharfschützen und ständigen Granatwerfern beschossen. Am Morgen des dritten Tages begrüßte uns ein heftiges Trommelfeuer und die Russen versuchten, über den etwa 300 m breiten Fluss mit selbstgebauten Flossen unsere ausgebauten Stellungen zu erstürmen. Ihr Angriff wurde niedergeschlagen. Der Nachmittag verlief ruhig bei uns, während weiter flussabwärts der Kampflärm kein Ende nehmen wollte. Kaum war der Abend angebrochen, kam unser Melder und holte uns aus den Löchern. Den Russen ist es an mehreren Stellen gelungen, Brückenköpfe zu bauen und sie waren schon weit hinter uns ins Land eingedrungen. Wieder mussten wir uns aus der Umklammerung befreien. Unsere Verluste waren hoch, die der Russen um ein vielfaches höher. Am 1.11 wurden wir bis Miskolc (Nordungarn) zurückgeschlagen. Auf Führerbefehl wurde Miskolc zum zweiten Stalingrad erklärt. Die Stadt muss bis zur letzten Patrone verteidigt werden. Eine Kapitulation wird es niemals geben. Diese Stadt soll also unser Grab werden. Ein Schauer lief uns über den Rücken.

Am 6.Dezember bekam unser Bataillon - zusammengeschrumpft auf 240 Mann - den Befehl, die Höhe 610 zu erstürmen und zu besetzen. Diese Höhe südöstlich von Miskolc ist strategisch wichtig, um die Stadt halten zu können. Gegen 5 Uhr morgens sollte unsere Artillerie das Gefechtsziel sturmreif schießen, aber es fiel kein Schuss. Wir verteilen uns um die Anhöhe, die aus abgeernteten Weinfeldern bestand. Alles ist in dichten Nebel eingehüllt. Um 5:30 Uhr kam der Befehl zum Angriff. Unser Ziel ist noch nicht zu erkennen. Wir steigen mit unseren Handfeuerwaffen schussbereit die Anhöhe hinauf. Geschossen darf erst werden, wenn wir beschossen werden. Es soll ein Überfall werden. Gleichmäßig schreiten wir die Anhöhe hinauf. Tatsächlich merken die Russen uns erst kurz vor ihren Stellungen und bevor sie zur Abwehr kommen, haben wir im Laufen und Schießen ihre Gräben überrollt. Nur wenige von ihnen konnten noch flüchten. Wir dagegen haben keine Ausfälle. Sofort bauen wir die Stellungen um, um einen erwarteten Gegenangriff abzuwehren. Dieser blieb den ganzen Tag aus. Nur der Nebel, einmal dichter, einmal durchsichtiger, ist immer um uns herum. Mein MG blieb als vorgeschobener Posten da vorne, während die Hauptkampflinie etwa 200 m am Höhengrad entlang weiter hinten verläuft. Auch die nächsten drei Tage vergehen so ruhig. Am 10. Dezember, im Morgengrauen, merke ich einige Umrisse vor uns im Feld, die sich unserem MG in gebückter Haltung nähern. Ich sehe, dass es drei russische Soldaten sind, die ich mit kurzen Feuerstößen erledigte. Eine knappe Stunde später setzte mit einem Schlag das russische Trommelfeuer ein. Eine halbe Stunde lang war um uns die Hölle los. Wir liegen in unserem Loch und hoffen nur, dass wir keinen Volltreffer abbekommen. Die ganze Höhe 610 ist in Nebel und Pulverdampf eingehüllt. Wir merken nun, dass die Granaten immer weiter hinten einschlagen. Als wir den Abhang vor uns hinunter schauen, sehen wir scharenweise die Angreifer. Um uns herum hören wir das Geknatter der MG's, der Gewehre und das „Huräää" der Russen. Ich versuchte mit meinem MG die Angreiferwellen abzuwehren, was uns auch gelingt. Als sich der Nebel etwas lichtet, sehen wir, dass keine 100 m links neben uns die Russen schon vorbeiziehen. Wir beide steigen aus unserem Loch, nehmen noch zwei Munitionskästen und gehen auf gleicher Höhe mit den Russen zurück. Wir hatten das Gefühl, dass sie uns jederzeit erkennen könnten, aber nichts passierte. Die Russen neben uns und auch die hinter uns halten uns für ihre Kameraden. So erreichen wir die leichte Anhöhe, wo unsere HKL (Hauptkampflinie) verläuft. Hier richtete das Trommelfeuer mehr Schaden an. Fast die Hälfte unserer Kameraden wurden durch Volltreffer getötet oder verwundet. Die Verletzen versuchten, den Sanitätsplatz beim Kompaniegefechtsstand zu erreichen. Neben uns sehen wir unseren Zugführer Feldwebel Ehn leichenblass im Gesicht. Er flehte uns an, ihn mit zu nehmen, denn ihn hat es schwer erwischt. Ich gehe mit meinem MG in Stellung, schieße auf die nachkommenden Russen, um etwas Zeit zu gewinnen, nehme den doppelten Tragriemen vom MG, umfasse damit seine Brust und wir ziehen ihn gemeinsam zum Sanitätsplatz zurück. Wir müssen nochmals 400 bis 500 m einen Weinberg hinauf, um unseren Verwundeten dort abzuliefern. Der Nebel wechselt ständig seine Dichte und unter seinem Schutz hoffen wir unser Ziel zu erreichen. Endlich kommen wir oben an und sehen unsere Kameraden durcheinanderlaufen. Ich rufe ihnen zu, „kommt her und helft uns!" Die angeblichen Kameraden waren aber Russen, die schon den Kompaniegefechtsstand von hinten eingenommen hatten. Sie waren erstaunt und wussten nicht, wer wir sind. Wir müssen unseren toten Kameraden liegen lassen und uns seitwärts den Hang in Zick-Zack-Sprüngen hinunter retten. Im Hohlweg entlang unten treffen wir noch einige Versprengte vom Bataillon und wir versuchen von hier aus das Dorf hinten zu erreichen, wo sich der Bataillonsgefechtsstand befindet. Wir mussten aber über ein freies Gelände. Sobald wir den Hohlweg verlassen, werden wir schon von einem russischen MG beschossen, das oben auf dem Berg in Stellung war. Auch hier kam uns der schützende Nebel bald zu Hilfe. Im Dorf angekommen, lieferten wir unsere anderen verwundeten Kameraden ab und ich ging gleich wieder zum Dorfrand in Abwehrstellung. Wir müssen mit einem Angriff der Russen

rechnen. Der Bataillonsgefechtsstand und der Hauptverbandsplatz hier mussten schnellstens gerettet werden. Die
Straße zum nächsten Ort war schon in russischer Hand
und so mussten wir uns im Schutz der Dunkelheit über
Feldwege aus der Umklammerung retten. Anderntags
stellen wir fest, dass von den 240 Mann vor vier Tagen
nur 18 Mann übrig blieben.

Mit dem Tross setzen wir uns in nördlicher Richtung in
die Slowakei ab, wo wir uns in einem kleinen Dorf erholen konnten. Hier sollen wir wieder aufgefrischt werden.
In diesem Dorf wurde innerhalb zwei Wochen ein kampf-
kräftiges Bataillon aufgestellt. Schon in den ersten Tagen
wurde mir ein neuer MG-Schütze zugeteilt. „Franz heiß
ich", sagt er kurz. Wir reichen uns die Hand. „Ich bin der
Sepp", gebe ich zur Antwort.

Franz kam eine Woche vor Weihnachten aus dem Lazarett zu unserer Kompanie. Wir beide haben uns nicht aus-
gesucht. Wir wurden einfach als MG-Schützen I und II
eingeteilt. An einem Nachmittag, kurz vor Weihnachten,
hat uns der evangelische Divisionsgeistliche zu einer
Weihnachtsfeier in die Dorfkirche eingeladen. Wir beide
gingen natürlich auch hin. Die Kirche füllte sich schnell
und der Geistliche versuchte mit einer aufmunternden
Ansprache, uns auf die kommende Zeit vorzubereiten. Jeder von uns wusste, dass die Zukunft trostlos ist. Der Di-
visionspfarrer hatte große Mühe, die Andacht feierlich zu
gestalten. Wir beide sitzen in der letzten Bank. Hinter uns,
auf einem Podest, steht ein altes Harmonium. Als der
Geistliche seine Rede beendet hatte, setzte sich Franz an
das Harmonium und spielte die Melodie „Stille Nacht".
Sofort stimmten alle Kameraden mit ein, sodass von den
schwachen Tönen des Harmoniums nichts mehr zu hören
ist. Als die Feier zu Ende war, leerte sich die Kirche, aber
Franz blieb noch am Harmonium und spielte viele be-
kannte Weihnachtsmelodien. Einige Dorfbewohner stre-

cken schon neugierig ihre Köpfe zur Kirchentür herein und bewundern den deutschen Soldaten, der aus ihrem alten Harmonium so wunderschöne Melodien hervorzaubern kann. Wir beide verlassen nun auch die Kirche. Die Leute stecken ihre Köpfe zusammen, wir hatten das Gefühl, dass wir jetzt anders beurteilt werden als vor der Weihnachtsfeier.

Auch ich bewunderte Franz auf unserem gemeinsamen verschneiten Heimweg. Er sagte mir, dass er mehr als ein Dutzend Instrumente spielen kann.

Franz ist erst 19 Jahre, kommt aus dem Tiroler Pitztal. Seine gütigen Augen sagen, dass er nie hart oder brutal werden kann. Wir wollen ja beide vom Krieg nichts wissen, aber wir wurden halt einmal in diese Zeit hineingeboren.

Die Ortschaften in dieser Gegend wurden schon einige Male von Partisanen überfallen. Wir haben das Gefühl, dass hier im Dorf auch einige Männer dazu gehören, zumindest aber mit den Partisanen sympathisieren. Wir bewachen daher unsere Unterkünfte Tag und Nacht. An Silvester bekamen wir den Befehl, dass wir um Mitternacht das Neujahr anschießen. Pro Mann fünf Schuss und das MG bekam 50 Schuss frei.

Am Neujahrstag versammelt sich das inzwischen aufgefüllte Bataillon auf dem Dorfplatz. General Glatt, Kommandeur der 3. Gebirgsjägerdivision, begrüßt uns und erklärte, dass dieses neu aufgestellte Bataillon ab heute, unter Führung von Hauptmann Hechenberger, zur Armee-Chorreserve ernannt ist. Die weitere Aufklärung ließ uns nichts Gutes ahnen. „Ihr bekommt ab heute bessere Verpflegung", fährt der General fort. „Ihr werdet motorisiert und ihr werdet auch mit automatischen Waffen besser ausgerüstet. Ihr seid die Feuerwehr der 6. Armee." Jetzt wissen wir, dass wir noch härter mit diesem totalen

Krieg konfrontiert werden. Wir werden also immer schnellstens da eingesetzt, wo wir benötigt werden, wo es brennt.

Es brennt sehr oft, manchmal an verschiedenen Orten zugleich. Einmal sind wir in Oberschlesien, einmal in Sudetenland, aber am öftesten werden wir in der Slowakei eingesetzt. Die Hohe Tatra umkreisen wir öfters und für manche Täler sicherten wir oben auf den Kammhöhen den planmäßigen Rückzug. Unsere Verluste sind hoch, aber unsere Ausfälle wurden sofort wieder aufgefüllt. Am schlimmsten waren die Neulinge, die Offiziersanwärter. Sie meinten, sie könnten das Gelernte an der Schule sofort in die Praxis umsetzen. Hier an der Front hat eine Unaufmerksamkeit oder ein Fehler den Tod zur Folge.

Mitte Januar kam ein Oberjäger namens von Batistik, Offiziersanwärter, als Gruppenführer zu uns. Er führte sich auf, als wäre er für diesen Frontabschnitt und das ganze Tal der Alleinverantwortliche. Uns - Franz und mir - befiehlt er einmal, wir sollen uns mit dem MG ganz vorne am Waldrand einschanzen. Als ich ihm sagte, dass das Blödsinn ist, einem Selbstmord gleich kommt, bekam ich eine Ohrfeige. Ohne zu überlegen schlug ich zurück. Sofort ging er zum Kompaniechef und meldete meine Befehlsverweigerung. Bald danach kommt der gekränkte Oberjäger mit dem Kompanieführer Leutnant Tauscheck zurück. Mir war nicht wohl dabei. Der Leutnant überzeugte sich von der Lage und konnte dem Neuling nicht Recht geben. Wir mussten uns die Hände zur Versöhnung reichen und er verlangte für die Zukunft kameradschaftliches Zusammenhalten. Für den Verlierer ist es leichter gesagt als getan. Wir merkten bald, dass dieser werdende Offizier mehr leisten wollte als jeder von uns. Er strebte nach Ruhm und Ritterkreuz und er glaubte sogar an den Endsieg. Einmal war in einem Feldpostbrief von seiner jungen Frau das Foto seiner neugeborenen Tochter, das er voller Stolz herzeigte. Manchmal tat er uns leid.

Wieder bei einem Fronteinsatz Mitte Februar im Raum Biliz-Teschen (Sudetenland) wollte er uns zeigen, wie ein deutscher Soldat kämpft. Das Dorf heißt Fischerdorf. Im Morgengrauen ziehen wir die Dorfstraße entlang vor. Zur selben Zeit läuten die Glocken zur Frühmesse. Die Kirchgänger beachten uns kaum, denn es war sonst ruhig. Bei der Kirche angekommen werden wir von den Russen beschossen. Der Kirchturm wird zugleich zerstört, denn da oben vermuten die Russen den deutschen Beobachtungsstand. Sofort schwärmen wir seitwärts auseinander und suchen an der Querstraße im Straßengraben Deckung. Etwa 200 m vor uns steht ein Bauernhof, aus dem wir beschossen werden. Oberjäger von Batistik beschließt spontan, mit unserer Gruppe den Bauernhof zu stürmen. Heldenhaft geht er vom schützenden Straßengraben aufrecht auf die Straße und fordert uns auf, das Bauernhaus anzugreifen. Er hat den Befehl noch nicht beendet, schon fällt er getroffen um. Kamerad Pilz springt sofort zu ihm, um ihn in Deckung zu ziehen. Nur ein paar Sekunden später sackt auch Pilz, durch einen Kopfschuss tödlich getroffen, zu Boden. Daraufhin nehme ich mit kurzen Feuerstößen den Bauernhof unter Beschuss, während meine anderen Kameraden die beiden in Deckung ziehen. Pilz ist tot, der Herr Oberjäger von Batistik röchelt noch. An seinem Lungendurchschuss stirbt auch er einige Minuten später. Der Bauernhof wurde nie eingenommen. In der Nacht wechselten wir die Stellung und wurden an der anderen Dorfseite eingesetzt. Wieder einen Tag später wurden wir zu einem anderen Brandherd gefahren. Selten waren wir länger als eine Woche in einer Kampfhandlung eingesetzt.

So ähnlich überleben wir beide auch den März und kommen dabei der Heimat immer etwas näher. In der Karwoche, der letzten Märzwoche, verteidigten wir in Oberschlesien ein Dorf. In der Osternacht bringen uns unsere Lastwägen wieder zu einem anderen Frontabschnitt. In einem Gutshof ist unsere Fahrt zu Ende.

Der Ostersonntag, der 1.April, beginnt zu dämmern. Vor Sonnenaufgang sind wir schon in unseren Stellungen zum Angriff bereit. Wie immer wissen wir nicht, wie stark der Feind heute ist, den wir zu überwältigen haben. Die Höhen müssen erobert und verteidigt werden. Es ist im Gebiet von Schwarzwasser. Wir haben nur einige 100 m erobert, da bekommen wir von den Russen stärkstes Gegenfeuer. Unser rechter Flügel dringt trotzdem in die feindlichen Stellungen ein, gibt uns Flankenschutz, sodass wir auch etwas an Boden gewinnen. Auf der Anhöhe, die wir einnehmen müssen, sind etwa 10 bis 12 russische Panzer in Bereitschaft. Sie greifen uns zwar nicht an, weil sie unsere Panzerfäuste fürchten, dafür feuern sie aus allen Rohren. Den ganzen Tag über wechselten wir die Stellungen. Die russische Übermacht war zu stark und so mussten wir bei Dunkelheit das Kampffeld räumen. Etwa 1 km weiter hinten, in einem Getreidefeld, dessen Saat etwa 10 cm hoch ist, schaufeln wir uns ein neues Loch. Hier werden wir im Morgengrauen die nachkommenden Russen verteidigen müssen.

Die Sonne geht genauso schön auf wie gestern, während es heute verdächtig ruhig bleibt. Etwa 200 m vor uns ist ein Jungholz, in dem wir die Russen vermuten. Ab und zu fällt irgendwo ein Schuss, sonst hören wir nur Vogelgezwitscher. Wir beide beobachten den Waldrand, können aber wegen der blendenden Sonne nichts erkennen. Nach dem kargen Frühstück füllt Franz die leergeschossenen MG-Gurte wieder nach, denn wir hatten nur offene Munition. Bei dieser Tätigkeit kommt Franz ab und zu mit seinem Kopf aus der Deckung. Plötzlich kracht es neben mir. Franz fällt kopfüber nach vorne und liegt leicht gekrümmt vor meinen Füßen. Hinten am Stahlhelm klafft ein ovales ausgefranstes Loch, wo das Geschoss wieder ausgetreten ist. O Gott, wie wird da das Gesicht aussehen, denke ich mir. Ob ich da noch helfen kann? Langsam drehe ich Franz um und schaue in seine weit aufgerissenen Augen. Ich sehe keinen Tropfen Blut, sehe nur ein kleines Einschussloch im Stahlhelm oberhalb der rechten Augenbraue. Er hat wohl nichts gespürt bei seinem Tod, denke ich mir, während Franz langsam die Lippen bewegt und sagt, „Sepp, ich glaub mich hat's erwischt." Sofort nehme ich ihm den Stahlhelm ab, taste seinen Kopf ab und finde keine Wunde, keinen Tropfen Blut. Franz sitzt nun da und erholt sich von diesem Schreck. Gemeinsam untersuchen wir den Stahlhelm. Der russische Scharfschütze traf Franz in einem so günstigen Winkel, dass das Geschoss zwischen dem verstellbaren Innenteil entlang sauste und hinten wieder austrat, ohne dass Franz ein Haar gekrümmt wurde. Wir glauben, dass es während des ganzen Krieges keinen zweiten solchen Kopfschuss gegeben hat. Wir glauben auch beide, dass Gott mit uns ist. Der Krieg ist aber noch nicht zu Ende. Zum Nachdenken haben wir wenig Zeit. Nun beobachten wir mit größter Aufmerksamkeit, was nun da vorne vor sich geht. Nichts passiert. Die Stunden vergehen, es wird Mittag und wir sitzen in unserem Loch und hoffen nur, dass wir heute keinen feindlichen Angriff bekommen. Franz hat inzwischen alle Patronen aufgegurtet und wir stellen fest, dass wir uns damit nicht lange verteidigen können. Außerdem hören wir hinten von unseren Kameraden nichts mehr. Ich sagte zu Franz, „sollten sich die vielleicht schon zurückgezogen haben, ohne uns zu benachrichtigen?" Es sind ja nur 50 oder 60 m bis zum Abhang zurück. Ein kleines Haus steht etwas weiter hinten, dessen Dach noch herausragt, in dem der Kompaniegefechtsstand ist. „Ich werde zurückspringen und nachschauen ob alles in Ordnung ist", sage ich zu

Franz. „Außerdem brauchen wir noch Munition." Mit einem Anlauf schaffe ich die kurze Strecke, hörte aber schon einige Gewehrschüsse vorbeistreifen. Hinten war aber doch alles in Ordnung. Dem Kompanietruppführer erzählte ich, was Franz passiert war. Auch einen ganzen Karton Munition (500 Schuss) konnte ich bekommen. Er war aber ziemlich schwer und es war ungünstig, damit zu laufen. In geduckter Haltung und so schnell wie möglich versuche ich nun wieder das schützende Loch zu erreichen. Kaum bin ich aus der Deckung, da höre ich das Abfeuern von vielen russischen Granatwerfern. Mir fehlten nur noch 10 bis 12 m bis zum Franz, da explodieren die ersten Einschläge unmittelbar neben mir. Schon liege ich flach, ohne die geringste Deckung, im Saatfeld und die Granaten schlagen um uns herum ein. Es müssen etwa 60 bis 80 Einschläge gewesen sein. Als die letzte Granate explodiert war, springe ich auf, packe meinen Karton Munition und erreiche im Schutz des Pulverdampfs, der sich langsam wieder verzieht, ohne Verletzung unser Loch. Franz sah mich noch kommen, glaubte aber, dass ich zerfetzt da draußen liege. „Warum blieben wir beide heute wieder verschont", fragen wir uns. Seit Weihnachten, seitdem wir so viele Nahkämpfe durchgefochten haben, blieben wir unverletzt. Wir sind nun überzeugt, dass wir Schutzengel haben. Der erwartete russische Angriff blieb heute aus. Als es dunkel wurde, kam unser Melder an unser Loch und war erstaunt, dass er uns lebend, sogar ohne Verwundung vorfindet. Dann sagte er, dass wir uns wieder zurückziehen.

Am 15. April kommen wir mit dem Lastwagen nach Silein, eine Stadt im Tatragebirge. Gegen Abend machen wir uns auf den Weg zur neuen Verteidigung, einen Berg, um den planmäßigen Rückzug in diesem Tal zu ermöglichen. Der Aufstieg ist steil und mühselig. Jeder bekam so viele Panzerfäuste mit, soviel er schleppen konnte. Wir setzten sie gegen die anstürmenden Russen ein. Sie machten einen höllischen Lärm und richteten einen gewaltigen Schaden an. Der Bergkamm war noch nicht besetzt, wir kamen diesmal den Russen zuvor. Wir bauten uns gleich unsere Löcher aus, was in dem steinigen Boden sehr viel Mühe machte. Neben unserem MG-Loch richteten sich drei Mann von der Artillerie ihren Beobachtungsposten zurecht. Einer von ihnen, ein Offizier, erklärte uns, wie das Schießen funktioniert. Durch das Telefon gibt er die Position der feindlichen Stellungen an, die er mit dem Scherenfernrohr beobachtet. Franz und ich sind durch ihre Anwesenheit beruhigt. Ebenfalls setzten sie ihr Vertrauen und Zuverlässigkeit in uns. Die Wetterverhältnisse da heroben sind extrem aprillaunisch. Einmal ist der Berg in dicken Nebel eingehüllt, in der nächsten Viertelstunde sticht die Sonne herab und wieder eine halbe Stunde später überrascht uns ein Schneesturm wie im tiefsten Winter. Hauptsächlich müssen wir auf der Hut sein, dass wir von den Russen nicht überrumpelt werden. Sie versuchten es schon einige Male, aber schon beim Anpirschen zeigten unsere Scharfschützen ihr Können. Zuerst legten sie die Kommissare um, dann noch einige von den ersten Angreifern und schon machen die anderen kehrt und verschwinden wieder.

Heute am 20. April, an Führers Geburtstag, bekommt jeder Mann einen viertel Liter hochprozentigen Schnaps zugeteilt. Der sollte uns leichtsinnig und übermütig machen. Franz und ich nehmen aber nur einen Schluck, den Rest heben wir für später auf. Am Mittag des großen Festtages kommt der Melder zu uns herauf und ruft uns aus 10 m sicherer Deckung zu, „Befehl vom Bataillonskommandeur, wir sollen hier am höchsten Baum diese Hakenkreuzfahne aufhängen." Ich antwortete ihm, „steig selber hinauf und hänge sie gut sichtbar auf." Er lehnte sie zusammengerollt an einen Baum, wo sie heute noch liegt, wenn sie niemand weggenommen hat. Am Nachmittag sehen wir etwa 1000 m unter uns im Tal, wie die Russen ihre Geschütz-stellungen ausbauen. Ich gehe zum VB (vorgeschobener Beobachter) nebenan und wollte ihnen diese Neuigkeit mitteilen. Der Leutnant gibt zur Antwort, „die beobachten wir schon lange, wir warten nur, bis sie fertig sind." Eine halbe Stunde später hören wir den Abschuss eines Artille-riegeschützes. Den Einschlag, etwa 20 m vor dem ersten russischen Geschütz, können wir von da oben gut beo-bachten. Der zweite Abschuss, ca. 10 Sekunden später, schlug etwa 20 m hinter diesem Geschütz ein. Wieder 10 Sekunden später ein erneuter Abschuss, wo diesmal das gegnerische Geschütz durch einen Volltreffer zerstört wurde. Dasselbe geschieht auch mit den anderen drei rus-sischen Geschützen. Innerhalb einiger Minuten waren die russischen Geschütze außer Gefecht. Wir wunderten uns, wie schnell die Russen zu besiegen sind. Stunden später, am Nachmittag, merkten wir, dass die Russen zum An-griff auf unsere Stellung massenweise den Berg herauf-kommen. Sobald wir die erste Welle sehen, schießen wir einige Panzerfäuste auf sie ab, deren Einschläge mitten unter ihnen explodierten und somit ihr Angriff zum Rück-zug gezwungen wurde. Wir hatten für den Rest des Tages unsere Ruhe.

Um Mitternacht erwarten wir die Ablösung, weil wir wie-der wo anders eingesetzt werden. Eine Landesschützen-kompanie, lauter alte Männer, lösen uns ab. Sie tun uns leid, denn sie hatten nur einfache Gewehre. Unten stehen schon die Lastwagen für uns bereit und schon geht es wie-der ab. Für uns bedeutet das wieder ein paar Stunden Er-holungspause. Nach der Mittagspause geht die Fahrt noch flott auf der geteerten Straße weiter. Aber schon bald bie-gen wir in eine Seitenstraße ein, die kurvenreich, holprig und staubig bergan führt. Es ist ein langes Tal, wo dieser schlechte Weg zu Ende ist. Auf einem schmalen Pfad stapfen wir weiter bergauf und erreichen am frühen Abend ein typisch slowakisches Dorf, das bis heute bestimmt noch nichts vom Krieg gemerkt hat. Es regnet leise und wir suchen uns je Gruppe einen Unterschlupf. Wir gehen in das nächstgelegene Haus hinein. Die große Stube hat rund herum eine Holzbank, auf die wir uns der Reihe nach hinsetzen. Wir wollen in dieser Pause auch etwas essen. Sogleich verlassen die Slowaken ihre Tischplätze, damit wir unsere Marschverpflegung am Tisch einnehmen können. Wir merken, dass sie nicht einmal feindlich gesinnt sind, so warten sie gespannt, was da alles heute noch passiert. Durch die kleinen Fenster kommt kaum Licht herein, sodass wir uns einige Kerzen anzünden. In einer Ecke sehen wir ein Bett, in dem eine Frau liegt, die mit einem Seil in ihrer Hand eine Hängewiege in gleichmäßiger leichter Bewegung hin und her schaukelt. Der Säugling schläft dabei so friedlich weiter und wir bemühen uns daraufhin, mit unseren genagelten Bergschuhen keinen Krach zu machen.

Draußen ist es finster geworden und wir verlassen so leise wie möglich diese friedliche Abendstimmung und hoffen, dass dieses Bergdorf in den nächsten Stunden und Tagen von der Härte des Krieges verschont bleibt. Wir dagegen müssen wieder hinaus in die Finsternis, in die Ungewissheit. Wir steigen weiter nach oben, bis wir den Grat erreicht haben und schaufeln uns wieder ein. Ich sagte zu Franz, als wir unser Loch wieder fertig hatten, „morgen, spätestens übermorgen werden wir hoffentlich diesen beschwerlichen Abstieg wieder gemeinsam machen können." Als es Mitternacht ist und ich die Wache übernehme, überrasche ich Franz mit einem Schluck Hitlerschnaps, den ich noch von vorgestern hatte. Ich fülle unsere Trinkbecher und stoße mit Franz auf meinen 21. Geburtstag an. „So Franz, so sieht ein erwachsener Mann aus. Ich bin soeben volljährig geworden", sage ich leise zu ihm und füge hinzu, „du hast ja noch eineinhalb Jahre, bis du so weit bist." Nachdenklich antwortet er mir, „diesen wollen wir, wenn es möglich ist, bei mir zu Hause gemeinsam feiern." Keiner von uns beiden kann sich das jetzt vorstellen, aber den Willen und den Glauben haben wir. Als der neue Morgen die Nacht verdrängt hatte, spähen unsere müden Augen neugierig die neue Umwelt aus. Nirgends ist ein Feind zu sehen, auch keine Schießerei zu hören. Vor uns das gewisse Niemandsland, das leicht abfällt, aber nach etwa 200 m wieder ansteigt, sodass wir von da droben einen Angriff zu erwarten haben. Nach einer Stunde zieht ein Schäfer friedlich mit seiner Herde neben uns den Hang grasend entlang. Er sieht uns nicht, hat auch keine Ahnung, dass er sich mitten zwischen zwei Fronten befindet. Keine Viertelstunde später peitschen einige Schüsse in seine Herde, wo einige Schafe getroffen liegen bleiben. Er will seiner Herde zu Hilfe eilen, merkte aber zugleich, dass dies lebensgefährlich ist. Seine Hunde eilten sofort zu den vorderen Schafen und trieben die ganze Herde seitlich in das schützende Hinterland. Nach kurzer Zeit kamen die Russen, um ihre Beute zu holen. Diese wurden aber sofort von unserem linken Posten beschossen. Somit waren die Fronten klar. „Das kann wieder ein gefährlicher harter Tag werden", sage ich zu Franz, indem wir beide diesen Vorgang beobachten. Der ganze Tag verging dann doch ruhiger als befürchtet. Am Abend stürmten dann die Russen unsere Stellung. Wir beide blieben solange wie möglich ruhig, denn sobald wir das Feuer eröffnen, müssen wir immer danach unsere Stellung wechseln, denn die gefürchteten MG-Nester werden von den Russen mit allen Mitteln außer Gefecht gesetzt. An diesem Abend bleiben wir in unserem Loch und passen besonders auf, um nicht plötzlich überrascht zu werden. Es ist wieder Mitternacht, als uns der Melder zurückholt, wieder nach hinten zum Ausgangspunkt. Nun müssen wir mit Bedauern feststellen, dass zwei Mann von uns fehlen. Einer von ihnen ist der Völkl Hans, einer von uns Alten, der erst vor zwei Tagen zum Oberjäger befördert wurde. Er war mit einem Neuling im Nebenloch, etwa 80 m neben uns. Tagsüber hatten wir noch Blickkontakt und es ist uns nach dem Dunkelwerden nichts Verdächtiges aufgefallen. Der Melder aber sagte, dass das Loch schon leer war, als er sie zum Rückzug holen wollte. Eines ist uns aber klar; ein Überläufer ist Hans nicht. Vielleicht waren wieder deutsche Soldaten vom „Komitee Freies Europa" am Werk und haben sie auf faule Art in die Falle gelockt. Wir warteten noch eine Weile, dann mussten wir eilig zurück zu den wartenden Lastautos.

Der frische Wind weht uns ins Gesicht, während wir kurz nach Mitternacht den steilen Pfad wieder hinuntergehen, denselben, den wir vorgestern mühselig heraufstapften. „Heute ist der 1. Mai", sage ich zu Franz. „Wuhl, ich weiß", gibt er mir kurz zur Antwort. „Vor vier Monaten um die selbe Zeit haben wir zusammen das Neue Jahr angeschossen", sage ich zu Franz noch. In Gedanken versunken gehen wir den Berg hinunter. Ich stelle mir vor, wie es ist, wenn endlich der Krieg aus wäre. Jeder von uns hat nur den einen Wunsch, dass der Rückmarsch einmal der letzte sein wird. Die Wunschvorstellung, wie das Ende des Krieges aussieht, kann sich jeder auf seine Art vorstellen. Jeder aber befürchtet, dass die Wirklichkeit anders ist als wir uns das jetzt vorstellen. Nach jeder Stunde Marsch sind wir ja doch wieder näher zur Heimat gekommen. Viele hundert km sind aber noch zu bewältigen. Wenn die Heimat auf diese Art fast unerreichbar scheint, im innersten brennt ein Funken Hoffnung, dass wir es irgendwie doch schaffen. Ob Franz, der neben mir daherstapft, denselben Wunsch hat? Wir betrachten es aber als ein Wunder, dass wir beide noch leben, nicht einmal verwundet wurden. Nach knapp zwei Stunden Abstieg haben

wir die Stelle erreicht, wo wir vorgestern mit dem Lastwagen hierher gebracht wurden. Jetzt sind aber keine da,
die uns wieder in einen anderen Abschnitt bringen. Die
Silhouetten der Berge werden immer höher und weiter
und wir ziehen uns noch weiter ins Tal zurück. Nach einer
Stunde ist dieser Marsch zu Ende. Wie es aussieht, werden wir hier eine Verteidigungslinie ausbauen. Wieder
schanzen wir uns, Franz und ich, eine Stellung, tarnen sie
und hoffen, dass wir bis zum Morgengrauen fertig sind.
Eine Verzögerung hätte die schlimmsten Folgen. Nachdem wieder alles geschafft ist, warten wir gespannt, ob
die Russen uns nachfolgen, uns im Morgengrauen schon
wieder angreifen. Ob sie uns heute überhaupt noch verfolgen? Es bleibt verdächtig ruhig. Nur das wilde Rauschen des Flusses, 200 m links von uns, ist das einzige
Geräusch. Am Flussufer ist auch der äußerste Posten von
uns. Wir beobachten das gegenüberliegende Flussufer,
das steil ansteigt und mit Büschen bewachsen ist. Es
bleibt auch dort alles ruhig. Es ist auf einmal, als wäre
heute der Krieg aus. Nachdem wir beide uns beruhigten,
werden wir vom Schlaf überwältigt, gegen den wir jetzt
ankämpfen. Ich übernehme die erste Wache. Franz sitzt
schon im Loch auf einem Munitionskasten und schnarcht
gleichmäßig seinen seligen Schlaf. Meine Augen wollen
mir nicht offen bleiben. Ich muss mich immer zwicken,
kratzen und schlagen, um mich wach zu halten. Der
schlimmste Gegner ist jetzt der Schlaf. Das geht schon
seit Wochen so zu und es wird täglich noch schlimmer.
Während ich mich noch tapfer gegen den Schlaf wehre,
kommt der Melder zu uns und holt uns zum Gefechts-
stand zurück. Wir - Franz, ich, der Melder und noch ein
Mann - bekommen den Auftrag, das Gelände jenseits des
Flusses zu erkunden. Wir sollen mit der dort liegenden
Einheit Verbindung aufnehmen. Die Sonne zeigt sich an
diesem Vormittag von der besten Seite und macht dem 1.

Mai alle Ehre. Wir versuchen, den Fluss zu überqueren, aber das kalte Wasser ist zu tief und zu reißend. Etwa 100 m flussabwärts entdecken wir einen Steg und wir erreichen das sichere andere Ufer. Vorsichtig gehen wir den bewaldeten Anhang hinauf, ohne auf eine Nachbareinheit oder womöglich auf die Russen zu stoßen. Das Rauschen des Flusses wird immer leiser und wir nehmen sogar unsere eigenen Schritte wahr. Kein Freund und auch kein Feind ist anzutreffen. Wir folgen dem Fußweg weiter, der bergan in einen Hochwald einmündet. Es ist friedlich und zugleich unheimlich und es passt nicht zur Lage, die wir erwarteten. Als wir endlich durch den Hochwald sind, stehen wir vor einem großen Wiesenhang, wo wir oben einige Häuser und Obstgärten sehen. Unser Auftrag ist Verbindung aufzunehmen. Sollte etwa da oben die nächste Einheit sein? Wir steigen also hinauf, aber es bleibt immer noch verdächtig ruhig. Im ersten Haus angekommen, finden wir eine Familie mit vier bis fünf Kindern vor. „Sind hier deutsche Soldaten?" frage ich den Vater, der uns entgegenkommt. „Nix deutsche Soldaten hier, schon weg", war seine Antwort. Der etwa zehnjährige Sohn kam aus der Ecke und fragte uns in einwandfreiem Deutsch, „suchen Sie deutsche Soldaten?" und ohne unser Ja abzuwarten, zeigt er mit der Hand in die westliche Richtung und sagt, „vor etwa fünf oder sechs Stunden sind sie in diese Richtung." Erst jetzt frage ich ihn, warum er so gut deutsch spricht und wo wir eigentlich sind. „Ich habe in der Schule Deutsch gelernt, aber meine Eltern sprechen nur polnisch." Dann erklärte uns dieser Schuljunge unseren geographischen Standort. Der Grenzfluss heißt Oppa und drüben ist die Slowakei.

Wir hatten kaum 10 Minuten später den etwa 1 km entfernten Wald wieder erreicht, bekommen wir von diesem polnischen Haus aus russisches MG-Feuer. Wir beeilen uns, denn wir sind schon mehr als drei Stunden unterwegs. Vielleicht ist unsere Einheit inzwischen gar nicht mehr da? Als wir uns über die Waldhöhe dem Fluss wieder nähern, hören wir wieder das Rauschen. Alles ist aber noch so wie wir es verlassen haben.

Der Kompaniechef erwartet uns schon ungeduldig. Er ist sogar erstaunt, dass wir überhaupt zurückgekommen sind. Als ich mit meinem Bericht zu Ende war, machte er einen trostlosen Eindruck. Er sagte, „aber gut, dass Ihr wenigstens wieder da seid." Franz und ich bekamen den Auftrag, sofort mit unserem MG wieder zurück zu gehen bis an den Waldrand, um unsere Einheit von der Flanke zu sichern. Der Chef sagte noch, „wenn die Russen schon im Wald oben sind, dann leistet solange wie möglich Widerstand. Andernfalls bleibt Ihr auf Euren Posten, bis ein Melder Euch wieder zurückholt, so alles Gute und verschwindet."

Wir besorgten uns noch schnell Munition und Proviant und steigen wieder über den schmalen Steg weiter bergan bis zur Bergwiese. Das Wetter ist trüb und es fegt ein kalter Wind. Wir steigen nochmals etwas weiter hinauf, aber bleiben ohne feindliche Berührung. Die Russen sind scheinbar wegen des schlechten Wetters im Dorf geblieben und haben uns nicht weiter verfolgt. Die können ja warten, die drängt keine Zeit.

Innerhalb einiger Minuten überrascht uns ein gewaltiger Sturm. Der Wald verfinstert sich und schlagartig sind wir in Graupelschauern eingehüllt. Es ist noch früher Nachmittag, aber der Wald wird undurchsichtig, als wollte es Nacht werden. Die Baumkronen biegen sich im Sturm so heftig, dass sie abbrechen könnten. Franz schaut mich fragend an, aber ich kann ihm keine Antwort geben. Es sieht nach einer Naturkatastrophe aus. Es könnte sogar eine Geheimwaffe sein. Was ist das für eine Gegend? fragen wir uns. Der Sturm steigert sich immer noch, während das

Hagelwetter in Schnee übergeht und den Boden in kürzester Zeit mit einem weißen Teppich überzogen hat. Die Wiese vor uns sieht wie ein grauer Schleier aus. Die Kälte und Nässe geht uns durch und durch bis auf die Haut. Es kracht und knistert immerzu, aber es ist nur das Geäst in den Bäumen. Wir stehen immer noch auf demselben Platz und warten.

Durchnässt und steifgefroren können wir uns kaum bewegen. Vielleicht haben sie uns sogar vergessen oder der Melder kann uns nicht mehr finden? Die Hungerration haben wir auch schon gegessen und es ist ungewiss, ob wir heute noch etwas bekommen.

Nach einer unendlich langen Zeit hören wir den vereinbarten Ruf eines Käuzchens. Hoffnungsvoll und gespannt hören wir kurz darauf schon etwas näher denselben Vogelruf. Endlich kommt der Melder und holt uns zurück.

Als wir zu unserer Einheit zurückkommen, steht sie schon abmarschbereit auf der Straße. Unsere Zug- und Lasttiere bei den Gebirgsjägern sind die Mulis. Sie sind zwar launenhaft, hinterlistig und widerspenstig, aber sie sind unsere unentbehrlichen vierbeinigen Kameraden. Sobald die Einheit abmarschbereit ist, möchten sie natürlich gleich losziehen, sie haben keine Geduld. Dauert es aber etwas länger, so schreien sie der Reihe nach, was sich wie Pferdegewieher oder wie ein Eselgejammer anhört. Zwischendurch schlagen sie mit ihren Hinterbeinen gleichzeitig aus und jeder hält respektvoll Abstand zu ihnen. Versucht man ihnen gut zuzureden, kann es sein, dass man dafür gebissen wird. Mir taten die Mulitreiber schon immer leid.

Entlang der Straße, auf der wir bereitstehen, führt ein steiler Hang nach links oben und von dort werden pausenlos russische Leuchtraketen abgeschossen, die das ganze Gelände hell erleuchten. Die Russen hatten den Hang bereits in ihrer Hand und sind weit vor uns schon in Stellung. So-lange aber nicht der Befehl zum Abmarsch kommt, müssen wir hier warten. Was zum Teufel ist heute los? Wir hören sogar die russischen Befehle dort oben. Sie wissen wahrscheinlich nicht, dass wir da herunten Deutsche sind, sie vermuten ihren eigenen Tross. Sie brauchen nur den Hang herunterkommen, was uns gar nicht überraschen würde und wir wären alle gefangen. Diese Unruhe geht vermutlich auf unsere Tiere über. Wir zweifeln schon daran, ob wir da noch einmal gut herauskommen.

Endlich setzt sich die Kolonne in Bewegung und die Mulis werden auch ruhiger. Immer wieder erhellen Leuchtraketen die ganze Umgebung und erlöschen wieder, ohne dass ein Schuss abgegeben wird. Keiner versucht den Kopf zu heben oder in die schützende Deckung zu springen. Dieses aufregende Nervenspiel wiederholt sich alle paar Sekunden und jedes Mal glauben wir, jetzt haben sie uns entdeckt. Die Straße führt vom Hügel weg und macht eine leichte Kurve nach rechts etwas talwärts. Die Leuchtraketen blenden uns nicht mehr so, sondern werfen unsere langen Schatten gespenstisch weit voraus.

Im Tal unten passieren wir eine Betonbrücke. Es ist der Grenzfluss, der hier viel breiter und ruhiger fließt. Franz und ich hatten die dankbare Aufgabe, mit dem MG den Schluss der Kolonne zu sichern.

Als wir die Brücke passieren, kommt uns ein frierender Posten entgegen und fragt nervös, „seid Ihr nun die letzten oder kommt da noch eine Einheit?" „Nach uns kommen nur noch die Russen", gebe ich zur Antwort. Als noch ein zweiter Posten auftaucht, sagt dieser, „fertig machen zur Sprengung!" Uns ruft er noch nach, „beeilt Euch, in zwei Minuten fliegt die Brücke in die Luft." Die Pioniere hatten die Sprengung schon lange vorbereitet.

Wir waren noch keine 100 m entfernt, da erhellte ein greller Blitz die ganze Gegend und im selben Moment folgte ein ohrenbetäubender Knall. Der Explosion folgt ein Windstoß und Sekunden später hagelt es Stein- und Betonbrocken auf uns hernieder. Gott sei Dank wurde dabei niemand verletzt.

Nun wird es auch hinter uns auf dem russischen Hügel lebendig. Sie eröffnen ein MG- und Gewehrfeuer in Richtung Brücke und wir suchen sofort Schutz im Straßengraben. Gleich sind wir über den Hügel. Einige Querschläger schwirren durch die Luft. Es kann Stunden dauern oder sogar einen halben Tag, bis der Feind eine behelfsmäßige Brücke gebaut hat, um uns zu folgen.

Wir ziehen weiter, stundenlang weiter, die ganze Nacht durch. An Müdigkeit denkt keiner. Monoton wird unser Gang und uns ist es recht so. Unseretwegen braucht es überhaupt nicht mehr Tag werden, wir sind mit der kalten und nassen Nacht zufrieden. Was wir heute schaffen, haben wir endgültig hinter uns.

Während der neue graue Morgen heraufdämmert, haben wir schon unsere neue Stellung auf dem Bergkamm entlang bezogen. Unten im Tal geht der planmäßige Rückzug ununterbrochen weiter. Was wird dieser Tag uns wieder alles bescheren? Mit zwei Kästen Munition und vier Panzerfäusten sind wir für einige Angriffe gerüstet. Für uns beide wäre die einfachste Lösung, wenn uns die Russen nicht angreifen würden, dann bliebe jedes Blutvergießen auf beiden Seiten erspart. Angestrengt horchen und schauen wir uns das neue Niemandsland vor uns an. Soweit wir sehen können, rührt sich nichts, noch nichts. Der Abhang vor uns fällt genauso steil ab wie auf unserer Seite.

Von der Seite kommt ein deutscher Offizier auf uns zu. Sofort mache ich Meldung, „Gefreiter Beer und Santeler auf Posten, keine besonderen Vorkommnisse." Es ist ein

Hauptmann von der Infanterie, er hatte die üblichen Auszeichnungen inklusive EK 1. „Gut, danke", sagte er kurz und fragt, „wo sind die nächsten Posten von Euch?" Ich zeige nach links und rechts, wo jeweils 100 m entfernt die nächsten Posten sind. Er geht ein Stück bis zum nächsten Posten, um sich zu überzeugen und kommt zu uns zurück. Wir beide haben sofort den Verdacht, dass dieser Offizier zum „Komitee Freies Deutschland" gehört, also für die Russen kämpft. Mit jedem Schritt, den er uns näher kommt, steigert sich bei uns die Anspannung. „Neuer Befehl", sagt er kurz. „Ihr geht mit Eurem MG den Abhang hinunter bis zu dem einzelnen Baum und geht dort in Stellung. Verstanden?" Als er sich wieder zu uns umdreht, schaut er in unsere Gewehr- und Pistolenläufe, die auf ihn gerichtet sind. Seine MP hängt lässig um seine Schulter. Es war zu spät für ihn. Er hat nicht damit gerechnet, dass wir ihn erkannt haben. Langsam dreht er sich um, sagt, es ist eigentlich keine günstige Stellung oder so was ähnliches und geht langsam wieder den Hang hinunter. Wahrscheinlich rechnet er damit, dass wir ihn umlegen. Wir ließen ihn nicht aus den Augen, denn er könnte sich nach einigen Schritten blitzschnell umdrehen und uns mit einem Feuerstoß erledigen. Wir sahen ihn nie wieder. Er war bestimmt froh, dass er lebend davonkam.

(Komitee Freies Deutschland sind gefangene deutsche Soldaten, besonders Offiziere, die in Russland umgeschult wurden und jetzt für den russischen Sieg kämpfen. Später erfuhr ich, dass sie zu diesem Dienst gezwungen wurden. Sie kannten die militärische Überlegenheit und unsere hoffnungslose Lage. Wären sie also zu uns übergelaufen, so wären sie bei einer erneuten Gefangennahme sofort erschossen worden. Für ihren Judasdienst wurden ihnen Vergünstigungen versprochen.)

Schon über eine Stunde ist es hier oben verdächtig ruhig und die Spannung steigt weiter. Entweder kommt ein russischer Angriff oder, was noch schlimmer ist, dass von vorne überhaupt nichts mehr kommt, sondern dass die Russen irgendwo da hinten durchgebrochen sind und wir hier oben in der Falle sitzen. Allmählich dunkelt es von Osten und der graue Tag geht früher als sonst zu Ende. Von Westen ziehen regengefüllte Wolken heran, die uns immer wieder durchnässen. Es ist nicht mehr so kalt wie gestern, als es um diese Zeit noch schneite. Wie weit liegt dieses Gestern schon zurück.

Durchfroren und mit knurrendem Magen warten wir auf den Melder, der uns kurz vor Mitternacht wieder ins Tal zurückruft. Es geht bergab und unsere Schritte werden ganz von selber größer und schneller. Wir beeilen uns, damit die anderen nicht auf uns warten müssen. Außerdem hoffen wir, dass der Koch einen halbwegs genießbaren Fraß zubereitet hat. Es gibt ja nur mehr Trockengemüse. Manchmal finden wir sogar einige Fleischbrocken, wenn eines unserer braven Muli verwundet oder gefallen ist. Auch den Tee veredelt der Koch manchmal mit einigen Flaschen Rum oder Wein. Noch vor Mitternacht steht die ganze Einheit fertig zum Rückzug bereit.

Stundenlang ziehen wir schon flott dahin. Jetzt, wo wir warm gelaufen sind, überfällt uns der Schlaf mit einer solchen Gewalt, dass vielen von uns während des Marschierens die Füße einknicken und mit einem scheppernden Geräusch der Länge nach hinfallen. Mir zieht es zwar auch die Augen zu, aber ich denke mir, soviel muss man sich schon noch in der Gewalt haben, dass man nicht gleich auf die Straße hinfällt. Auch Franz torkelt mehr, als er sich aufrecht halten kann. Es regnet immer stärker und ich halte mein Gesicht nach oben, damit der Regen mich wach hält. Plötzlich schlägt mir ein harter Gegenstand ins Gesicht und bevor ich merke, was geschieht, falle ich schon die Böschung hinunter und komme nach einer vollen Umdrehung zum Liegen. Ich war schlafend von der

Straße abgekommen und mit dem ersten Schritt in den Straßengraben war ich gestürzt. Schnell springe ich wieder auf, musste mir aber eingestehen, dass auch mich der Schlaf überwältigte. Gott sei Dank habe ich mir nichts gebrochen, stelle ich fest. Meine rechte Gesichtshälfte beginnt zu schmerzen und ich spüre, wie es mir warm über Wangen und Kinn rinnt. Auch den rechten Handrücken muss ich mir aufgeschürft haben. Als ich mit der linken Hand darüber wische, streife ich die steckengebliebenen Sandsteine mit ab. Gesicht und Hand brennen zwar, aber den Schlaf habe ich damit überwältigt. Ununterbrochen purzeln die Kameraden wie betrunken durcheinander, aber der Marsch geht trotzdem weiter. Für eine kurze Schlafpause am Straßenrand ist einfach keine Zeit. Die ganze Marschordnung ist durcheinander und ich suche schon seit längerem Franz. Endlich kommt er dahergewackelt. Jetzt hängen wir uns gegenseitig ein und schreiten gemeinsam dahin. Gegen drei Uhr erreichen wir eine Ortschaft, wo unsere Lastwägen auf uns warten. Wir steigen sofort auf und uns war es egal, wohin es ging. Nun sind wir in der Obhut des Fahrers und jeder hofft, dass uns ein Stündchen Schlaf vergönnt ist.

Es war noch finster, als wir zum Absteigen aufgefordert werden. Der scharfe Befehlston kommt von draußen. Schnell formieren wir uns und der Zugführer erklärt uns den neuen Auftrag. „Bevor es hell wird, müssen wir über das freie Gelände in die Ortschaft kommen. Sie ist zwar vom Feind besetzt, aber wir ziehen links vorbei und besetzen die kleine Anhöhe hinterhalb des Dorfes." Er fügt noch zur Beruhigung hinzu, „wir sind nicht allein, eine SS-Einheit geht rechts neben uns mit. Sie durchkämmen das Dorf und schließen sich uns rechts an." Einige Minuten später gehen wir auf dem nassen schmutzigen Feldweg in die Dunkelheit hinein. Wir sind darauf gefasst, dass es jeden Moment zur Feindberührung kommt. Wir beeilen uns, denn wenn wir im Schutz der Dunkelheit den Ort erreichen, kann uns viel Leid erspart bleiben. Nach einer knappen Viertelstunde sehen wir die Umrisse der ersten Häuser. Ohne Feindberührung ziehen wir an Gärten vorbei, fast den ganzen Ort entlang. Plötzlich geht mitten im Dorf ein Höllenkrach los. Der feindliche Widerstand wurde von der SS schnell niedergemacht. Wir erreichen noch im Morgengrauen die etwa 1000 m dahinterliegenden Anhöhen und schanzen uns schnell ein. Im Dorf hinten hören wir noch MG- und Gewehrschüsse, dann war es auch dort ruhig. Inzwischen haben wir uns hier eingeschanzt und hoffen, dass wir den Feind überrumpelt haben. Vielleicht haben wir tagsüber etwas mehr Ruhe.

Nachdem wir uns den Verlauf der heutigen Verteidigungslinie eingeprägt haben, stellen wir mit Entsetzen fest, dass die Frontrichtung heute umgekehrt ist. Vor uns ist Westen, wir sind also eingeschlossen. Warum ist es seit fast einer Stunde so unheimlich ruhig hier? Etwa 300 m rechts von uns auf einer kleinen Anhöhe hat sich ein SMG von uns eingeschanzt. Für uns ist das ein kleiner Trost, denn es kann die ganze Niederung vor uns in Schach halten. Im Schutz einer kleinen Mulde laufe ich zu ihnen hinüber, um zu sehen, was sie von unserer Situation halten. Die ganze Bedienung - fünf Mann - sitzt resigniert in ihren Löchern und wartet ebenfalls mit Unbehagen auf das Kommende. Vom SMG-Führer erfahre ich, dass der Kessel südlich von uns noch offen ist und der Rückzug noch in vollem Gange ist. Er sagt, „wir müssen also nur aufpassen, damit diese kleine Anhöhe hier herum in unserem Besitz bleibt." Während wir uns unterhalten, hören wir von Westen her dumpfes, schweres Motorengeräusch. „Panzer!" sagen wir gleichzeitig und mit einem grausamen Unbehagen laufe ich zu Franz zurück. Auch er hört diesen Lärm und wir schauen uns entsetzt an. „Der Angriff nach Westen bleibt uns erspart, wir müssen uns nur verteidigen, Gott mit uns", sage ich zu Franz. Es bekommt uns aber beiden nicht gut, während wir nervös die Panzerfäuste vorbereiten. Schon nach einigen Minuten sehen wir im dunstigen Gelände da unten einige graue Kolosse auf uns zukommen. Automatisch verschwinden wir in unsere Deckung, während ich wie von selbst das Visier meiner Panzerfaust aufklappe, um auf den ersten Panzer zu warten, den wir erst ab 30 m abschießen können. Mein Puls klopft wie wild, während ich mich nach außen hin ruhig und gelassen geben will. Der Motorenlärm steigert sich und wird fast unerträglich. Als ich die Tarnzweige beiseite schiebe, sehe ich etwa 200 m vor unserer Linie sechs Ungeheuer langsam auf uns zukommen. Eine innere Stimme sagt mir, „hau ab und lauf!", aber das war nur gedacht. Es hat keinen Zweck mehr. Wir kommen uns vor wie zwei Hasen, die von den Jägern in die Enge getrieben sind. Wir schauen nach rechts zum SMG und auch nach links, aber auch dort bleiben alle in ihrem Schützenloch.

Nacheinander stellen die Panzer ihre Motoren ab, nur einer kommt auf uns zugefahren und bleibt keine 100 m vor uns stehen. Aus seiner Öffnung steigt ein Soldat heraus, setzt sich auf den Kanzelrand, nimmt ein Megaphon und spricht zu uns: „Kameraden von der 3. Gebirgsjägerdivision, ich begrüße Euch und fordere Euch zugleich auf, legt Eure Waffen nieder und kommt zu uns herüber. Ich bin einer von Euch. Der Krieg ist zu Ende. Rettet Euer Leben. Ein Weiterkämpfen ist zwecklos, Ihr seid eingeschlossen." Eine lange Pause von ca. einer Minute vergeht, ohne dass sich etwas rührt. Alles ist ruhig und gespannt. Es steigt auch keiner aus seinem Loch und geht hinüber. Franz starrt mich fragend an. Ich schüttle nur den Kopf und sage, „nein, ich will kein Gefangener sein." Was uns dann nur noch bleibt, wäre der Tod, das weiß jeder, ohne es auszusprechen. Nach dieser Überlegungspause nimmt der Panzersoldat wieder sein Megaphon und spricht, „wenn Ihr nicht freiwillig kommt, werden wir Euer Leben auslöschen. Wir zeigen jetzt unsere Treffsicherheit. Der einzelne Busch zwischen Euren Stellungen ist das Ziel. Geht in Deckung." Gleich darauf feuert der Panzer eine Granate auf den Busch und als die schwarze Rauchwolke verflogen war, ist an derselben Stelle ein Granattrichter. Danach spricht er weiter, „nehmt nun Eure Decken und vergesst das Kochgeschirr nicht, es gibt gleich warmes Essen." Wir warten ca. eine Minute. Der Panzer richtet sein Geschütz genau auf das SMG nebenan. Schon steigen einer nach dem anderen aus ihren Löchern und gehen zum Panzer hinüber. Verlassen steht das SMG auf seinem Platz droben. Niedergeschmettert und mit Entsetzen verfolgen wir diesen traurigen Vorgang. Franz bricht das Schweigen. „Jetzt ist alles aus." Ich vermeide es, ihm ins Gesicht zu schauen, denn jetzt muss auch ich mir eingestehen, dass nur mehr die Gefangenschaft für uns übrig bleibt, außer dem sinnlosen Sterben durch einen Volltreffer. Wir beobachten weiter den Panzer und sehen, wie er langsam zu uns herüberschwenkt. Wie gelähmt hocken wir in unserem Loch und warten, bis der erlösende Schuss kommt. Zu Franz sage ich noch, „wir werden nichts spüren, die schießen so gut, dass wir nicht das Geringste davon merken." Verlegen dreht er sich zur Seite, als wäre er mit meiner Entscheidung nicht einverstanden. Er riskiert einen Blick auf den Panzer und sagt, „die Fünf von nebenan steigen gerade zu dem Panzer hinauf." Wieder ertönt die hässliche Stimme durchs Megaphon, „wir bringen die Geretteten zurück und kommen gleich wieder, um Euch zu holen. Wenn Ihr nicht wollt, machen wir Eure Stellung zum Grab."

Den ersten Schrecken haben wir lebend überstanden und wir schauen uns fragend an, wie wir uns nun entscheiden müssen. Es sieht so aus, als wollten sie uns lebend und gesund haben. Es kann viele Jahre oder Jahrzehnte dauern, bis das zerstörte Russland wieder aufgebaut ist oder wir kommen nach Sibirien in die Bergwerke. Wir zahlen mit unserem jungen Leben die Schulden der Parteibonzen. Diese Gefangenschaft wird ein ewiger Kreuzweg werden. Immer werden die Unschuldigen verurteilt.

Durch einen Gewehrschuss von hinten werden wir aus unserer Resignation aufgeschreckt. Hinter einem Baum winkt uns unser Melder und schreit, „alle zurückkommen bis zum Dorfrand, die Russen sind von der rechten Seite ins Dorf eingedrungen."

Sofort verlassen wir in geduckter Haltung unsere Stellung und erreichen den schützenden Bahndamm. Erneut verschanzen wir uns hier, während im Dorf lebhaft geschossen wird. Vielleicht haben wir doch eine Chance, hier heraus zu kommen, wenn wir durchhalten.

Im Laufe des nachmittags bekommen wir sogar Verstärkung. Aber was ist das für ein Durcheinander? Es sind alte Volkssturmmänner, Infanteristen, Unteroffiziere von der Luftwaffe, die vom Bodenpersonal kommen, ein jämmerlicher Haufen. Sie wissen selbst nicht, warum sie hier sind oder wie sie den Kriegsausgang noch ändern könnten. Einer sagt, „wir sind zum Abschlachten hier." Spät am Abend kommt noch ein junger Infanterist zu uns, der scheinbar zum ersten Mal im Fronteinsatz ist. Er macht einen intelligenten Eindruck. Obwohl man ihm die Angst ansieht, versucht er sich lässig zu geben. „Karl heiß ich", stellt er sich vor und streckt mir die Hand entgegen. „Ich bin der Sepp und das ist der Franz", antworte ich ihm. Nach dieser kurzen Begrüßung nimmt Karl im engen Loch neben uns Platz, obwohl er uns mehr hinderlich als nützlich ist. Es ist momentan ruhig und vielleicht erlauben uns die Russen sogar eine kleine Verschnaufpause, die wir beide für ein Nickerchen verwenden könnten. Als Aufpasser können wir uns auf Karl verlassen. Wir setzen uns auf die Munitionskisten und schlafen gleich ein. Karl wundert sich, dass wir in einer solchen Situation überhaupt an Schlafen denken. Er schüttelt den Kopf und sagt, „Eure Ruhe ist aufregend, Ihr habt einen beneidenswerten Galgenhumor."

Kaum waren wir eingeschlafen, werden wir von Karl wachgestoßen. „Die Russen greifen an", sagt Karl. Wir sind sofort wieder hellwach und hören das laute Motorengeräusch der russischen Panzer, die schon auf das Dorf zukommen. Es ist ein Spiel wie Katz und Maus. Zur gleichen Zeit hören wir die Abschüsse der Stalinorgel und der Granatwerfer, die Sekunden später in unmittelbarer Nähe einschlagen. Gleich danach kommen schon die ersten zwei Panzer, gefolgt von der Infanterie. Als diese beiden Panzer mit Vollgas auf den Bauernhof zurasen und dabei aus allen Rohren schießen, hören wir zwei gewaltige Detonationen. Die Panzer explodieren und brennen lichterloh. Auch der Bauernhof steht in Flammen. Durch die beiden Abschüsse stoppt vorerst der russischen Angriff. Zum Durchbruch und somit zum Schließen des Kessels kam es nicht, noch nicht. Auch die Granatwerfer hören zu spucken auf und wir wissen nicht, was der Iwan heute Nacht noch vor hat.

Mitternacht ist es inzwischen und wir hocken immer noch in unseren Löchern. Seit zwei Stunden ist es unheimlich still um uns herum. Ab und zu schießen die Russen eine Leuchtrakete hoch, was uns beruhigt. Es beweist, dass sich nichts geändert hat. Es wäre Zeit, wenn unser Melder käme. Hoffentlich ist auch die Straße nach Süden noch offen. Wenn wir im Morgengrauen immer noch da sind, würden sie diese grausame Forderung zum Überlaufen wiederholen oder uns im Schützenloch erschießen.

Leise wie ein Gespenst kommt gegen zwei Uhr der ersehnte Melder mit der erlösenden Nachricht zum Absetzen. Wie Diebe schleichen wir uns auf den Ausgangspunkt von gestern zurück. Viele von heute Morgen sind im zerstörten Dorf liegen geblieben oder sie sind in Gefangenschaft geraten.

Im Eiltempo ziehen wir den Feldweg Richtung Osten hinunter. Schon bald darauf erreichen wir unsere Lastwagen wieder, auf die wir schnell hinaufspringen. Schlimmer kann es nicht mehr kommen. Die Hauptsache, wir kommen nochmals aus diesem Kessel heil heraus. Was dieser Soldat auf dem Panzer gestern zu uns herüberrief, war also eine Falle, auf die die SMG-Mannschaft hereinfiel.

Ein kräftiger Ruck reißt uns aus dem Schlaf und unser Lastwagen hängt schräg hinunter. Beinahe wären wir umgekippt. Bei einem Überholmanöver geriet der LKW in den Straßengraben und da hängt er jetzt. Gleich daneben steht eine Ortstafel und darauf steht Friedberg, ein deutscher Name. Unser Lastwagenfahrer versucht das leere Fahrzeug herauszufahren, dabei versinkt das hintere Rad immer tiefer in dem Morast. Einige versuchen kräftig anzuschieben, aber bei jedem neuen Versuch rutscht er noch tiefer hinunter. Alle waren schon weg, nur Karl stand noch neben mir und schiebt noch immer kräftig mit oder tut wenigstens so. Der Rückzug wälzt sich an uns ununterbrochen vorbei, aber niemand kümmert sich um unser wertvolles Fahrzeug. Auch Franz und alle anderen sind schon weg. Der Fahrer steigt aus, betrachtet seine hoffnungslose Lage und sagt, „da könnt Ihr auch nicht mehr helfen." „Wo sind die anderen?" frage ich Karl. „Die sind schon alle weiter, die müssen wir einholen." gibt er mir zur Antwort. Mein MG steht auch nicht mehr da, wo ich es hingestellt hatte. Wir eilen durch Friedberg, aber wir finden niemanden mehr von unserer Einheit. Am Ortsausgang will ich wieder zurückgehen, denn irgend etwas stimmt da nicht. Karl reißt mich kräftig am Arm und zieht mich einfach weiter. Er sagt, „was suchst Du da noch herum, die sind schon längst da weiter vorne." Ich weiß nicht recht, aber vielleicht hat er doch recht. Es gab schon öfters so ein Durcheinander, aber nach einigem Hin- und Herfragen fand man seinen Haufen wieder. Einige Male wollte ich stehen bleiben und zurückschauen, aber Karl zieht mich sofort immer weiter. „Nur nicht stehen bleiben", sagt er eindrucksvoll, „wenn Du heimkommen willst, musst Du in diese Richtung trachten." „Sollte unsere Einheit doch noch in Friedberg sein?" frage ich Karl. Es sind höchstens ein bis zwei km wieder zurück. „Bist Du verrückt, nochmals umzukehren, da hinten ist die Hölle, da kannst Du auch nichts mehr retten", belehrt mich dieser Neuling. Nun weiß ich, dass er mich absichtlich mitgezerrt hat. „Warum bist Du nicht allein weiter? Ich kann doch nicht einfach wegbleiben?" Als Karl merkt, dass ich trotz innerer Gewissensbisse mit ihm weitergehe, erklärt er mir, dass er diese Flucht vorbereitet hat. „Ich bin Halbtscheche und spreche perfekt tschechisch. Mein Vater ist Deutscher, dazu ein fanatischer Parteigenosse und meine Mutter ist Tschechin. Sie war immer gegen Hitler. Meine Schwester ist BDM-Führerin und genauso verrückt wie mein Vater. Ich bin ebenfalls gegen Hitler und wollte noch nie etwas davon wissen. Dadurch zerstritt sich unsere Familie. Ich ging in Olmnitz ins Gymnasium und wohnte bei meiner Tante, einer Schwester meiner Mutter. Bei ihr fühlte ich mich mehr Zuhause als im Elternhaus. Weil ich also Deutscher bin, wurde ich nach meinem Abitur sofort zur deutschen Wehrmacht einberufen, obwohl jeder wusste, dass dieser Krieg schon längst verloren war. Ich habe alles versucht, davon befreit zu werden, aber es war alles zwecklos. Du kannst Dir denken, wie ich diese Uniform hasse. Bis Olmnitz sind noch ungefähr 40 km und dahin müssen wir jetzt kommen, bevor uns der Russe kassiert. Der fragt nicht, ob Du oder ich ein Nazi oder ein Halbtscheche bist, der verheizt alle und

Du kommst nie mehr heim. In Olmnitz gehen wir zu meiner Tante und von dort musst Du versuchen, dass Du allein weiterkommst." Ich hörte ihm aufmerksam zu, während wir zwischen zwei Pferdefahrzeugen dahinmarschieren. „Aber warum hast Du ausgerechnet mich mit hineingezogen?" Verstohlen schaut er sich in der Dunkelheit um, ob wir auch nicht belauscht werden, bevor er weiter spricht. „Vor vier Tagen habe ich es schon einmal versucht, dabei haben mich die Kettenhunde (Anmerkung: Militärpolizisten) erwischt und ich wäre beinahe erschossen worden wegen Fahnenflucht. Nur der sofortige Fronteinsatz hat mich gerettet. Beim zweiten Mal heute hatte ich allein nicht mehr die Kraft dazu. Ich hab mir gestern Abend gedacht, dass Du der richtige Kumpel dafür bist. Es ist ja ein Wunder, dass wir gestern aus diesem Kessel noch mal herauskamen. Ich hatte keine Hoffnung mehr." Vorwurfsvoll frage ich, „warum hast Du mir nichts gesagt, ich hätte doch auch Franz mitgenommen. Seit Weihnachten sind wir beide zusammen, was macht er jetzt ohne mich?" Er antwortet mir sofort, „zu Dritt wäre diese Flucht nicht durchführbar, da wäre einer zu viel. Wenn ich Deine Nerven hätte, hätte ich es noch einmal allein versucht."

Langsam graut der Morgen und Karl macht den Vorschlag, dass wir uns tagsüber irgendwo verkriechen. Er will nicht nochmals von einer Militärstreife erwischt werden. Wir hatten aber nichts zu essen und der Magen knurrt schon. „Für die Verpflegung werde ich schon sorgen", sagt Karl.

Im nächsten Dorf verlassen wir die überfüllte Straße und gehen mit gemischten Gefühlen auf den ersten Bauernhof zu. Ich folge Karl durch den Hofeingang. In der Scheune ist eine andere Einheit einquartiert. Niemand kümmert sich um uns, während wir auf das Wohnhaus zugehen. Im Hausflur brennt nur eine Petroleumlampe und wir gehen in die Bauernstube hinein. Überall sitzen Lanzer herum und einige Offiziere stehen um den großen Tisch, der mit Generalstabskarten belegt ist. An der Ofenbank sitzt der Bauer mit seiner Frau, die geduldig diesen Belagerungszustand hinnehmen. Gedämpft wie das matte Licht sind auch die Stimmen der Lanzer. Karl setzt sich neben den Bauern und spricht leise auf ihn ein. Gleich darauf verlässt die Bäuerin den Raum und kommt bald darauf mit einem Bündel wieder zurück. Karl wickelt die Sache unauffällig in seinen Rucksack. Karl durchzuckt ein Schreck, starrt wie auf ein Gespenst und flüstert dem Bauern etwas zu. Nun erkenne auch ich das Gespenst, es ist unser Spieß. Auch er bleibt wie angewurzelt stehen und war ebenfalls überrascht. Karl packt mich am Arm, zerrt mich durch einen Seitenausgang mit, der in den Stall führt, wo uns der Bauer schon vorausgeht. Am anderen Ende führt eine Tür zum Obstgarten, in dem noch ein Heustadel steht. Dort können wir uns verstecken, erklärt uns der Bauer. Mit Hilfe einer Leiter steigen wir zum oberen Boden, wo in einer Ecke noch ein kleiner Heuvorrat liegt. Die Leiter ziehen wir vorsichtshalber mit hinauf. Durch die Ritzen und Astlöcher beobachten wir lange unsere Umgebung. Wir nehmen nun an, dass unser Spieß ebenfalls die Einheit verlassen hat, um der Gefangenschaft zu entkommen. Nach einer ausgiebigen Brotzeit, die uns die Bäuerin mitgegeben hat, legen wir uns ins Heu. Die geladenen Pistolen legen wir griffbereit unter den Kopf. Karl meint, „in zwei Tagen müssten wir in Olmnitz sein." Erst jetzt fällt mir auf, wie präzise Karl diese Flucht vorbereitet hat. Sein Schuldeutsch und seine Ausdrucksweise zeugen von einem höheren Grad an Bildung.

Als ich erwache, ist es dunkel um mich und ich weiß im ersten Moment nicht, wo ich bin. Hastig greife ich nach meiner Pistole, aber sie ist noch unter meinem Kopf, so wie ich sie hingelegt hatte. Sollte mich Karl heimlich verlassen haben? Nein, das glaube ich nicht. Sollte er leicht-sinnigerweise das Versteck verlassen haben und sie haben ihn geschnappt? Ich taste mich zu der Leiter, aber sie steht schon vorbereitet auf ihrem Platz. Sollte ich in einer Falle sitzen? Durch die Ritzen sehe ich, dass es draußen noch nicht finster ist. Zuerst weiß ich nicht, ob es Morgen oder Abend ist. Draußen regnet es immer noch und von weit her, von der Straße höre ich den vorbeiziehenden Rückzug. Es bleibt mir nichts anderes übrig, als vorerst zu warten. Schon bald merke ich, dass es dunkler wird, also dass es Abend ist. Kurz darauf höre ich die angelehnte Tür sich unten bewegen und wie ein Schatten huscht Karl auf die Leiter zu. Als sein Kopf bei mir oben auftaucht, sage ich, „na, da bist Du ja wieder." Karl ist dabei so er-schrocken, dass er beinahe die Leiter hinunterstürzte. Er meinte, ich schlafe noch tief. Zum ersten Mal zischte er mich böse an und sagte, ich solle mit meinem Leichtsinn nicht die ganze Sache verderben. Gleich darauf aber war der Zwischenfall vergessen und er zeigte mir stolz den In-halt aus seinem Rucksack. Da ist ein großes Stück Schwarzgeräuchertes, acht gekochte noch warme Eier, ein halber Laib Brot, vier Schmalznudeln, ein Fläschchen Obstschnaps und die beiden Feldflaschen voll Milch. „Sind die Bauern Dir gegenüber aber spendabel", flüstere ich jetzt Karl zu. Er antwortet ebenfalls kaum hörbar, „ich war beim nächsten Bauer, sagte, ich sei ein tschechischer Untergrundkämpfer und arbeite für die Tschechen und die Russen. Wir müssen ständig mit unserem Funkapparat den Standort wechseln. Wir müssen uns auch selbst ver-pflegen. Sie schüttelten mir die Hand und ich soll nur morgen wiederkommen", sagten sie beim Gehen.

Nachdem es dunkel genug war, verlassen wir wieder un-ser Versteck. Nach vielen Monaten fühle ich mich zum ersten Mal richtig satt und ausgeruht. Draußen regnet es immer noch, aber jetzt empfinde ich das Nass erfrischend.

Der große Strom nimmt uns wieder auf und wir fühlen uns, als gehörten wir da hinein. Wir wundern uns nur, wo die vielen Fahrzeuge alle herkommen. So geht es Tag und Nacht, immerzu. Einmal muss doch diese lange Schlange ein Ende haben.

Stundenlang gehen wir in diesem gemütlichen Tempo hinter dem Pferdewagen nach. Gegen Mitternacht kommt es auf einmal zum Stau. So etwas war noch nicht da. Neugierig versuchen wir die Ursache zu ergründen. Niemand weiß, warum es da vorne nicht weitergeht. Solange aber nicht geschossen wird, sollte es keinen Grund zur Aufregung geben. Viele Soldaten überholen uns schon und da entschließen wir uns, auch hinterher zu gehen. Ruckartig bleibt Karl stehen, packt mich beim Arm und zieht mich hinter einen Pferdewagen. Etwa drei Fahrzeuge vor uns sehen wir den Grund des Staus. Wir sind an einer Straßenkreuzung angekommen, auf der zwei Kettenhunde den Verkehr regeln. Eine vollgestopfte Seitenstraße mündet in die unsere hinein. Karl wollte kehrt machen und in einem weiten Bogen über aufgeweichte Felder die gefährliche Kreuzung umgehen. Diesmal packe ich ihn am Arm, weil ich damit nicht einverstanden bin. Nicht lange danach können wir wieder weiterziehen. Wir marschieren mit gesenktem Kopf an den beiden vorbei, die mit abgeblendeten Taschenlampen wie zwei mächtige Ungeheuer am Straßenrand stehen. Nach einigen Schritten schaue ich verlegen nach hinten. „Die haben andere Sorgen, als nach uns zu suchen", beruhige ich Karl. Er hatte die Pistole schon in der Hand und steckt sie wieder in seine Tasche zurück. „Ja bist Du verrückt, was hattest Du damit vor?" frage ich erstaunt. „Genau in einer solchen Situation wurde ich vor vier Tagen geschnappt", antwortete Karl. Mir steht jetzt der kalte Schweiß auf der Stirn und ich zittere am ganzen Körper, besonders die Knie. Er hält sich mit der Hand am Wagen fest und lässt sich mitziehen.

Wir ziehen schon stundenlang dahin und bevor es Tag wird, verlassen wir wieder die Straße. Es läuft ja alles nach Plan. Diesmal ist es kein Dorf, sondern ein Gutshof, auf den wir zugehen. In der Scheune wimmelt es von Soldaten und alles rennt wie aufgescheucht hin und her. Wir betrachten von einer Ecke aus, was hier los ist und ich frage einen Lanzer. Er geht wortlos weiter. Da sind wir scheinbar in ein Wespennest hineingeraten. Wir suchen am hinteren Ende nach einem Fluchtweg, aber da ist alles freies Gelände. Wir müssen uns hier verstecken. Karl hockt wie ein hilfloses Häufchen Elend auf einem Strohballen. Es sieht sehr ungünstig für uns aus. An der Seite führt eine Holztreppe nach oben, auf der ich vorsichtig hinaufsteige. Karl zögerte noch etwas, dann folgte er mir widerwillig. In dieser oberen Etage ist noch ziemlich viel Stroh. Zwischen einigen Ballen richten wir uns ein Lager zurecht. Karl schaut immer noch zur Holztreppe hin, aber niemand verfolgt uns. Ein Rest Essen von gestern ist zwar noch da, aber Karl gibt mir zu verstehen, dass er heute nicht den geringsten Appetit hat. Während er ängstlich horcht und späht, verzehre ich diesen Rest und lege mich schlafen.

Karl war aufgeregt, als er mich im Halbdunkel wieder weckt. Drunten im Hof geht es wie in einem Hexenkessel zu. Alles ist in Eile, sodass wir ohne Schwierigkeiten wieder die Straße draußen erreichen. Erst hier beruhigt sich Karl allmählich und schon beginnt er wieder zu reden. Zuerst beklagt er sich, dass er den ganzen Tag kein Auge zugemacht hat, während ich stundenlang einmal leiser und dann wieder lauter schnarchte. Außerdem hätte er Appetit, aber es ist nichts mehr da. Ich wollte nicht spöttisch werden. Was uns beide jetzt verbindet, ist die Gefahr erwischt zu werden. Einige Male frage ich ihn, ob er die Ortschaften kennt, durch die wir jetzt durchgezogen sind, aber er verneinte jedes Mal.

Der neue Tag ist schon drei Stunden alt, als wir endlich in Olmnitz ankommen. Die Straße ist noch überfüllter, sodass wir noch langsamer vorankommen. Für uns ist das günstig, denn Karl muss sich erst orientieren. Es ist stockdunkel und es ist auch niemand da, um zu fragen. Wir dürfen das Haus nicht verpassen, sonst müssten wir wieder umkehren, was bei diesem wälzenden Strom unmöglich wäre und sofort auffallen würde. Karl versucht die Namen der Straßenschilder zu lesen, aber es war zu finster. An der nächsten Kreuzung hören wir in einiger Entfernung eine Lokomotive rangieren. Zufrieden sagt Karl, „da drüben ist der Ostbahnhof. In diesem Viertel ist das Haus meiner Tante." Ich komme mir vor wie ein Hund, tappe hinter Karl her, damit er mich nicht verliert. „An der nächsten Kreuzung ist es soweit, da müssen wir in die Seitenstraße hinein." An dieser Kreuzung stehen aber schon wieder zwei Kettenhunde mit ihren Taschenlampen und wir können somit nicht abbiegen. Bei der nächsten Seitenstraße verlassen wir den großen Strom. Diese Straße wirkt abstoßend und gespenstisch. Das dumpfe Grollen unserer verlassenen Kolonne wird immer leiser, dagegen werden unsere Schritte in dieser Totenstille immer lauter. Das Echo hallt von den Häusern wider. Mir kommt es vor, als wären wir beide die einzigen Lebewesen in dieser Straße. Trotzdem habe ich das Gefühl, dass wir von allen Seiten beobachtet oder sogar verfolgt werden. An den Silhouetten der Dächer, die sich schwarz vom grauen Himmel abzeichnen, erkennen wir das Ende dieser unendlich langen Straße. Während wir einige Sekunden etwas unschlüssig am Eckhaus stehen, tauchen aus dem Nichts einige Gestalten auf und kommen drohend auf uns zu. Karl geht ihnen entgegen, nachdem er mir zuflüsterte, dass ich hier warten soll. Ich höre ein Stimmengemurmel und von ganz weit her noch den schwachen Lärm der durchziehenden Kolonne. Wie sicherer und geborgener war ich noch in ihr. Was wird aus mir, wenn sie Karl jetzt festnehmen? Die Hand am Pistolengriff warte ich ungeduldig. Ich werde versuchen, diese lange dunkle Straße im Zick-Zack-Springen wieder zurück zu laufen. Schon bereue ich, dass ich überhaupt zu dieser Tante mitgegangen bin. Endlich kommt Karl wieder allein zu mir, packt mich am Arm und wir überqueren wortlos diese Kreuzung. Ohne Hast schreiten wir in eine andere Seitenstraße. Karl weiß nun genau, wohin er geht. Ich wollte nur nicht fragen.

Vor uns ist ein freier Platz. Von hier ist auch der Lärm der Kolonne besser zu hören. Karl steuert auf ein einzeln stehendes Haus auf der anderen Straßenseite zu. „Wir sind endlich da", sagt er zu mir und geht durch den Garten um das Haus herum. Die Fensterläden rundherum sind geschlossen. Es sieht aus, als würde alles friedlich schlafen. Zwischen dem Hintereingang und der Kellertreppe verstecke ich mich. Karl tastet nach einigen Sandsteinchen und wirft sie an einen Fensterladen. Fast im gleichen Augenblick öffnet sich dieser und eine Frauenstimme fragt etwas. Karl gibt sich zu erkennen, worauf sich gleich die Haustür öffnet. Ich wollte warten, aber Karl zieht mich wortlos mit ins Haus hinein. Hinter uns wurde die Tür sofort wieder verriegelt. Der Hausgang ist nur mit Kerzenlicht erhellt. Misstrauische Blicke mustern mich, während sie alle tschechisch durcheinanderreden. An der Wohnungstür kommt uns ein junger Mann entgegen, der Karl gleich umarmt. Ich stehe in der Ecke und warte mit gemischten Gefühlen, was sie mit mir anfangen werden. Als mich Karl seinen Verwandten vorgestellt hatte, erklärte er ihnen in einigen Sätzen, wer ich bin und warum ich jetzt dastehe. Sofort wurde ich in deutscher Sprache freundlich begrüßt und ins Wohnzimmer geführt. Ab sofort wurde meinetwegen nur Deutsch gesprochen, woraufhin sich meine innere Spannung langsam löste.

Als die Dame des Hauses sich als erste von dieser Überraschung erholt hatte, erklärt sie uns, warum sie nur Kerzenlicht haben. „Seit gestern haben wir keinen Strom mehr und was noch schlimmer ist, wir sind seit gestern ohne Nachrichten." Der junge Mann fügte hinzu, „in Prag ist seit gestern der Aufstand und wir wissen hier nicht, wie es dort steht." „Ach, was kümmert mich Prag", jammert die Dame wieder dazwischen, „hier in Olmnitz kann jeden Moment auch der Aufstand ausbrechen. Die ganze Stadt ist als Festung ausgebaut und hier soll bis zur letzten Patrone gekämpft werden, hat mein feiner Schwager erklärt."

Karl wurde hier wie zu Hause aufgenommen und ich sitze mitten in einem fremden großen Wohnzimmer und warte, was nun geschieht. Karl ist mit seiner Tante in einem Nebenzimmer, während sein Cousin nervös von einem Zimmer ins andere eilt, neugierig den Fensterladen einen Spalt öffnet und ihn sofort wieder schließt. Zwischendurch dreht er am Radio, in der Hoffnung, dass der Strom wieder eingeschaltet sein könnte.

Die Tante kommt mit Tassen und einer Kaffeekanne zurück, richtet das Frühstück zurecht und zeigt mir die Toilette. Im Schein der schwachen Beleuchtung muss ich mir im Spiegelbild gestehen, dass mein Aussehen mehr einem Verbrecher ähnelt als einem harmlosen Gast. Selbst ich habe mich im ersten Moment nicht erkannt. Die Hausfrau stellt mir ein paar Hausschuhe zurecht, damit ich endlich meine schweren schmutzigen Gebirgsschuhe ausziehen kann. Welch ein leichtes Gefühl, wenn man federnd über den Teppich schlurft. Nachdem ich mich im Bad salonfähig gemacht hatte, nehmen wir das gemeinsame Frühstück ein. Die Hausfrau bringt mich anschließend in ein Fremdenzimmer, in dem sie schon ein weißes Bett für mich zurecht gemacht hatte. „Jetzt schlafen Sie sich einmal ruhig aus und heute Abend werden Sie das Haus unbemerkt wieder verlassen", sagte sie. Sie stellte die brennende Kerze auf das Nachtkästchen und war schon wieder draußen. Ich stehe unschlüssig da, betrachte diesen Luxus um mich und fühle mich in meiner verlausten Uniform gar nicht wohl. Ein Strohhaufen wäre mir jetzt lieber. Nein, denke ich mir, dieses weiße Bett kann ich nicht verschmutzen. Außerdem müsste ich mich da ausziehen und das habe ich schon monatelang nicht mehr getan. Ich habe doch Läuse, das sollte sie doch wissen. Kurz entschlossen nehme ich die Zeltplane aus meinem Rucksack, breite sie auf dem Bettvorleger aus und lege mich hin. Ich wollte gerade die Kerze ausblasen, da klopft es an der Tür und die Hausfrau steht kopfschüttelnd vor mir. In freundlichem Ton sagt sie, „das habe ich mir doch gedacht. Nein, nein, so was, nun ziehen Sie sich aber gleich aus. Hier sind Sie ganz sicher." Schon war sie wieder fort. Auf ihr Drängen hin ziehe ich mich nun aus und sinke in das weiße weiche Bett. Als ich die Kerze löschte, erkenne ich an den Ritzen im Fensterladen, dass es draußen inzwischen schon Tag geworden ist. Welch ein herrliches Gefühl, in einem Bett zu liegen, ein himmlischer Vorgeschmack auf den kommenden Frieden. Trotz der Freundlichkeit, die mir diese netten Leute entgegenbringen, hatte ich immer noch ein gewisses Misstrauen in mir. Sollte ich doch den Schlüssel in der Tür umdrehen? Nein, das wäre eine grobe Verletzung. So lege ich mir nur die geladene Pistole unters Kopfkissen, was sie ja nicht wissen, mich aber doch halbwegs beruhigt.

Mitten im besten Schlaft klopft es, die Tür öffnet sich einen Spalt und das freundliche Gesicht der Hausfrau sagt zu mir, „der Tisch ist gedeckt, möchten Sie bitte zum Essen kommen, Herr Beer." Sofort ziehe ich mich an, denn solch einer netten Aufforderung musste ich sofort folgen. Die Pistole stecke ich beschämt in die Tasche zurück.

Der gedeckte Wohnzimmertisch sieht aus, als gibt es ein großes Fest zu feiern. Neben Porzellangeschirr mit Goldrand liegt fein säuberlich schweres Silberbesteck auf weißen Servietten. Für mich, den alten Frontsoldaten, ist dieser Anblick überwältigend. Karl nimmt neben mir Platz, er ist nicht wieder zu erkennen. Er trägt einen dunklen Anzug mit weißem Hemd und Krawatte. Jetzt sieht er seinem Cousin sehr ähnlich. Er strahlt eine Feierlichkeit aus und lacht über mein verdutztes Gesicht. Ich sage zu ihm, „Du hast es gut, Du bist am Ziel, ich aber habe noch einen weiten Weg vor mir." Der Sohn öffnet eine bereitgestellte Flasche und füllt die kostbaren Kristallweingläser. Unterdessen bringt die Hausfrau das Mittagessen. Die Kerzenlichter spiegeln sich im Geschirr, im Besteck und in den gefüllten Gläsern. Der junge Mann erhebt sein Glas und sagt mit ruhigen Worten, „obwohl da draußen noch der Krieg regiert, erlaube ich mir, mit Euch schon auf den Frieden anzustoßen." Dabei schaut er besonders mich an. Die Hausfrau verteilt eine gut riechende Gemüsesuppe. Anschließend gibt es Kartoffelpüree mit Hackbraten. Mir wurde als erster die Platte gereicht und ich nehme mir zögernd ein Stück davon, „Nehmen Sie doch gleich zwei, Sie haben doch so einen guten Appetit, sagte mir Karl!" Als ich noch etwas zögerte, richtete sie mir einen kleinen Berg Püree in die Mitte des Tellers, übergoss das ganze mit Bratensoße und legte nochmals ein Bratenstück dazu. Nach dem Essen war es die Hausfrau, die zuerst das Sprechen beginnt. Sie wusste nicht recht, wie sie sich ausdrücken sollte. Sie nimmt einfach meine Hand und sagt, „lieber Herr Beer, so darf ich Sie doch nennen. Ich danke Ihnen vielmals, weil Sie unseren Karl heimgebracht haben." Ich machte eine abwehrende Haltung, wollte gar nicht gelobt werden, da ich ja derjenige war, der zu danken hatte. Ohne mich zu Wort kommen zu lassen, fährt sie fort, „Karl hat uns alles erzählt, was ihr durchgemacht habt, denn er hätte es ohne Sie nicht geschafft. Ich glaube, dass Ihnen das einfache Essen geschmeckt hat. Wir haben leider noch die Lebensmittelkarten. Den Kräuterlikör macht mein Sohn selber, denn als Apotheker kann er sich doch ab und zu den nötigen Alkohol beschaffen. Nun legen Sie sich wieder ins Bett und schlafen weiter bis es dunkel wird." Sofort gehe ich auf das Zimmer, aber ohne Pistole unterm Kopfkissen.

Mit heftigem Ruck wird die Zimmertür aufgerissen und Karl reißt mich vom Bett hoch. Er fordert mich auf, sofort das Haus zu verlassen. „Komm Sepp, mach ganz schnell! Pack Deine Sachen und hau ab. Die Russen haben die Stadt umzingelt. Im Westen der Stadt wird hart gekämpft. Es ist die einzige Straße, auf der Du die Stadt verlassen kannst. Wir haben es soeben erfahren." Ich schaue auf meine Taschenuhr, weil es draußen noch hell ist. Es ist kurz vor 16 Uhr. Im Nu war ich fertig. Die Tante macht ein sorgenvolles Gesicht und sagt zum Abschied, „kommen Sie gut nach Hause, Gott beschütze Sie."

Durch den Kellerausgang verlasse ich fluchtartig das Haus. Ich hoffe nur, dass mich jetzt niemand sieht, um den gastfreundlichen Tschechen keine Unannehmlichkeiten zu bereiten.

Es war nicht viel Orientierungssinn nötig. Bald hatte ich die Rückzugstraße erreicht, da eilen von überall deutsche Soldaten in nur eine Richtung. Ich schließe mich der großen Kolonne wieder an, die wir die letzte Nacht so vorsichtig verlassen hatten. Keiner kümmert sich mehr um den anderen. An den Kreuzungen sind auch die Kettenhunde verschwunden. Je näher ich mich dem westlichen Stadtteil nähere, um so voller und verstopfter wird die Hauptstraße. Immer näher und lauter sind die Granateinschläge zu hören. In Achterreihen drängen sich motorisierte- und Pferdefahrzeuge in westlicher Richtung dem

Stadtausgang entgegen. In den schönen Villengärten hat sich die deutsche Artillerie eingeschanzt und feuert aus allen Rohren. Die Russen schießen Sperrfeuer in die flüchtenden deutschen Fahrzeuge. Nach einigen Volltreffern ist die Straße völlig blockiert. Nach jedem Einschlag bäumen sich die Pferde wiehernd auf, PKW und LKW gehen in Flammen auf und die Fahrzeuge werden fluchtartig verlassen. Wer noch laufen konnte, lief um sein Leben. Nur weg von der Straße. Auch ich meide sie und versuche über zusammengetrampelten Zäunen durch Gärten und zwischen den Häusern der Stadt zu entkommen. Überall lauern flüchtende Soldaten hinter schützenden Häusern, in Straßengräben und spähen nach einer Gelegenheit, der Stadt zu entkommen. Viele laufen sinnlos über das freie Gelände, aber einer nach dem anderen bleibt getroffen im russischen MG-Feuer liegen. Niemand kann ihnen helfen. Jeder ist sich jetzt selbst der Nächste. Die Straße ist vollkommen verwüstet. Die russischen Panzergranaten verwandelten in kürzester Zeit den deutschen Rückzug in einen Trümmerhaufen. Unter das Krachen der Granaten mischt sich das Schreien und Wiehern der verwundeten Soldaten und Pferde. Unsere Artillerie blieb aber auch nicht untätig. Da und dort steigen schwarze Rauchwolken empor, die von getroffenen Panzern ausgehen. Auch das todbringende MG-Feuer wurde zum Schweigen gebracht. Der Druck der Russen lässt etwas nach. Diese Feuerpause wird schnell ausgenützt und alles was noch laufen kann, läuft. Das ganze Gelände sieht jetzt wie ein Ameisenhaufen aus.

In Zick-Zack-Sprüngen versuche ich es nun auch und erreiche völlig erschöpft, aber unverletzt eine kleine Mulde. Zum Verschnaufen ist keine Zeit, denn bevor die Russen ihren Angriff erneut beginnen und somit die Schließung der Stadt vollenden, muss ich aus dieser Gefahrenzone heraus. Ein Blick zurück überzeugt mich, dass vom Stadtrand aus noch immer deutsche Soldaten durch diesen Fluchtweg zu entkommen versuchen. In der Stadt selbst hört man heftigen Gefechtslärm.

Als die Russen das Sperrfeuer beginnen, erreiche ich mit noch einigen Fliehenden die nächste Deckung. Je schneller wir jetzt da wegkommen, umso lebhafter und verderbender wird hinter uns der Höllenlärm. Nach einer weiteren Viertelstunde hören wir nur mehr den anhaltenden grollenden Geschützdonner.

Die große Rückzugstraße hat sich durch einige einmündende Seitenstraßen wieder erneuert. In jedem Gesicht steht noch die Angst geschrieben. Ab und zu blickt jeder nach hinten, ob wir von den Russen eingeholt werden. Als es schon dämmert, normalisiert sich auch das Marschtempo wieder. Die Erfahrung bisher und besonders des heutigen Nachmittags hat mich gelehrt, dass eine Ruhepause in dieser Nacht leichtsinnig wäre. So hänge ich mich wieder an einen Pferdewagen und tripple die ganze Nacht durch.

Die Müdigkeit und der knurrende Magen zerren an mir. Sollte ich mich im nächsten Dorf doch um etwas Essbares kümmern? Wenn der Magen etwas bekommt, wird auch die Müdigkeit vergehen. Während ich mir das so überlege, werden wir an die Seite gedrängt. Eine fahrende Kolonne von fünf bis sechs Lastwägen überholt uns langsam. Diese Gelegenheit nutze ich, um mich noch schneller absetzen zu können. Beim letzten LKW versuche ich mein Glück. Im Laufen springe ich auf die hintere Bordwand und sofort packen mich hilfsbereite Hände und ziehen mich zu ihnen hinauf. Der Lastwagen ist mit Soldaten gefüllt, aber ich finde noch genügend Platz. Welch eine Wohltat, die Füße auszustrecken. Dazu das beruhigende Gefühl, schneller wieder ein Stück heimwärts zu kommen. Es ist doch besser, hungrig zu fahren, als wieder in die Gefahrenzone der Gefangenschaft zu geraten.

Eine Flasche wird herumgereicht. Ehe ich es begreife, wird sie mir in die Hand gedrückt. Ich rieche Schnaps. Anstandshalber nehme ich einen Schluck und ich spüre, wie er mir warm bis in den Magen hinunterrieselt. Die sind hier schon alle angetrunken, merke ich. Vielleicht haben sie ein Vorratslager ausgeräumt? „Habt ihr vielleicht auch ein Stück Brot für mich?" frage ich etwas zaghaft. Sofort werden mir von allen Seiten Brot, Hartwurst und Konserven gereicht, soviel ich nur haben wollte. Ich bin ihnen sehr dankbar für dieses kameradschaftliche Entgegenkommen. So ein riesiges Glück kann nur ich wieder haben, es ist fast wie ein Traum. Mit einem gierigen Hunger beiße ich einmal von der Wurst in der einen Hand und dann vom Brot aus der anderen. Die Konservendosen lasse ich unauffällig in meinem Rucksack verschwinden. Meiner Meinung nach haben sie alles im Überfluss.

Das Fahrtempo hat sich auf einmal erhöht, wahrscheinlich ist die Straße nicht mehr so überfüllt. Ich nehme die Wagenplane zur Seite und schaue auf die noch dunkle Straße hinaus. Außer den Straßenbäumen ist nichts zu sehen. Wir überholen keine zurückziehenden Truppen mehr und uns kommt auch niemand entgegen. „Eine sonderbare Straße ist das", sage ich zu meinem neuen Kameraden neben mir. Diese naive Frage wurde sofort von ihm beantwortet. „Wir fahren nach Pardubitz, wir sind von der SS. Dort ist der zweite Aufstand der Tschechen und diesen schlagen wir nieder. In etwa zwei Stunden werden wir dort eintreffen, die erwarten uns schon." Obwohl es draußen noch dunkel ist, merke ich, dass mein Kamerad jede meiner Bewegungen beobachtet. Ich wollte einfach nicht glauben, was ich soeben gehört hatte. In meiner Magengegend spüre ich ein Unwohlgefühl. Diese Hiobsbotschaft bringt mich augenblicklich um den Verstand, aber zum langen Nachdenken ist nicht mehr viel Zeit. Ich versuche dieses Fahrzeug zu verlassen mit der Bemerkung, „da bin ich auf dem falschen Dampfer, ich muss eigentlich nach Zwittau, dort ist meine Einheit." Sofort bekomme ich die Antwort von meinem Kameraden, der auf diese faule Ausrede schon wartete. „Du bist genau auf dem richtigen Dampfer, hier wird jeder Mann gebraucht. Ich bin der Gruppenführer hier und ab sofort stehst Du unter meinem Kommando. Verstanden!" Ich merke, wie ich von der Angst überwältigt werde, muss mir aber selbst eingestehen, dass ich kaum noch eine Chance habe, hier nochmals heil herauszukommen. Er knipste seine Taschenlampe an und ich sehe seine Pistole auf mich gerichtet. „Solltest Du versuchen auszusteigen, so mache ich kurzen Prozess mit Dir. In Pardubitz bekommst Du Waffen und Munition, dort kannst Du Deinen Mann stehen."

Er leuchtet mit der Taschenlampe das Innere ab und zeigt mir seine Kameraden. Es sind lauter junge SS-Soldaten, bis zu den Zähnen bewaffnet. In einer Ecke stehen viele Kisten mit Panzerfäusten, Handgranaten und Munition. Jetzt versuche ich es auf die vernünftige Art und erklärte ihm unsere aussichtslose Lage: „Wenn wir auch 30 oder 50 Panzer abschießen, der Russe hat noch Tausende. Den Krieg können wir doch nie gewinnen." Er öffnet seine Tarnjacke und zeigt mir seinen Uniformärmel. Dort sind fünf oder sechs Panzerstreifen aufgenäht, die er schon geknackt hat. Er ist sogar etwas stolz darauf und wollte mir beweisen, dass ein Panzerabschuss kein Problem ist. Nun macht er mir seinen Standpunkt klar, indem er fast ruhig sagt, „für einen Feigling ist jetzt keine Zeit und kein Platz. Unser Führer braucht jetzt ganze Männer." In mir stürzt eine Welt zusammen. Er versucht sogar, mir in ein paar Sätzen das Geheimnis beizubringen. „Das Schlimmste ist die Angst und die gibt es bei uns nicht. Mit etwas Ruhe kann man einen Panzer sogar bis weniger als 20 m herankommen lassen, wenn man eine gute Deckung hat. Du brauchst nur in meiner Nähe bleiben und für Panzerfäuste sorgen." Damit beendet er seine Unterhaltung und ich wusste, dass jede Widerrede zwecklos ist.

Ich sehe keine Chance mehr und ich fange in Gedanken zu beten an. „Lieber Gott, ich weiß nicht, was Du mit mir vor hast. Warum lässt Du mich in eine solche Räuberbande hineingeraten. Das sind ja die leibhaftigen Teufel, die haben nur die Mordlust in sich. Wenn Du noch einen Schutzengel hast, jetzt könnte ich ihn gebrauchen. Mein ganzes Leben lang werde ich Dir dafür dankbar sein." Kaum war ich damit fertig, fange ich mit derselben Bitte nochmals von vorne an. Während ich meine Augen dabei schließe, um mich besser auf das Gebet zu konzentrieren, höre ich umso lauter das Motorengeräusch, das mich mit dieser Teufelsbrut mit unverminderter Geschwindigkeit immer näher nach Padubitz bringt.

Draußen beginnt der neue Tag, es ist düster und nebelig. Wie viele Tage haben so trostlos begonnen und doch ist es immer wieder Abend geworden. Lieber Gott lass es auch heute wieder Abend werden.

Mit einem Mal ist die Fahrt zu Ende und der LKW hält an. Der Gruppenführer springt über die Bordwand und erkundigt sich vorne über diese Pause. Ich wage einen Blick nach vorne und sehe, dass die ganze Kolonne vor einer Ortschaft steht. Alle Gruppenführer stehen da vorne bei einer Besprechung beisammen. In den vorderen Fahrzeugen steigen die Soldaten aus, um sich die Füße zu vertreten. „Alles aussteigen, wer einmal muss. Fünf bis zehn Minuten Pause!" ruft unser Gruppenführer zu uns herauf und sogleich waren wir alle unten.

Gleich da vorne beginnt das Dorf und ich gehe auf das erste Haus zu, um angeblich mein großes Geschäft zu erledigen. Hinter dem Haus ist eine Scheune, an der noch ein kleiner Holzschuppen angebaut ist. Meine Hose schon geöffnet, verschwinde ich in diesem kleinen Schuppen, um nach einem Versteck Ausschau zu halten. Hier sieht es aber schlecht aus. Ein einziger aufgeschlichteter Holzstoß ist schon alles. Zwischen dem Holzstoß und der Scheunenwand ist ein enger Zwischenraum. Zum Überlegen bleibt mir keine Zeit. Ich zwänge mich da hinein und sogleich rumpelt der ganze Holzstoß zusammen und ich liege verschüttet darunter. Keine 100 m entfernt höre ich die Befehle durchbrüllen, „alles aufsteigen!" Vom Haus her höre ich schnelle Schritte auf mich zukommen und vor der Holzschuppentüre erkenne ich die Stimme meines Gruppenführers. „Wo ist dieses Schwein?" sagt er zu seinem Begleiter. Er reißt die kleine Schuppentür auf und steht keine 2 m neben mir. Ein weiterer Soldat kommt ebenfalls in den Holzschuppen und sagt, „ich habe doch gesehen, dass er hier hineingegangen ist." Der Gruppenführer befiehlt, „er wird erschossen." Ein aufgestellter Bretterstoß wird umgeworfen. Aus einer MP werden ein paar Feuerstöße abgeschossen. Sie rennen an mir vorbei, laufen schnell auf den letzten wartenden LKW, der sofort mit Vollgas davonbraust.

Um mich herum ist alles wieder still. Schade, mein kleiner Rucksack mit den feinen Konserven ist auf dem Wagen droben. Am liebsten wäre ich in dieser unangenehmen Stellung bis zum Abend geblieben. Der Tag aber hat kaum begonnen und so krieche ich aus meinem Versteck wieder hervor. Bevor ich die Holzscheune verlasse, sehe ich einen Rest Heuhaufen in einer Ecke, in den die MP-Salven hineingefeuert wurden. Als ich um das Haus wieder auf die Straße zugehe, sehe ich, dass das erste Haus ein Zollhaus mit Zollschranke ist. Hier ist die Grenze zwischen Sudetenland und der Tschechei. Zwei von der Wehrmachtsstreife haben mich gesehen und erwarten mich schon. Einer von ihnen ist ein SS-Oberfeldwebel, der seine MP auf mich gerichtet hat, der andere ein Leutnant von der Luftwaffe. Ohne ihnen meine Angst anmer-

ken zu lassen, gehe ich direkt auf sie zu, denn ein Weg-
rennen wäre mein Tod gewesen. Auf das Schlimmste gefasst nehme ich 3 m vor ihnen stramme Haltung an und
melde, „Gefreiter Beer von der 2./144 auf dem Weg zur
Einheit." An meiner Uniform und an den Gebirgsjäger-
stiefeln sehen sie, dass ich nicht zu der Wagenkolonne der
SS gehörte. Der SS-Oberfeldwebel sagt zu mir, „Du bist
doch vorher bei dieser SS-Einheit gewesen und wurdest
von ihnen gesucht. Du bist ein Deserteur und darauf gibt
es die Todesstrafe." Ich gebe dem Luftwaffenleutnant
mein Soldbuch zur Überprüfung. Er überflog es und fragt,
„warum bist Du mit den SS-Leuten hierhergekommen?"
Ich antworte ihm, „meine Einheit ist in Zwittau hinten,
aber weil ich Blasen an den Füßen habe, bin ich irrtümli-
cherweise auf diesen LKW gesprungen. Sie haben mich
nicht mehr heruntergelassen. Bitte rufen Sie doch in Zwittau an und Sie werden sehen, dass sie mich dort schon
vermissen." Tatsächlich gehen sie in das Haus und telefo-
nieren. Es wurde wieder aufgelegt und neu gewählt, aber
sie bekamen keine Verbindung. Der Leutnant gibt mir
mein Soldbuch wieder zurück und sagt, „verschwinde sofort und schau, dass Du auf dem schnellsten Wege wieder
zu Deiner Einheit kommst." Ich humple weg, die Straße
zurück, auf der die Kolonne kam. Noch kann ich gar nicht
begreifen, dass alles so gut verlief. Entweder hat mich der
Leutnant durchschaut und drückte beide Augen zu oder
sie waren im Zweifel, weil sie keine Verbindung zustande
brachten.

Ohne mich umzudrehen, erreiche ich die nächste Biegung, die etwas ansteigt. Ich bin der einzige Mensch auf
dieser verlassenen Straße. Ich weiß nicht einmal, in welche Richtung ich gehe. Vor mir sehe ich einen einzelnen
Baum und an seiner bemoosten Seite kann ich die westliche Himmelsrichtung feststellen. Meiner Meinung nach
ist es das Beste, dass ich diese Straße sofort verlasse, be-

vor nochmals so eine verrückte SS-Einheit daherkommt. Ich biege gleich in den nächsten Feldweg ein und gehe einfach in Richtung Westen. Es fängt zu regnen an, aber was macht das schon aus. Ich entkam in der vergangenen halben Stunde zweimal dem sicheren Tod. Wie kostbar ist das geschenkte Leben. Dieser Feldweg mündet in einen Hohlweg, der in einen Bauernhof führt. Ich schleiche mich durch den Obstgarten und komme unbemerkt in eine Scheune, auf der eine Treppe nach oben führt. Leise steige ich hinauf und finde das gesuchte Versteck. Es bleibt mir nichts anderes übrig, als mich tagsüber hier zu verstecken und beim Dunkelwerden wieder zu verschwinden.

In einer Ecke ist noch ein Haufen Heu, wo ich mir meine Schlafstelle zurecht mache. An der Giebelseite ist ein offenes Fenster und ich schaue mir vorsichtig die Umgebung an. Gleich unterhalb diesem Bauernhof verläuft eine geteerte Straße und gegenüber steht das Schulhaus. Für welche Richtung ich mich entscheiden werde, weiß ich jetzt noch nicht. Unter meiner Schlafstelle befindet sich der Stall, in dem gerade das Vieh gefüttert wird. Ich höre die Kühe und Blecheimergeräusche. Nun lege ich mich in die bereit gemachte Mulde, decke mich mit Heu zu und lege meine geladene Pistole neben mich hin. Bald darauf bin ich eingeschlafen. Im besten Schlaf werde ich auf einmal unsanft geweckt. Jemand packt mich beim Fuß und versucht mich wegzuziehen. Als mein Fuß wieder zurückfällt, fällt ein Bündel Heu - meine Zudecke - auf mich zurück. Es ist helllichter Tag. Sofort greife ich nach meiner Pistole. Vor mir steht ein Mann, reißt Augen und Mund vor Schrecken auf und ist unfähig, auch nur ein Wort zu sagen, als er in den Lauf meiner Pistole blickt. Nach dieser Schrecksekunde stürzt er die Holztreppe hinunter und brüllt aus Leibeskräften. Auch ich bin erschrocken und erkenne jetzt meine gefährliche Lage. Ich schaue durch ein geöffnetes Seitenfenster zum Hof hinunter und sehe russische Soldaten. Was ist in der Zwischenzeit passiert? Mich durchzuckt ein furchtbarer Schreck. Mitten unter den Russen steht jetzt der Mann und schreit, „Nemezki, Nemezki" und zeigt mit der Hand zu mir herauf. Daraufhin schauen alle Soldaten zu mir herauf. Ich eile sofort zur Treppe zurück. Denselben Fluchtweg zurück kann ich nicht mehr nehmen. Warten bis der Bauer mit Verstärkung zurückkommt, ist noch schlimmer. Ich schaue schnell auf meine Uhr, es ist Mittag. Die einzige Chance um am Leben zu bleiben ist, dass ich mich den Russen ergebe. Nun ist das eingetroffen, was ich vermeiden wollte. Es ist aber immer noch besser, als von den Tschechen erschlagen zu werden.

Ich eile die Holztreppe hinunter und merke, dass mir meine Knie schlottern. Der ganze Hof ist voller Soldaten, sie stehen gerade zum Essenfassen an. Erst jetzt sehe ich, dass es gar keine russischen Soldaten sind, sondern ungarische. Die Ungarn sind unsere Waffenbrüder, sie kämpften mit uns Deutschen gemeinsam gegen die Russen. Ich sehe einen Offizier und flehe diesen um Schutz an. Jeden Moment kann dieser Bauer mit Verstärkung wieder auftauchen. Der ungarische Leutnant antwortet mir in perfektem Deutsch, denn er hat die ganze Situation mitbeobachtet. „Wo kommen Sie denn her, was machen Sie auf dem Heuboden? Den Bauern hätten Sie beinahe erschossen. Er wollte gerade Heu zum Viehfüttern holen, erzählte er mir, der ist verdammt sauer auf Sie." Ich schüttle den Kopf und sage, „ich habe mich heute Morgen auf den Heustadel geschlichen, um mich zu verstecken. Bitte helfen Sie mir." Er fragt zurück, „wie soll ich Ihnen helfen? Bevor der Bauer wieder zurückkommt, müssen Sie hier weg sein. Der hat gesagt, den bringen wir um. Ich verstehe auch tschechisch." Er erkannte meine Situation besser und nahm mich mit in das gegenüberliegende Schulhaus. Erst jetzt sage ich meinem rettenden Schutzengel, dass ich sie von oben gesehen für Russen hielt. Er sagt, „der Krieg ist für uns zu Ende, wir haben von den Tschechen freien Durchgang und marschieren jetzt nach Ungarn heim. Wir machen hier nur eine Mittagspause." Da kommt mir eine Idee und ich sage zu ihm, „bitte können Sie für mich eine ungarische Uniform besorgen und lassen Sie mich mitmarschieren, wenn es möglich ist. Liefern Sie mich bitte nicht den Tschechen aus." Er klopft mir kameradschaftlich auf die Schulter und sagt, „das kann ich nicht entscheiden, beeilen wir uns, bevor es zu spät ist."

Im Schulzimmer war der ungarische Offiziersstab gerade bei einer Besprechung. Der Leutnant drückt mich in eine Schulbank, während er dem Kommandeur mein Anliegen vorbringt. Alle Offiziere musterten mich. Wie wird sich der Kommandeur entscheiden? Als ich aus dem Fenster schaue, sehe ich den Bauer mit noch drei anderen kommen. Jetzt suchen sie mich. Der Leutnant nimmt mich beim Arm, verlässt mit mir den Schulraum. Wir gehen aber nicht zur Straße zurück, sondern in den Schulhof hinaus. Was er mit mir vor hat, war ein Befehl vom Kommandeur. Ich muss ihm folgen, egal was sie auch mit mir machen. Im Schulhof stehen zwei Lastwagen abfahrbereit. Der Leutnant öffnet die Tür von einem und sagt, „steigen Sie schnell hinein." Er gibt mir einen Schubs, nimmt neben mir Platz und schon gibt der Fahrer Gas. Als wir durch das Tor auf die Straße hinausfahren, drückt mir der Leutnant den Kopf hinunter. Erst als wir das Dorf verlassen, lässt er mich wieder hinsetzen. Jetzt war ihm selber wohl dabei, das sehe ich ihm an. Nach einer Verschnaufpause sagt er zu mir, „wir fahren nur ca. 20 km bis zum nächsten Dorf, dort mache ich mit meinen Leuten Quartier für die folgende Nacht. Sie können aber nicht mit uns nach Ungarn, der Kommandeur hat es nicht erlaubt." Ich nicke verständnisvoll mit dem Kopf und sage, „vielen Dank, dass Sie für mich soviel getan haben."

Bald verlassen wir die Teerstraße und biegen links in ein Dorf ein. Wir steigen alle aus und der Leutnant verabschiedet sich von mir mit den Worten, „jetzt müssen Sie allein weiterkommen, alles Gute."

Während der Leutnant mit seinen Leuten auf den ersten Hof zugeht, gehe ich durch den Obstgarten und entferne mich, ohne mich dabei umzusehen. Ich schaue auf die Uhr, es ist 13 Uhr. Zu allem Unglück kommt jetzt die Sonne durch. Seit über einer Woche war es trüb und regnerisch, ausgerechnet jetzt muss es sich aufklaren. Wie gut wäre jetzt ein dichter Nebel, in dem ich allmählich verschwinden könnte.

Ich folge einem schmalen Feldweg, der mich vom Dorf weiter weg bringt. Ich wage nicht stehen zu bleiben oder mich umzudrehen, denn ich hatte das Gefühl, dass ich beobachtet werde. Jeden Moment werde ich einen brennenden Stich bekommen. Wo werden sie mich treffen? Vielleicht wollen sie mich quälen und zielen auf meine Beine, damit sie mich langsam zu Tode schinden können? Vielleicht haben mich die Tschechen gar nicht gesehen? Am liebsten würde ich laufen, so leicht kommen mir meine Füße vor. Der Weg führt durch Wiesen und Felder, aber nirgends ein Wald oder eine schützende Vertiefung.

Das Hundegebell vom Dorf her wird immer leiser und statt dessen höre ich jetzt Lerchengesang und Vogelgezwitscher. Wie schön habt ihr es, warum muss der Mensch so gepeinigt werden?

Nun wage ich einen verstohlenen Blick nach hinten und sehe, dass ich schon außer Schussweite bin. Mit Hilfe meiner Taschenuhr und der Sonne korrigiere ich meine Marschrichtung. Es ist alles anders gekommen, als ich mir heute Morgen vorgenommen hatte. Warum bin ich nicht auf den Heuhaufen weiter hinaufgestiegen, dann könnte ich jetzt noch schlafen. Wenn ich doch endlich einmal aus dieser Tschechei draußen wäre.

In diesen verzweifelten Gedanken versunken sehe ich vor mir eine schwarze Rauchwolke hochsteigen. Ein kleiner Hügel versperrt mir noch die genaue Sicht. Da brennt eine Scheune oder ein Haus. Ich laufe schnell noch hinauf und sehe etwa einen Kilometer vor mir das nächste Dorf, wo der Rauch aufsteigt. Ob ich das Dorf links oder rechts umgehen soll, überlege ich mir kurz. Ich brauche keinen großen Bogen zu machen. Die Dorfbewohner werden wahrscheinlich den Brand löschen und mich nicht beachten. Beim Näherkommen höre ich aus dem Dorf Motorengeräusche. Das sind ja Militärlastwagen, die im Dorf umherfahren. Sollten das auch Ungarn sein oder sind es schon die Russen? Nun kann ich sogar sehen, wie zwei Lastwagen aus einem Bauernhof auf die Dorfstraße herausfahren. Die sehen ja wie deutsche Lastwagen aus. Ich renne auf das Dorf zu, was meine Lungen hergeben. Je näher ich herankomme, umso sicherer bin ich mir, dass es Deutsche sind. Außer Atem erreiche ich die Dorfstraße und sehe, dass sich diese Einheit zur Abfahrt fertig macht. Ein Fahrer überprüft gerade seine Reifen, während die Soldaten den Lastwagen besteigen. Ich stelle mich auch hinten an, um ebenfalls mitzukommen. Ein Unteroffizier packt mich und zieht mich wieder herunter. „Du bist ja gar nicht von unserer Einheit. Wenn Du mitfahren willst, musst Du das von einem unserer Offiziere bestätigen lassen. Wir haben ausdrücklichen Befehl, keinen Lanzer von einer anderen Einheit mitzunehmen, denn es gibt Deserteure und sogar Spione vom Komitee Freies Deutschland, die sich bei uns einschleichen wollen." Ich denke mir, da ist keine Zeit zu verlieren. Ich muss sofort einen Offizier ausfindig machen. Ich muss auf alle Fälle mit. Ich frage mich gleich nach den nächsten Offizier durch. Einer gibt mir mit dem Daumen ein Zeichen nach hinten. Schnell laufe ich dorthin und sehe am Ende der Kolonne einige Offiziere beisammenstehen. Hier ist auch der Brandherd, es ist ein defekter LKW, der nicht mehr repariert werden konnte. Er wurde mit Benzin übergossen und angezündet.

Ich gehe direkt auf den ranghöchsten Offizier, den Major zu. Drei Meter vor ihm nehme ich Haltung an und melde, „Gefreiter Beer, von der 2./144. Bin von meiner Einheit abgekommen. Kann ich bitte mitfahren. Ich sehe sonst keine Möglichkeit, dass ich schnell wieder zu meiner Einheit komme." Der Major schaut mich durchdringend an und sagt nach einer qualvollen Pause, „steigen Sie in den letzten Wagen der Kolonne ein und melden Sie sich in Deutschbrot bei mir, dort werde ich Sie überprüfen." Der letzte Wagen ist ein offener PKW mit Holzvergaser, der von seinem Fahrer gerade abfahrbereit gemacht wird. Ich sage zu ihm, „der Kommandeur hat mir erlaubt, mit Ihnen mitzufahren." Ungläubig schüttelt der Fahrer den Kopf, als wäre das nicht möglich. Er überzeugte sich, bevor er mich einsteigen lässt. „Dieser Mann kann auf meinem Platz mitfahren, ich fahre im Funkwagen mit", rief ihm der Major schon entgegen. „Jawohl Herr Major!"

Schon setzt sich die Kolonne in Bewegung. Der Fahrer hat alle Hände voll zu tun, um das Vehikel in Gang zu bringen. „Das Holz ist noch feucht, aber ich konnte kein trockenes auftreiben", schimpft er neben mir. Als er mit feinem Gefühl und noch mehr technischen Kenntnissen den Motor auf Touren bringt, legt er den Gang ein und tatsächlich setzt sich der Wagen in Bewegung. Ein herrliches Gefühl überkommt mich, nur darf ich es nicht zeigen. Und der Herr Major hat es selbst erlaubt.

Die Tschechen machen finstere Gesichter. Wenn die könnten wie sie wollten. Soviel Glück hätte ich eigentlich nicht erwartet. Erst jetzt kommt mir ins Bewusstsein, dass unser Ziel Deutschbrot ist. Das sind ja mindestens einige

Tagesmärsche, dabei weiß ich nicht einmal, wo ich jetzt bin. Nein, das kann nicht mit rechten Dingen zugehen. Nicht auszudenken, wenn ich nur eine Viertelstunde, nur fünf Minuten später dran gewesen wäre. Ich habe das Gefühl, dass dies die letzte deutsche Einheit ist. Wie gerne würde ich mich mit dem Fahrer unterhalten, aber ich glaube, der mag mich nicht.

Die Straße ist schlecht und bei jedem Schlagloch macht der Fahrer ein Gesicht, als würde etwas am Auto kaputtgehen. „Hoffentlich kommen wir bald auf eine bessere Straße, sonst zerbricht er mir noch." Ich nicke ihm zu, obwohl mich das schaukeln überhaupt nicht stört.

Die Straße macht einen großen Bogen, aber es gibt keinen anderen Weg. Nach einer Viertelstunde etwa münden wir in eine geteerte Straße ein und erst jetzt wird das Fahren zum Genuss. Das Tempo verdoppelt sich, der Wagen läuft jetzt trotzdem ruhig dahin. Auch das Gesicht des Fahrers wird freundlicher, er scheint mit seinem Auto verwachsen zu sein. Jetzt erklärt er mir sogar die ganze Technik über den Holzvergaser und er ist stolz, dass er trotz des feuchten Holzes die Geschwindigkeit mithalten kann. „Er ist nur kein Bergsteiger. Wenn wir nämlich am Berg anhalten müssten, kämen wir nicht mehr weiter. Wir müssten wieder zurück und den Berg mit neuem Schwung anfahren. Der Alte hat gesagt, der Wagen schafft es heute nicht. Verstehst Du das?" Ich wollte ihn bei guter Laune halten und sage, „es scheint eine ebene Gegend zu sein, vielleicht kommt gar kein Berg." Er schüttelt den Kopf, nimmt aus dem Handschuhfach eine Generalstabskarte und zeigt mir die Strecke bis Deutschbrot, die mit einem roten Strich nachgezogen ist. Jetzt erst sehe ich, welch gewaltige Strecke wir heute noch zurücklegen wollen. Die hätte ich in drei Tagen, vielmehr in drei Nächten nie geschafft. Mir läuft es kalt über den Rücken, wenn ich nur daran denke. Wegen der Ankunft in Deutschbrot mache ich mir vorerst noch keine Sorgen. Der Fahrer zeigt mir eine graubraune Färbung auf der Karte. „Hier, siehst Du die Berge? Da müssen wir hinüber." Ab und zu drehe ich mich um, aber wir sind das letzte Fahrzeug. Hinter uns ist alles leer. Vor uns gibt es eine Stockung. Die Kolonne weicht nach rechts aus, weil uns eine braun uniformierte Einheit entgegenkommt. An der Spitze reiten die Offiziere. „Das sind ja Ungarn", sagt mein Fahrer. „Ja, das sind schon wieder Ungarn", wiederhole ich etwas erstaunt. Wir kommen aufeinander zu, dabei wird mir klar, dass das dieselbe Einheit von heute Mittag ist. Nun erkenne ich auch den ungarischen Kommandeur, der mich in der tschechischen Schule rettete. Er hebt sogar die Hand zum Gruß an seinen Mützenrand, da er mich auch erkannt hat. Ganz von selbst grüße ich genauso zurück, obwohl unser Gruß seit dem 20. Juli die gestreckte Hand ist. Jetzt weiß ich überhaupt nicht mehr wo ich bin. Wieso begegnen wir dieser Einheit? Während wir an ihnen langsam vorbeifahren, winken uns die Ungarn freundschaftlich zu. Sie sind und waren immer unsere Waffenbrüder.

Bald danach kommen wir in das Dorf, in dem ich heute Mittag dem Bauern mit der Pistole drohte. Vor einer guten Stunde schmuggelten mich die Ungarn auf derselben Straße aus diesem Dorf heraus. Wie aber hat sich dieses Dorf in nur einer Stunde verändert? Am Dorfeingang weht neben der tschechischen Fahne die russische mit Hammer und Sichel. Alle Häuser sind beflaggt und das ganze Dorf erwartet ihre russischen Befreier. Am Straßenrand stehen die Kinder mit tschechischen und russischen Fähnchen. Hinter ihnen stehen die Frauen und Männer mit hasserfüllten Blicken. Einige Männer drohen sogar mit den Fäusten, aber aus dem Lastwagen vor uns sind die Gewehr- und MP-Läufe auf sie gerichtet. Jetzt kommt rechts das Schulhaus und gegenüber etwas oben der Bauernhof, der mir beinahe zum Verhängnis wurde. Ich wage keinen Blick dorthin, denn unter den Männern könnte der Bauer dabei sein. Um so schrecklicher ist der nächste Anblick. Am nächsten Straßenbaum hängen zwei deutsche Soldaten. Ihre Hände sind hinten gefesselt. Ich glaube, sie sind schon tot. Wenn die mich erwischt hätten! Ob die heute Mittag schon aufgehängt waren oder haben sie diese beiden erst in der Zwischenzeit erwischt? Am liebsten würden sie uns alle hängen, aber wir sind Gott sei Dank bewaffnet.

Wir beeilen uns, das Dorf schnell wieder zu verlassen. Am Ende des letzten Hauses gibt es unter unserem Wagen einen heftigen Knall, wobei dem Fahrer das Lenkrad beinahe aus der Hand geschlagen wird. Er fängt das Fahrzeug noch vor dem Straßengraben ab. Schnell springt er heraus und schaut sich den Schaden an. „Der rechte Reifen ist geplatzt oder diese Schweine haben uns das angetan", sagt er ärgerlich. Wir hofften, dass der LKW vor uns anhält, um uns zu helfen, aber er verschwindet allmählich außer Sicht. Wir sind auf uns allein angewiesen. „Nimm Du die MP auf dem Rücksitz und halte die Tschechen in Schach, ich muss den Reifen wechseln." Sofort springe ich auf den Rücksitz, kauere mich in die Ecke und lege meine MP auf die Tschechen an. Der Fahrer murmelt etwas resigniert, „das ist unser Ende." Ich antworte ihm noch, „so versuch es wenigstens, sonst hängen wir am nächsten Baum." Mit einen Ruck zieht er die Handbremse an und sagt zu mir, „die Tschechen meinen, Du bist der Alte und ich bin Dein Fahrer. Ich muss es versuchen, pass Du gut auf." Ich sage noch zu ihm, „wir werden an keinem Baum hängen, das verspreche ich Dir."

Es ist still um uns. Selbst die Kinder erkennen die gefährliche Situation und ihre Eltern hinter ihnen wissen, dass ich beim geringsten Anlass schießen würde. Nur die Schraubenschlüssel und das Geräusch am rechten Vorderrad sind zu hören. Kaum 100 m vor mir hängen unsere toten Kameraden. Rechts oben sehe ich das Giebelfenster, wo ich heute Morgen herausschaute. Hinter jedem Fenster kann ein Gewehr auf mich zielen. Ob ich gleich tot bin? Keine 8 m hinter den Kindern geht ein Mann einige Schritte rückwärts. Seine Hände hat er auf dem Rücken versteckt. Sollte er eine Handgranate zu uns herüberwerfen? Meine MP richte ich jetzt auf ihn. Er merkte es und bleibt wie angewurzelt stehen. Unsere Chancen stehen 1 zu 1000, aber noch nie war ich so entschlossen wie jetzt, dass ich bis zum letzten Atemzug schießen werde. Niemals will ich an einem Baum hängen. Noch nie habe ich eine Waffe auf Kinder und Frauen gerichtet, aber jetzt bin ich im Stande und drücke ab, sobald sie Anlass geben.

Ich glaube, die Tschechen haben es auch erkannt. Warum dauert der Reifenwechsel so lange? Endlich höre ich hinter mir die Wagentüre. Ganz leise sagt der Fahrer zu mir, „Bleib nur weiter so liegen und pass auf, ich versuche jetzt das Vehikel wieder in Gang zu bringen." Jetzt spricht er zu seinem Auto wie zu einem Freund, „so, jetzt lass du uns nicht in Stich, jetzt liegt es nur noch an dir. Mach mir keine Mucken und spring wieder an, du kannst uns hier nicht stehen lassen." Er hantiert an seinen Hebeln und tatsächlich fängt der Motor wieder zu husten an. „Ja, ja komm schon, wir müssen hier schnell weg." Wieder versuchte er es und der Motor kommt tatsächlich auf Touren. Es hört sich wie Musik an.

Mein Mund ist wie ausgetrocknet und ich greife zur Feldflasche. Der Fahrer klopft mir auf die Schulter und sagt, „ich heiße Otto und wie heißt Du?" Kaum hörbar antworte ich, „ich bin der Sepp." Otto sagt, „jetzt haben wir uns einen guten Schluck verdient. Hebe den Rücksitz hoch und nimm die Flasche heraus." Als ich den Inhalt im Rücksitz sehe, gehen mir die Augen über. Das ist ja ein Vorratslager von einer Luxushausbar. Neben den besten Spirituosen sind die feinsten Konservendosen und viele andere Artikel vorhanden. Ich nehme die erste Flasche und setze mich wieder zu Otto nach vorne. Der Wagen läuft auf Hochtouren, während ich die Flasche öffne. „Trink jetzt und gib mir die Flasche auch her", ermuntert er mich. Nach einem kräftigen Schluck kommt allmählich wieder der Normalzustand bei mir. Auch Otto zieht kräftig an der Flasche und gibt sie mir wieder zurück. „Ich hätte nicht gedacht, dass wir da noch einmal herauskommen. Immerzu habe ich gewartet, bis die Hölle los geht, aber meine Hände arbeiteten weiter, als wäre ich in der Werkstatt." Jeder erkennt in diesem Moment, dass einer ohne den anderen nicht überlebt hätte. Immer wieder klopft er mir auf die Schulter und sagt, „diesmal war wirklich nichts mehr drin." Ich gebe ihm recht und antworte, „diesmal war der Schutzengel bei uns und auch bei den Tschechen." Wir nehmen nochmals einen Schluck aus der Flasche und ich verspüre allmählich Hunger. Als hätte Otto es erraten, sagte er, „wenn Du Hunger hast, bediene Dich, es ist nur das Beste vom Besten da." Ich frage ihn, „darf ich Dir auch etwas zurecht machen?" Er sagt nur, „nein danke, ich bringe keinen Brocken hinunter. Guten Appetit."

Als ich mir noch eine dritte Portion zurecht mache, sagt Otto, „hast anscheinend schon tagelang nichts mehr gehabt." Jetzt denke ich an gestern. Es sind noch keine 24 Stunden her, da lag ich noch schlummernd im weißen Bett in Olmnitz. Was man in nur einem Tag alles erlebt?

Inzwischen haben wir eine große Strecke aufgeholt. Otto macht ein sorgenvolles Gesicht, denn vor uns steigt die Bergstraße an. Das Tempo wird merklich langsamer. Die Steigung fällt mir eigentlich gar nicht so auf. Erst als ich zurückschaue, sehe ich, dass hinter uns das Tal immer tiefer wird. Der Motor wird immer langsamer und schafft mit letzter Kraft gerade noch die nächste Steigung. Schon fahren wir in Schritttempo. Als ich merke, dass der Wagen zum Stehen kommt, springe ich ab und schiebe aus Leibeskräften an. Ich glaube, es hat sich gelohnt, denn mit letzter Kraft verschwindet das schöne Tal, wir haben den Berg überwunden.

Wieder schlägt Otto mir auf die Schulter. „Sepp, verstehst Du jetzt, warum der Alte bei den anderen mitgefahren ist? Er warnte mich und sagte, dass wir mit dem feuchten Holz den Berg niemals bewältigen werden." Nach einer Verschnaufpause fügt er hinzu, „ich brachte es einfach nicht übers Herz, diese gute alte Schaukel stehen zu lassen." Wieder nehmen wir einen kräftigen Schluck aus der Flasche. Die Welt ist auf einmal nicht mehr so trostlos.

Unser Tempo und unsere Stimmung steigt von Minute zu Minute, während wir auf der kurvenreichen Straße immer schneller abwärts fahren. Wir haben unsere Einheit schon gesichtet, aber wir schließen noch nicht auf. So genießen wir diese Talfahrt wie eine Fahrt ins Blaue. Nach einigen Kurven kommen wir in eine Kleinstadt und somit ist diese herrliche Fahrt auch wieder vorbei. Wir haben inzwischen wieder dicht aufgeschlossen. Während der Durchfahrt sind wir wieder auf alles gefasst. Diesmal habe ich meine MP schussbereit in der Hand. Verdächtig sind besonders die offenstehenden Fenster beiderseits der Straße. Am Ende der Stadt wird in aller Eile ein Lazarett geräumt, während Wagen um Wagen vollbeladen mit Verwundeten sich zwischen unsere Fahrzeuge eingliedern. Das ganze ist hektisch und aufregend. Sollten wir uns schon wieder in einem neuen Kessel befinden, der sich irgendwo da vorne wieder schließen könnte? Die Tschechen lächeln nur spöttisch. Uns ist nicht wohl zumute dabei und wir sind sogar darauf gefasst, dass es jeden Moment zu Kampfhandlungen kommen kann. Bei jeder Stockung steigt die Spannung. Der Himmel hat sich vollkommen aufgeheitert und die Sonne spendet Freundlichkeit in Überfluss. Der Zeit nach sollten wir uns schon Deutschbrot nähern, dabei haben wir erst die Hälfte der Strecke geschafft.

Mitten auf der freien Strecke kommt alles wieder zum Stehen. Diese Pause nützt Otto aus und füllt seinen Feuerkessel nach. Bald darauf geht es wieder weiter. Links und rechts im Straßengraben liegen die umgesägten Straßenbäume. Tschechische Partisanen versuchten damit unseren Rückzug aufzuhalten. Schade um diese schönen Bäume.

Je mehr wir uns Deutschbrot nähern, desto überfüllter wird die Straße. Immer wieder münden kleine Seitenstraßen in die unsere ein. Zwischen den Wehrmachtsfahrzeugen sind auch Flüchtlingsfahrzeuge mit Pferdegespann und Handwagen, auf denen sie das Nötigste aufgeladen haben. Wir haben schon lange die Verbindung zu unserer Einheit wieder verloren.

Die Sonne steht schon ziemlich tief und von Deutschbrot ist noch immer nichts zu sehen. Erst als es dämmert, erreichen wir unser Ziel. Wie sollen wir in diesem Durcheinander unsere Einheit wieder finden? Hier soll ich mich auch beim Herrn Major melden. Ich glaube, der hat Wichtigeres zu tun. In Schrittgeschwindigkeit fahren wir in diese alte deutsche Stadt hinein. Als der Verkehrslärm sich etwas beruhigt hat, hören wir von den Hügeln an der Nordseite Granatwerfereinschläge und russisches MG-Feuer. Es ist anscheinend schon wieder eine Kesselschlacht in Gang. Panik bricht unter den Flüchtlingen aus. Alle versuchen, so schnell wie möglich durch die Stadt zu kommen. Otto schickt mich zur Erkundung nach vorne, um den Anschluss wieder zu finden. Von weitem höre ich Kommandorufe. Feldgendarmen riegeln einige Seitenstraßen ab, um einer einsatzfähigen Einheit die schnelle Durchfahrt zu ermöglichen. Nirgends ist ein LKW von unserer Einheit zu sehen. Unverrichteter Dinge kehre ich zu Otto zurück. Was wird er machen? Vielleicht fahren wir weiter, bevor es zu spät ist?

Als ich an der Stelle ankam, wo er auf mich warten sollte, war er verschwunden. Sollten wir schon zu weit gefahren sein, sodass die Einheit schon vor der Stadt abgezweigt ist? Hier in diesem Verkehrsgewühl kann Otto aber nicht gewendet haben. Alle Fahrzeuge fahren nur in Richtung Westen.

Ich gehe wieder zurück in die Stadt hinein. Überall suche ich nach einem PKW mit Holzvergaser. Hier habe ich seine MP und er hat noch so viele feine Delikatessen hinten im Wagen.

Hastig zwängen sich die Flüchtenden durch die zu enge graue Straße der Stadt. Auch die Gehwege beiderseitig sind überfüllt und ich werde mitgestoßen, sobald ich stehen bleibe. Am Ende der Straße komme ich in der Stadtmitte an. Ein großer Marktplatz mit Kopfsteinpflaster breitet sich aus. Rechts oben steht die Kirche und der ganze Platz um den großen runden Brunnen ist mit Verwundeten belegt. Alle warten auf die versprochenen Sanitätsfahrzeuge, aber es kommt keines. Die Straßen sind wahrscheinlich so überfüllt, dass kein Gegenverkehr mehr möglich ist. Einige Leichtverwundete verlassen den Platz und ich schließe mich ihnen an. Rette sich wer kann.

Eine Zeitlang marschiere ich mit, aber es geht mir viel zu langsam voran. Am Ausgang von Deutschbrot gabelt sich die Straße. Unschlüssig, welche der beiden ich folgen soll, werfe ich einen Blick zurück. Im Norden auf den Hügeln und dahinter steigen ununterbrochen Leuchtraketen hoch.

Plötzlich kommen zwei große Raupenfahrzeuge herangefahren und bleiben ebenfalls unschlüssig stehen. Sofort klettere ich auf das erste hinauf, überzeuge mich aber, ob es nicht wieder eine SS-Einheit ist und frage, ob sie zum Fronteinsatz fahren. Ein Feldwebel in Panzeruniform sagt, „wir sind Österreicher und fahren direkt über Iglau heim. Musst net mitfahrn, wannst net willst." Bald darauf heult der Motor auf und das schwere Fahrzeug setzt sich in Bewegung. Zu meiner Enttäuschung steuert der Fahrer die linke Straße hinein. Ob ich mit dieser Entscheidung nicht wieder einen Fehler gemacht habe? Bis jetzt hätte es gar nicht anders kommen dürfen, sonst wäre ich gar nicht hier.

Auf der großen Laderampe hinter dem Führerhaus hocken schon fünf oder sechs Soldaten in Decken eingewickelt. Während ich noch immer zweifle, haben wir Deutschbrot schon weit hinter uns gelassen und ich kann gar nicht mehr absteigen. Einer von ihnen gibt mir eine Decke, denn es wird kühl hier oben. Nochmals lasse ich mir den unendlich langen Tag durch den Kopf gehen. Die SS-Einheit heute morgen, der rettende Holzstoß, der erschrockene Bauer und noch der Reifenwechsel, alles das war heute. Trotz des lauten Kettengerassels überwältigt mich die Müdigkeit und ich schlafe ein.

Jemand rüttelt an mir und zieht mir zugleich die Decke weg. Mich blendet strahlender Sonnenschein. Wo sind wir? Ich habe keine Zeit zu fragen, denn ich höre Gewehrschüsse. Unser Fahrzeug steht und die Soldaten sind ziemlich aufgeregt. Es ist eine Zwangspause, denn die schwere Zugmaschine steht geschützt etwas abseits an der Straße. Hinter uns stehen noch einige andere Fahrzeuge. Der Feldwebel hat sich für eine Gegenmaßnahme entschieden. „Aus dem Dorf da vorne schießen sie auf uns, meiner Meinung nach sind es tschechische Partisanen, die uns hier aufhalten wollen. Wir müssen aber durch das Dorf, wir können nicht umkehren." Der Feldwebel hat ein MG, ein anderer zwei Kästen Munition. In einer offenen Kiste liegen Panzerfäuste, aber keiner von ihnen hat schon eine abgefeuert. Sofort schnappe ich mir zwei davon, setze die beiden Zündkapseln ein und hänge mir meine MP um. Von hier aus können wir erkennen, dass wir im tiefen Straßengraben bis an das Dorf herankommen, das etwa 300 m vor uns beginnt. In kurzer Zeit sind wir bis an den Dorfrand herangeschlichen. Ich mache mir meine Panzerfäuste abschussbereit, visiere das erste Haus an, etwa 50 m vor uns, aus dem die Schüsse kamen und drücke ab. Gleich darauf gibt es eine gewaltige Detonation und das Haus fällt in Schutt und Staub zusammen. Die zweite halte ich etwas nach oben, sodass sie irgendwo hinter diesem Haus einschlägt. Der Feldwebel gibt zwischendurch kurze Feuerstöße auf die Ruine und das Dorf ab. Nach drei Minuten war alles vorbei und wir hören nur mehr Hundegebell aus dem Dorf. Der Feldwebel winkt nach dem Fahrer und sogleich setzt sich die kleine Kolonne wieder in Bewegung. Wir brauchen nur mehr dazusteigen. Die Straße geht mitten durch das Dorf und wir warten mit schussbereiten Waffen auf einen Feuerüberfall, aber kein Schuss wurde mehr auf uns abgegeben. Das Dorf war wie ausgestorben. Kein Mensch war zu sehen, obwohl wir wissen, dass wir von allen Seiten beobachtet werden. Es ist noch früher Morgen, aber die Sonne scheint schon und ihre Wärme tut uns wohl.

Wir wissen, dass uns die Tschechen hassen, seit Hitler 1938 einmarschierte. Jetzt können sie sich an jedem einzelnen Deutschen rächen, wenn sie einen erwischen. Wir aber wehren uns solange wir können.

Unsere kleine Kolonne wälzt sich wieder so schnell es die Fahrzeuge und die schlechte Straße zulassen weiter nach Süden. Wir wollen heute Mittag die österreichische Grenze erreichen.

Der Feldwebel gesellt sich zu mir, denn er weiß jetzt, dass er sich auf mich verlassen kann. Auch die anderen kommen mir viel freundlicher vor als heute Nacht in Deutsch-brot.

Auf Anordnung des Feldwebels dürfen die Hälfte von uns jetzt frühstücken und die anderen müssen Wache halten. Ich hatte außer meiner leeren Feldflasche auch einen leeren Brotbeutel. Mir gehen vor Freude fast die Augen über, was mir da wieder für gute Sachen angeboten werden. Zu meiner Beruhigung sehe ich, dass genügend Proviant vorhanden ist. Heißen Kaffee gibt es zwar nicht, dafür wird eine Kiste geöffnet und einige Flaschen Wein entkorkt. Auch einige Flaschen Weinbrand sehe ich da. Der Feldwebel meint, „diese besseren Sachen werden erst aufgemacht, wenn wir in Österreich sind." Ich glaube, wir Gebirgsjäger waren doch die größten Hungerkünstler der Nation.

Warum kann unsere Fahrt nicht immer so friedlich vorangehen wie in der vergangenen Stunde? Wir hoffen, dass uns jetzt niemand mehr auf unserem Weg behindert. Wir tun ja niemandem etwas, wir wollen nur durchfahren. Wir passieren zwar einige Dörfer ohne gestört zu werden und die Leute verfolgen uns misstrauisch mit ihren Blicken, aber es sieht aus, als wäre hier überall schon Frieden. Nur wir mit unseren schweren Fahrzeugen rasseln durch die Gegend und stören für ein kurzes Weilchen diese ländliche Stille.

Bei der nächsten Ortschaft nimmt unsere Fahrt ein jähes Ende. An der Einmündung in die geteerte Hauptstraße stehen zwei Feldgendarmen und sorgen für den flüssigen Verkehr. Alles ist in Eile. Unser Feldwebel läuft nach vorne, erkundigt sich bei den Feldgendarmen und kommt enttäuscht wieder zurück. Er nimmt neben dem Fahrer seinen Platz ein und wartet, bis wir von den beiden da vorne die Erlaubnis erhalten, uns eingliedern zu dürfen. Der große Treck, gemischt mit allen Waffengattungen und Flüchtlingsfahrzeugen wälzt sich nach Westen. Sie kommen aus der Richtung, in die wir fahren wollen. Die Straße ist aber so überfüllt, dass kein Gegenverkehr mehr möglich ist. Wir haben keine andere Wahl, wir müssen uns eingliedern. Immer öfter kommt es zu Staus. Schuld daran sind leer gefahrene und defekte Fahrzeuge. Sie wollen alle abgeschleppt werden oder betteln um Benzin. Schließlich werden die lästigen Hindernisse in den Straßengraben geschoben. Immer wieder kommen dadurch Lanzer zu uns heraufgeklettert. Wir sind sogar manchem behilflich, der es nicht gleich auf Anhieb schafft. Von ihnen erfahren wir, dass dort in Österreich schon die Russen sind. Sobald wir länger als 10 Minuten stehen müssen, springen schon wieder einige von Panik erfasst ab und versuchen, zu Fuß schneller voran zu kommen. Bald darauf überholen wir sie wieder und sie versuchen erneut, auf das fahrende Fahrzeug aufzuspringen. Ein lebensgefährliches Manöver.

Aus jeder Ortschaft schleusen sich neue Fahrzeuge ein und verstopfen somit die Hauptstraße. Unser großes Raupenfahrzeug ist schon überfüllt, aber immer wieder zwängt sich einer zwischen uns. Spät nach Mitternacht erfahren wir von der bedingungslosen Kapitulation durch Admiral Dönitz.

Unsere einzige Hoffnung ist jetzt der Amerikaner. Der soll irgendwo da vorne stehen. So hoffen wir alle, dass wir sie erreichen, bevor die Russen uns noch einholen.

Die Sonne ist inzwischen schon wieder aufgegangen und wir wälzen uns immer noch irgendwo in der Tschechei in Richtung Westen. Keiner von uns hat schon einen Amerikaner gesehen, aber jeder betrachtet sie jetzt als Freund und Retter, obwohl sie eigentlich Gegner sind, Verbündete der Russen. Ein ungutes und zweifelhaftes Gefühl.

Auf einmal stehen amerikanische Panzer links und rechts an unserer Straße, während wir langsam an ihnen vorbeifahren. Ein Gefühl, - wir haben es doch geschafft - überkommt uns. Wir sind nun in amerikanischer Gefangenschaft. Die Soldaten sitzen auf ihren Panzern und betrachten uns teilnahmslos, mehr gelangweilt. Einige von uns versuchen, ihnen freundlich zuzuwinken, aber die ignorieren uns. Ihre Geschütze sind nach Osten gerichtet, was wieder beruhigend auf uns wirkt.

Es geht auf Mittag zu und vor uns liegt Wallern im Böhmerwald. Wir fahren aber nicht in den Ort hinein, denn amerikanische Panzer versperren uns den Weg. In den Wiesen und Feldern entsteht unser Gefangenenlager. Wir sind ca. 15.000 Mann. Wir werden aufgefordert, unsere Waffen und Munition abzuliefern, was für uns auch selbstverständlich ist. Nach dieser Erleichterung wird uns aber bewusst, dass wir jetzt der Willkür des Feindes ausgeliefert sind. Was sie mit uns machen, wir haben uns ergeben. Amerikanische Soldaten waren besonders auf unsere handlichen 7,65 Offizierspistolen scharf. Nach dieser Zeremonie werden wir allmählich ruhiger. Wir haben die große Hetzjagd überstanden. Ich bleibe in der Nähe des großen Raupenschleppers, um sofort wieder aufzusteigen, wenn wir die Erlaubnis zur Heimfahrt erhalten.

Alles kam anders, als wir es uns ausgedacht hatten. Ein Umweg über Wallern nach Passau und von dort nach Österreich macht dem Feldwebel aber nichts aus, meint er. Auf der Rampe ist noch ein volles Fass Treibstoff als Reserve vorhanden.

Da wir nicht wissen, wie lange unser Aufenthalt hier dauert, wurde der Lebensmittelvorrat rationiert. Vom Amerikaner bekommen wir kein Essen. Allzu lange werden wir nicht hier bleiben. Es ist schon längst Nachmittag, als ich meine Ration verspeiste. Hernach verbringe ich die

Zeit, um einen Rundgang durch das riesige Lager zu machen. Der Zustrom vom Osten ist beendet. Wo die Straße von Osten her ins Lager einmündet, steht jetzt ein großer amerikanischer Panzer und versperrt jeden weiteren Zugang. Es sieht so aus, als würden wir von Osten her beschützt. Nach diesem Rundgang gehe ich nochmals an den Platz zurück, wo wir unsere Waffen ablieferten. Sämtliche Handfeuerwaffen mit Munition waren schon weggeschafft. Die Gewehre wurden auf einen Haufen geworfen, mit Benzin übergossen und angezündet. Wir betrachten die Flammen, wie sie immer kleiner werden. Ein glühender Haufen Alteisen bleibt übrig. Wie viel Geld musste der Staat, der Steuerzahler aufbringen, um diese Waffen herzustellen. Wie viel Pflege, Zeit und Sorgfalt musste jeder Soldat für seine „Braut" aufbringen.

Nun werden wir bald heimkehren und mancher unter uns findet statt seines Hauses oder seiner Wohnung eine Ruine vor. Wie wird es bei mir aussehen? Hoffentlich ging der Krieg daheim spurlos vorüber. Eigentlich hätte ich von hier aus gar nicht so weit. Von Wallern bis zur Grenze könnte ich es in einer Nacht schaffen. Sollte ich die Grenze erreichen und das muss ich unbedingt, dann hätte ich auf der deutschen Seite genügend zu essen und überall sichere Unterkunft. Nur allein ist es mir zu riskant. Wenn noch einer mitmachen würde, so wäre es am besten, wir würden gleich heute Nacht aufbrechen. Jetzt ist es 17 Uhr und da bekomme ich die nächste Ration zugeteilt. Wenn einer von diesen Österreichern mitmachen würde und wir beide unsere Ration für morgen gleich mitbekommen, so hätten sie gleich zwei Mann weniger zu verpflegen. Beim Abendbrot bleibe ich in der Nähe des Feldwebels, betrachte ihn mir und weihe ihn schließlich in meinen Fluchtplan ein. „Weißt Du überhaupt, wie nahe wir an der Grenze sind?" beginne ich mein Gespräch. Er antwortet mir, „ja das weiß ich, ich brauche nur die Karte anschauen. Ich weiß, was Du vor hast, aber das habe ich mir auch schon überlegt. Wenn Du türmen willst, musst Du Dir einen anderen aussuchen. Wir von unserer Einheit bleiben zusammen, wir wollen mit den Fahrzeugen heimfahren. Außerdem kann uns der Ami nicht lange festhalten, so ohne Verpflegung. Das ist die Kehrseite des Sieges, dass er seine Gefangenen verpflegen muss. Es ist nur eine Frage der Zeit, wenn er uns heimschickt." Da ist nichts zu machen und eigentlich hat er recht. Warum muss ich gleich ans ausreißen denken und mich in unnütze Gefahr bringen.

Einige holten Karten hervor, spielten Skat und die anderen kiebitzten. Zur Feier des Tages wurde eine Flasche von dem scharfen Getränk geöffnet. Als die Flasche die dritte Runde machte, stieg uns der Alkohol schon in den Kopf. Der Abend dämmert schon und unsere gefährliche Kampftruppe von gestern verwandelt sich in einen friedlichen Gesangverein. Der Feldwebel entpuppte sich als ausgezeichneter Tenor. Seine Stimme war glockenklar, während wir anderen mit unserer zweiten Stimme harmonisch einsetzten und der Bass das ganze vollendete. Als wir „Am Brunnen vor dem Tore" beendeten, klatschten rings um uns die Zuhörer ehrlichen Beifall, sogar einige Amerikaner waren darunter.

Es kommt die erste Nacht, in der wir uns ohne Angst und Hass zum Schlafen hinlegen. Die unmenschlichen Strapazen der vergangenen Tage sind endlich überwunden. In die Decke eingewickelt strecke ich mich auf dem blanken Fußboden auf unserem Fahrzeug aus. Hätte ich einen gefunden, der meinem Fluchtplan zugestimmt hätte, wären wir schon wieder irgendwo ohne Rast und Ruh. Nein, so ist es schon besser.

Die Sonne an diesem neuen Tag verdrängt den Schatten der Bordwand und scheint mir voll ins Gesicht. Einige liegen noch in tiefem Schlaf, während andere schon unterwegs sind oder sich gerade waschen und rasieren. Keiner weiß ja, wie lange wir hier festgehalten werden. Um sich die Zeit zu vertreiben oder irgendwo etwas Neues zu erfahren, wandern viele kreuz und quer im Lager herum. Vielleicht trifft man einen Bekannten unter den vielen hier? Hinter einer abgestellten Lastwagenkolonne sehe ich eine größere Menschenmenge, aus deren Mitte Marschmusik erklingt. Eine Nachrichteneinheit hat ihren batteriebetriebenen Radio eingeschaltet, aus dem diese flotte Musik kam. Anschließend kommentiert eine Frauenstimme in deutscher Sprache den siegreichen Einzug der russischen Armee in Moskau. Dazwischen hören wir Jubel und Bravorufe von der Moskauer Bevölkerung. Immer wieder werden zwischendurch die toten russischen Helden erwähnt, die im Kampf gegen die faschistischen Deutschen ihr Leben opferten. „Ruhm und Ehre unseren Brüdern, Vätern und Söhnen, die diesen Sieg mit ihrem Blut bezahlten." Ich komme mir beinahe vor wie ein Verbrecher, nur weil ich meine Pflicht getan habe. Einer, der den Sender bedient, sagt, „es ist der Deutschlandsender." Ein Offizier sagt gereizt dazu, „es ist derselbe Sender, von dem wir jahrelang die Reden unseres Führers hörten, aus dem die Propagandasprüche von Dr. Göbbels kamen. Ihr kennt doch die Fanfarenklänge, die immer die Sondermeldungen ankündigten. Und jetzt ist dieser Sender in Berlin in russischer Hand. Dies hier ist eine Direktübertragung aus Moskau." Er schaltet das Radio aus und wir zerstreuen uns wieder. Einem jeden von uns ist auch klar, dass wir keine guten Nachrichten zu erwarten haben. Es ist nur ein Glück, dass wir hier bei dem Amerikaner sind.

Was nützt es uns, wenn wir jetzt den Kopf hängen lassen, wir müssen mit dem zufrieden sein, was wir erreicht haben. Wir könnten leicht bei den Russen sein oder noch schlimmer bei den Tschechen.

Viel zu früh finde ich mich zum Mittagessen ein, um meine kleine Portion entgegen zu nehmen. Der Feldwebel macht uns die traurige Mitteilung, dass dies das letzte Mal ist. Auch die letzte Kiste Wein wurde geöffnet und jeder bekam noch eine Flasche. Wir zweifelten daran, ob uns der Amerikaner hier verpflegen wird. Leicht wird es für uns aber nicht werden, denn die meisten hier im Lager haben ihren Vorrat aufgebraucht und sind ebenfalls auf Nahrungssuche.

Hinter dem Hügel in der Wiese sehe ich einen kleinen Bauernhof, wie sie hier einzeln verstreut liegen. Vielleicht bekomme ich dort ein Stück Brot oder eine handvoll Kartoffeln? Je näher ich aber an den kleinen Hof herankomme, desto geringer ist meine Hoffnung. Im Hof geht es zu wie in einem Ameisenhaufen. Viele Lanzer haben sich dort einquartiert und jeder ist auf Nahrungssuche. Es gibt einen einzigen Brunnen in dieser Gegend und um die Wasserpumpe wartet eine Schlange. So wird es hier den ganzen Tag und zeitweise auch in der Nacht zugehen. Eine Stalltür ist angelehnt und drinnen stehen zwei schmutzige Kühe, die mich neugierig anglotzen. Im Hof laufen noch einige Hühner erschrocken von einer Ecke in die andere und finden keine Ruhe. Vielleicht werden sie gejagt? Zum Eierlegen werden sie keine Zeit haben. Aus einem geöffneten Fenster beobachtet ein alter Mann diesen Vorgang. Er wird der Besitzer dieses armseligen Anwesens sein. Da ich schon einmal da bin, gehe ich in die Küche, einen dunklen Raum, aber auch hier ist wirklich nichts zu erhoffen. Zwei Frauen und einige Kinder sitzen hinter dem großen Tisch und schauen mich fragend an. Ohne eine Wort zu sagen gehe ich wieder. Meine Flasche Wein ist also mein ganzer Vorrat. Sie bleibt aber vorerst verschlossen. Mit knurrendem Magen lege ich mich an diesem trostlosen Abend bald zur Ruhe. Vielleicht geschieht morgen ein Wunder?

Blauer Himmel und strahlender Sonnenschein ist der einzige Reichtum, der uns schon am frühen Morgen kostenlos gespendet wird. Wie schön, dass wenigstens der Himmel lacht, es könnte auch regnen. Wenn ich heute wieder nichts zu essen bekomme, werde ich mir doch einen Fluchtplan ausdenken müssen. Die Gefangenschaft kann ja noch lange dauern. Die Amerikaner zu überlisten wäre kein Problem, sie würden mich höchstens wieder hierher zurückbringen. Ich fürchte nur die Tschechen, die hier in Grenznähe überall auf deutsche Soldaten lauern. Wenn die einen in ihre Krallen bekommen, der hat keine Gnade zu erhoffen.

Gleich neben uns hat sich eine Luftwaffeneinheit niedergelassen. Ob die vielleicht etwas Essbares für einen Lanzer übrig haben? Hinter ihren Lastwagen sehe ich einige aufgeklappte Tische und Stühle. Gepflegte Luftwaffenhelferinnen servieren gerade das Frühstück. Ein Anblick des Friedens. Es wäre gelacht, wenn da für mich nicht ein Brocken abfallen würde. Außerhalb ihrer Absperrung verfolge ich mit gierigen Augen ihr Schlemmerleben. Aus dem Inneren eines Lastwagens wird dampfender Tee gereicht. Ein anderes Mädchen bringt ein Tablett vollbeladen mit Brot, Marmelade und Konserven. Gleich darauf kommen die Herren Offiziere, geschmückt mit ihren Orden und Auszeichnungen und nehmen am gedeckten Tisch Platz. Sie werfen mir einen vorwurfsvollen Blick zu, als erwarteten sie, dass ich mich erhebe und stramm grüße. Wer weiß, ob sie überhaupt wissen, dass ich Hunger habe? An ihren sauberen und gebügelten Uniformen besteht schon äußerlich ein großer Unterschied gegenüber uns Gebirgsjägern. Nach ihrem ausgiebigen Mahl räumen die Mädchen wieder den Tisch. Neugierig verfolge ich das Mädchen mit dem Abfall, den sie in einen großen

Karton hinter einen LKW wirft. Tatsächlich entdecke ich in den Dosen noch große Reste. Sogar ein Stück Vollkornbrot wickle ich aus dem zerknüllten Papier. Nichts entgeht meinem Blick und ich durchsuche nochmals den Karton. Am Ende habe ich einen halbwegs beruhigten Magen. Mir scheint, als hätten die hier noch keine Not zu fürchten. Sollten die vielleicht meine Flasche Wein für einige Konserven eintauschen? Was könnte ich mir erhoffen? Am Ende dürfte ich froh sein, wenn ich den gleichen Wert dafür bekomme. Mit diesem Vorrat werde ich heute Abend meine Flucht riskieren. Es fehlt mir nur noch der geeignete Mann. Als ich etwas später wieder an diesem Fleckchen Schlaraffenland vorbeigehe, sehe ich mein geplantes Tauschgeschäft in nichts auflösen. Ich traue meinen Augen nicht. Die Tische sind jetzt mit Gläsern und Flaschen gedeckt. Die trinken jetzt Wein und verschiedene Schnapssorten. An einem Tisch spielen zwei Offiziere Schach und am anderen Tisch Skat. Als die Flaschen leergetrunken waren, wurden sofort neue gebracht. Mädchengelächter kommt aus dem Inneren des Lastwagens. Enttäuscht gehe ich mit meiner Flasche wieder zurück zu meinen Platz. Um die Mittagszeit zieht es mich aber wieder zu der Luftwaffeneinheit hinüber. Für mich bleibt nur der Abfallkarton übrig. Als ich dort ankomme, sehe ich zu meiner Enttäuschung, dass schon zwei andere darin wühlen. Ein dritter Lanzer geht sogar durch die Absperrung und holt sich den Karton mit den leeren Flaschen. Das war den Herren zu viel. Sie machten böse Gesichter und begaben sich ins Innere eines Lastwagens. Wir waren ihnen zu lästig. Den ganzen Nachmittag warteten wir, um einen Happen zu erwischen, aber wir mussten am Abend enttäuscht unsere Hoffnung aufgeben.

Schon im Morgengrauen werde ich durch den knurrenden Magen geweckt. Sofort eile ich zum Abfallkarton hinüber, um den anderen zuvor zu kommen. Es gibt aber nichts mehr. Sogar den Abfallkarton haben sie in den Lastwagen mit hineingenommen, damit sie uns widerliche Schnüffler endgültig los sind. Hier ist also nichts mehr zu erhoffen. Den ganzen Tag suche ich, finde aber keinen Bissen. An diesem Abend will ich bald einschlafen, damit ich an nichts mehr denken brauche. Meinen Kameraden auf dem Wagen ergeht es nicht besser. Einer von uns meinte, dass der Amerikaner uns alle verhungern lässt, dann hätte er uns endlich los.

Am nächsten Tag schalte ich auf stur. Es hat ja doch keinen Zweck, wenn man das ganze Lager absucht, es gibt einfach nichts. Heute bleibe ich hier liegen und versuche zu schlafen. Wie gut hätte uns ein Stündchen Ruhe an der Front getan. Als es Mittag wurde, konnte ich nicht mehr liegen. Alles tut mir weh. Mich zieht es wieder zu der Luftwaffeneinheit hinüber. Schon von weitem höre ich das Gelächter der Mädchen. Bei denen geht es zu, als hätten sie den Sieg zu feiern. Nach diesem Rundgang gehe ich wieder zurück zu unserem Fahrzeug und warte bis die Nacht kommt.

Während der Nacht bin ich schon unruhig und nun bin ich froh, dass es endlich Tag wird. So kann es doch nicht weitergehen, es muss doch einmal etwas geschehen, aber es geschah den ganzen Tag wieder nichts. Als es wieder Abend ist, wurde uns alles hier unheimlich.

Die strahlende Sonne ist der einzige Luxus, den wir schon am frühen Morgen in Überfluss haben. Sie scheint für alle, für Sieger und Besiegte. Es sieht so aus, als würde sich auch heute wieder nichts ändern. Wenn aber tausende hungrige Lanzer von einem Tag auf den nächsten warten und hoffen und es rührt sich nichts, dann wird es unangenehm, auch für die Bewacher.

Mit meiner kostbaren Flasche unter der Jacke gehe ich auf eine Anhöhe, auf der einige Bäume stehen. Ich setze mich auf einen alten Baumstumpf, öffne meine Flasche und nehme einen Schluck davon, den Rest fülle ich in meine Feldflasche um. Ich überlege mir immer noch, wie ich hier herauskommen könnte. Ich will hier nicht kaputtgehen. Es muss doch einer unter den vielen Tausenden dabei sein, der ebenfalls so denkt wie ich. Schon die Vorbereitung müsste man zu zweit planen. Mit diesem Vorsatz gehe ich zum Haupteingang hinunter. Vor dem Haus, in dem die Wache untergebracht ist, geht es sehr lebhaft zu. Hohe deutsche Offiziere stehen um einen amerikanischen Offizier und diskutieren lebhaft. An der Haustür sehe ich einen deutschen General mit diesem amerikanischen Offizier in das Innere gehen. Der Ausgang nach Wallern ist verriegelt. Ein Panzer steht neben dem anderen und dazwischen gehen die Posten auf und ab. Also hier ist nichts zu erhoffen. Ich gehe einige 100 m nach links, wo das Gelände immer flacher wird, aber auch hier ist eine Flucht unmöglich. Rechts auf der nördlichen Seite dagegen wird es etwas buckliger. Man müsste die Absperrung doch leicht durchkriechen können, wenn es dunkel wird. Es gehen hier so viele auf und ab, vielleicht befassen sie sich mit demselben Problem wie ich. Ich spreche den Nächstbesten an. „Die machen das Lager dicht, als wären wir alle Verbrecher. Es ist nicht einfach da hinaus zu kommen, wenn man abhauen wollte." Er gibt mir zur Antwort, „ich möchte gleich heute Nacht von hier abhauen, aber ich weiß nicht, ob sie die Nachtwache verschärfen." Nun habe ich meinen Partner gefunden, glaube ich. Während wir beide langsam den Hang zurückgehen, machen wir uns beide bekannt. „Heinz heiße ich, ich bin aus Harzgerode im Harzgebirge." „Und ich heiße Sepp und bin aus Bayern. Die Grenze ist gar nicht weit weg von hier." Weiter oben stehen ein paar einzelne Birken, wo wir uns niederlassen. Von hier aus haben wir einen besseren Überblick über diesen Lagerabschnitt. Die Sonne meint es immer noch gut an diesem Nachmittag, ihre Wärme tut uns allen wohl. Die Knospen an den Birkenzweigen fangen zu treiben an. Die paar Tage Sonnenschein haben die Natur verändert. Nur bei uns im Lager hat sich nichts geändert.

Bevor wir unsere Probleme besprechen, schenke ich ihm einen halben Becher Wein ein. Er war überrascht, woher ich jetzt so einen köstlichen Tropfen habe. Ich sage nur, „den Rest heben wir für die eiserne Ration auf. Vielleicht können wir uns pro Tag nur einen Schluck leisten." Damit waren wir schon beim Thema. Heinz holt einmal tief Luft, dann beginnt er in seinem reinen Schriftdeutsch, „heute brachten die Amerikaner zwei neue deutsche Gefangene in unser Lager. Ich selber habe sie nicht gesehen. Am Lagereingang habe ich aber etwas Schreckliches gehört. Die beiden sollen gesagt haben, dass sie nicht weit von hier in einem amerikanischen Gefangenenlager waren, das gestern den Russen ausgeliefert wurde. Sie seien ausgerissen, aber nun sind sie wieder hier bei uns." Diese schreckliche Nachricht verbreitete sich sofort wie ein Lauffeuer unter uns. Deswegen dieser Aufruhr an der Wache unten. Es kann also möglich sein, dass uns dasselbe passiert. Das wäre das Gemeinste, das Schmutzigste, was sie uns antun könnten. Das darf nicht wahr werden, nein, für mich nicht. Und wenn ich allein abhauen müsste, ich traue diesem Frieden nicht mehr. Heinz ist einverstanden mit meinem Vorschlag und wir meinen, dass wir keine Zeit mehr verlieren dürfen. Am besten, wir hauen gleich heute Abend ab. Jetzt haben wir noch genügend Zeit, um uns einen günstigen Fluchtweg auszusuchen. Um unseren Magen zu beruhigen, zupfen wir die zarten jungen Triebe an den Birkenzweigen ab und essen sie. Auf der Wiese sprießen die ersten Löwenzahnblätter, sie sehen schon viel appetitlicher aus. Jeder rupft sich sein Essgeschirr voll und ich gebe einen Schuss Wein darüber. Es schmeckt zwar auch bitter, aber der säuerliche Geschmack war angenehmer.

Zum Vorbereiten gibt es nichts mehr. Alles was wir besitzen, tragen wir mit uns herum. Wir machen nochmals eine kleine Runde, um uns die Zeit bis zur Nacht zu vertreiben. Alles in mir ist schon wieder auf Spannung eingestellt und ich kann es kaum erwarten, bis es dunkel wird.

Bei dieser Runde merken wir, dass immer mehr Lanzer auf den Hauptausgang zuströmen. Da muss was besonderes los sein. Wir lassen uns von der Neugierde mitreißen und sehen schon von weitem, dass sich am Haupteingang eine große Menschenmenge angesammelt hat. Auch die Posten dort werden verstärkt. Um die Hauptwache bilden amerikanische Soldaten nochmals eine Absperrung. Wir erfahren von den Umstehenden, dass die beiden neuen Gefangenen von heute mit ihrer schrecklichen Nachricht der Grund dieses Auflaufs sind. Bald darauf kommt ein hoher deutscher Offizier mit einem Megaphon und gibt bekannt, „Kameraden! Im Auftrag des amerikanischen Lagerkommandeurs gebe ich bekannt: Seit heute Mittag ging durch zwei neue Gefangene die Parole durch das Lager, dass sie den Russen ausgeliefert waren. Ich habe soeben von der höchsten Stelle das Versprechen erhalten, dass wir den Russen nicht ausgeliefert werden." Applaus unterbricht den Sprecher. Sofort löst sich die Spannung in allen Gesichtern. Er fährt fort, „Kameraden, ich habe Euch die freudige Nachricht mitzuteilen, dass wir morgen Früh in ein anderes Lager übersiedeln. Dieses Lager hier ist auf tschechischem Hoheitsgebiet und wir müssen es morgen räumen." Wieder Applaus. Das ist die erste freudige Nachricht, auf die wir schon solange warten. Ich habe das Glück, dass meine Heimat in der amerikanischen Zone ist. Viele Kameraden sind aber im russisch besetzten Teil daheim und sie wissen nicht, wo sie nach ihrer Entlassung hin sollen.

Die große Menschenmenge hat sich schnell aufgelöst. Heinz und ich gehen auf das Raupenfahrzeug zu, denn da ist auch noch Platz für ihn. Morgen wollen wir gemeinsam wegfahren. Das gefährliche Abenteuer bleibt uns heute Nacht erspart. Im ganzen Lager herrscht freudige Stimmung. Dieser Tag muss noch gefeiert werden. Gemeinsam leeren wir den Rest Wein, dann legen wir uns zufrieden zum letzten Mal auf diesen blanken Boden.

Noch schöner und freundlicher kündet die Morgensonne den neuen Tag an. Die Langschläfer kommen heute etwas zu kurz, denn um das Fahrzeug stehen schon viele Kameraden, die alle mitfahren wollen. Der Feldwebel ist großzügig, er lässt alle herauf, solange der Platz ausreicht. Der Fahrer, der schon startbereit hinter seinem Steuerrad sitzt, lässt endlich den Motor an. Der Lärm kommt mir viel lauter vor als auf dem langen Weg von Deutschbrot bis hier her.

Ganz langsam setzt sich das Fahrzeug in Bewegung. Es hinterlässt tiefe Spuren in der Wiese und der Fahrer steuert dem Ausgang zu. Wir müssen lange warten, bis wir an der Reihe sind. Es herrscht noch militärische Disziplin. Als wir langsam aufrücken, fällt uns auf, dass nach 10 deutschen Fahrzeugen sich ein bewaffneter amerikanischer Jeep als Begleitschutz mit einordnet. Wahrscheinlich werden sie uns vor den Tschechen schützen und uns bis zur nahen Grenze begleiten.

Hinter unserem schweren Raupenfahrzeug folgen uns die Fahrzeuge von der Luftwaffe nebenan. Die Herren Offiziere im Führerhaus sitzen immer noch in strammer Haltung, verziehen keine Miene, während bei uns große Gaudi herrscht.

Wir fahren durch Wallern und kommen bald danach auf die breite Bundesstraße Passau-Prag. Aber was ist hier los? Anstatt nach links, nach Passau abzubiegen, versperren uns amerikanische Panzer die Straße und wir fahren nach Norden in Richtung Winterberg. Auf unsere Frage, warum wir nicht nach Passau fahren, erfahren wir, dass die Brücken alle gesprengt sind. Wir machen also einen Umweg. Bald sind wir in Winterberg. Die engen Straßen verhindern eine flotte Durchfahrt. Nach Winterberg folgen wir weiter der Straße nordwärts. Wir kommen immer weiter von Passau weg. Langsam flaut unsere fröhliche Stimmung ab. Heinz und ich zweifeln schon, ob diese Fahrt auch gut enden wird. Vielleicht wäre es doch besser gewesen, wir hätten uns vergangene Nacht aus dem Staub gemacht.

Während einer Durchfahrt durch ein Dorf steht eine Horde Tschechen mit Messern bewaffnet am Straßenrand und droht uns. Wir hoffen nur, dass unsere Fahrzeuge nicht zum Stehen kommen. Manche von uns äußern schon laut, dass wir den Russen ausgeliefert werden. Diese Befürchtungen wurden aber sofort von Besserwissern energisch bestritten. Einer sagte, „ich habe es selbst gehört, als die Amerikaner uns versprochen haben, dass wir den Russen nicht ausgeliefert werden. Wir müssen halt einen größeren Umweg machen, wenn die SS zuletzt noch alle Brücken sprengte."

Wie schön wäre es, wenn er recht hätte. Sollten die beiden Gefangenen von gestern doch recht gehabt haben? Ein Angstgefühl überkommt mich, es läuft mir eiskalt über den Rücken. Alles sieht jetzt anders aus, aber es ist nichts zu ändern. Zu Heinz sage ich resignierend, „wir haben heute Nacht unsere letzte Chance vergeben." Er nickt nur mit dem Kopf und bestätigt damit meine Meinung.

Das Wort „Russen ausgeliefert" wirkt wie ein Peitschenschlag auf uns alle. Keiner will es wahr haben, dabei frisst und nagt es an uns, auch wenn wir uns noch so dagegen wehren.

Wieder fahren wir durch eine Ortschaft. Diesmal werden wir von den Tschechen mit Steinen beworfen. Wir können uns nur mit Decken schützen, indem wir unsere Köpfe damit einwickeln und uns niederducken. Ein Kamerad neben mir schreit auf, denn er wurde am Kopf getroffen und sackt zusammen. Von draußen hören wir noch das höhnische Gelächter der Tschechen. Den Verletzten wurde ein Verband angelegt. Warum schützt uns das amerikanische Begleitpersonal nicht?

Die Stimmung war noch nie so niedergeschlagen wie jetzt. Die Straßen sind so vollgestopft wie vor einer Woche, als wir zum Amerikaner flüchteten. Diesmal sind wir aber ohne Waffen.

Auf einmal höre ich ein Raunen und Seufzen von vorne. Als ich meinen Kopf neugierig strecke, sehe ich die amerikanische Fahne neben der russischen flattern. Jetzt gibt es kein Entrinnen mehr, durchzuckt es mich. Hier ist die Demarkationslinie, da übergeben uns die Amerikaner den Russen. Aus, alles ist aus, alles war umsonst. Was habe ich alles versucht, um mich der bitteren Gefangenschaft zu entziehen. Unser Hass und unsere Verachtung gilt jetzt dem Amerikaner, der sich nach dieser Judashandlung unauffällig wieder aus dem Staub macht. Die laut ausgesprochenen Verwünschungen werden ihm keinen Segen bringen.

Unser Fahrer wird von den Russen angehalten und sogleich kommen diese Mongolengesichter über die Bordwand herauf. Mit ihren MP's im Anschlag brüllen sie uns an, „Urre her, Ring her, bistro dawei, dawei, Du alle kaputt, ich schießen tot!" Sofort greifen sie nach den Armbanduhren und Eheringen und reißen den Männern fast den Finger ab, wenn sie nicht selbst nachhelfen. Wir werden alle durchsucht, sehe ich. Als ich 1943 zum ersten Mal nach Russland kam, gab mir mein Vater seine Taschenuhr mit. Jetzt will dieser Mongole sie haben. Nein, die gebe ich ihm nicht, denke ich mir. Ich nehme sie mit dem Daumen in die hohle Hand und strecke beide Arme auseinander. Der Russe tastet mich ab und brüllt mich an, „Urri her, wo hast Du Urri." Ich schüttle den Kopf und sag, „ich nix Urri." Schon durchsucht er Heinz. Ein Kamerad daneben wollte seine Armbanduhr unauffällig in seinen Stiefelschaft verschwinden lassen, aber der Russe hat ihn erwischt, schlägt ihm mit der Faust voll ins Gesicht, dass ihm die Nase blutet und zieht die Uhr heraus. Jetzt wird mir klar, wie leichtsinnig ich war. Sollte ich sie ihm jetzt noch geben? Nein, denke ich mir, er könnte sich sonst lächerlich vorkommen und mir auch so einen Schlag versetzen.

So schnell sie gekommen sind, verschwinden sie wieder, um ihr Verbrechen auf dem nächsten Wagen fortzusetzen. Unten am Straßenrand sehen wir Munitionskisten, die mit Diebesbeute fast voll sind. Ein Russe brüllt den Fahrer an, „fertig, dawei!"

Wir können unsere Fahrt weiter fortsetzen, aber wir sind jetzt russische Gefangene. Mancher steht verstohlen mit dem Gesicht nach außen und wischt sich mit dem Taschentuch die Augen. Wir waren so überwältigt, dass keiner ein Wort hervorbringt. Wir müssen uns mit den Tatsachen abfinden, auch wenn sie noch so hart sind, für manchen unerträglich. Wir stehen alle da wie verkauftes Schlachtvieh, trübsinnig und geistesabwesend. Sobald uns einige Russen oder Tschechen begegnen, werden wir von ihnen ausgelacht und verspottet. Es macht uns aber nichts mehr aus.

In meiner trostlosen Verfassung versuche ich zu beten, um diesen seelischen Schmerz zu überwinden. „Gott mit uns", fällt mir zu aller erst ein. Dieser Sinn will mir nicht in meinen Kopf. Wo ist dieser gute Gott? Muss man zuvor durch diese Hölle? Welches Gebet ich auch beginne, ich kann einfach nichts verstehen. Alles in mir lehnt sich dagegen auf. Meine einzige Bitte und meine ganzen Anstrengungen waren doch nur, gesund aus diesem Krieg heimzukommen.

Was ist das für ein Wesen, das sich Gott nennt, den man immer anrufen kann, der jede Bitte erhört? Er kann nicht menschlich sein, er hat kein Herz und kein Gefühl.

Was hat er mit seinem einzigen Sohn Jesus Christus gemacht? Wie parallel ist unsere momentane Lage. Christus wurde ebenfalls verraten und an die Römer ausgeliefert. Er wurde unschuldig zum Tode verurteilt und lebendig ans Kreuz genagelt. Was waren seine letzten Worte am Kreuz? „Mein Gott, mein Gott, warum hast Du mich verlassen?" Und mit geneigtem Haupte gab er seinen Geist auf. Seitdem ist das Kreuz das Symbol der Christenheit.

Ich falle in eine bodenlose Tiefe und ich kann mich an nichts mehr festhalten. Es gibt keine Hoffnung, jemals meine Lieben zu Hause wiederzusehen. Wir Übriggebliebenen müssen die Kriegsschuld bezahlen. Wir müssen das zerschossene Russland wieder aufbauen, oder wir kommen nach Sibirien in die Bergwerke, wo es kein Entkommen, kein Überleben gibt. Dieses Urteil über uns wurde im Februar dieses Jahres im Jalta-Abkommen von Roosevelt, Churchill und Stalin unterzeichnet.

Manchmal denke ich an Franz, den ich so gerne mitgenommen hätte. Jetzt bin ich froh, dass ihm dieses Elend erspart blieb.

Die Sonne brennt unbarmherzig herunter, während sich der endlose Wurm nach Osten bewegt, immer weiter von der Heimat weg. Nirgendwo ist eine Wasserstelle zu sehen. Meine Feldflasche ist schon lange leer. Nach tagelangem Hungern kommt dieser qualvolle Durst dazu.

Nach einer weiteren Stunde wird unser Fahrzeug langsamer und kommt nur in Schritttempo weiter, bis wir an einem einzelnen Bauernhof ankommen, auf dem es lebhaft zugeht. Als wir kurz vorher zum Stehen kommen, sehen wir, wie unsere Kameraden vor uns ständig mit dem Kochgeschirr und der Feldflasche zum Bauernhof hinüber und wieder zurücklaufen. Mitten im Hof ist ein Brunnen und im Halbkreis herum eine hölzerne Viehtränke. Der Bauer steht davor und passt auf seine vielen Eimer auf, die ständig von seinen Dienstleuten mit Wasser gefüllt werden, damit die deutschen Soldaten keinen Eimer mitnehmen. Sofort schließen wir uns der Reihe an, damit wir auch etwas Wasser bekommen. Trotz des Gedränges geht die Abfertigung schnell voran. Der Bauer sieht meinem Vater sehr ähnlich, schon sein ganzes Äußeres, sein Alter und besonders sein Schnurrbart. Er lacht mich freundlich an, als ich neben ihm stehe. In seinen Augen waren nur Güte und Mitleid. Er gibt uns zu verstehen, dass genügend Wasser für uns alle im Brunnen ist. Jeder von uns füllt sich zuerst sein Kochgeschirr und trinkt das gute frische Wasser, um den ersten Durst zu löschen. Anschließend füllen wir uns die Feldflasche und nochmals unser Kochgeschirr nach. Wir besteigen wieder unser Fahrzeug, um den Nachkommenden Platz zumachen. Wir winken dem Bauern freundlich zu, aber er bemerkt es nicht. Er muss weiter seine Eimer behüten, denn immer wieder versucht einer, mit einem vollen Eimer zu verschwinden. Wir glauben, der tut das schon den ganzen Tag und wie es aussieht, wird dieser Samariter mit seinem Personal noch viel zu tun haben. Das alles macht er unentgeltlich, obwohl wir seine Feinde sind.

Ist es die Erfrischung oder ist es das unerwartete Entgegenkommen dieses Bauern oder beides zusammen, was mich und auch die anderen aus der Trostlosigkeit etwas herausholt.

Die Fahrt geht wieder weiter, immerzu weiter. Im Westen steht die Sonne schon ganz tief, während im Osten die ersten Sterne aufleuchten. Ich richte meinen Blick nach Westen und betrachte das Abendrot, das immer schwächer wird. Meine Gedanken sind bei meinen Lieben zu Hause, dort über dem Horizont, wo am Himmel nur noch ein matter Schein übrig bleibt. Jetzt stelle ich mich mit dem Gesicht nach außen, schließe meine Augen und lasse den Tränen freien Lauf. Ich will an all das Liebe denken, was ich dort hatte. Ich hatte nur Schönes und Freundliches erlebt. Da sind meine Kinderjahre, bis ich zur Schule kam. Immer waren meine lieben Eltern für uns Kinder da. Ich denke an manchen Lausbubenstreich, den ich mit meinen Schulkameraden anstellte. Besonders mit 9 bis 10 Jahren machte ich meinen Eltern Ärger, weil ich unbedingt zur Hitlerjugend wollte, aber sie waren immer dagegen. Oft sagte mein Vater, „das endet nicht gut, dieser Hitler führt uns ins Verderben." Einmal sagte unser Bürgermeister zu ihm, „Du bist schon auf der schwarzen Liste, Dich bringen wir noch ins KZ-Lager." Danach schimpften meine Eltern nicht mehr. Wie schön war es im Urlaub und wie schwer war jedes Mal der Abschied.

Ob es jemals ein Wiedersehen geben wird, ist unwahrscheinlich, ist aussichtslos. Wieder versuche ich in dieser Finsternis zu beten, vielmehr suche ich einen Dialog mit Gott oder mit Jesus. Die Dreieinigkeit ist ja ein Gott. Du kamst in die Welt, um der Welt Zeugnis zu geben. Du wurdest 33 Jahre, als Du qualvoll am Kreuze starbst. Ich bin erst 21 Jahre und habe als Sklave nichts mehr zu erwarten. Ich werde nur mehr dahinvegetieren bis man stirbt. Ich habe es trotzdem besser, weil ich nicht allein bin, denn mit mir leiden und sterben Tausende, vielleicht Millionen. Nachdem Du von den Toten auferstanden bist, sagtest Du einmal, „ich bin bei Euch alle Tage, bis ans Ende der Welt." Wo bist Du jetzt? Kannst Du mir noch helfen? Nein, solche Wunder gibt es nicht.

Wie schön und hoffnungsvoll hat dieser Tag heute in Wallern begonnen und wie schmerzlich geht er jetzt zu Ende. Mein Gebet, vielmehr mein Hader mit Gott ist mit einem Mal zu Ende. Auf der Straße vor uns stehen russische Soldaten und weisen unsere Fahrzeuge in einen Feldweg ein, wo wir in einem Kartoffelacker zu stehen kommen. Nachdem der Motor abgestellt ist, erklären uns die Russen, dass wir die Nacht über hier bleiben. Und schon sind sie wieder verschwunden. Sie wissen, dass keiner von uns abhaut, denn wir sind schon zutiefst in der Tschechei.

Heinz und ich machen am Feldrain, gleich neben unserem Fahrzeug, unsere Decken fürs Nachtlager zurecht. Auch die anderen verteilen sich rund um das Fahrzeug. Der Boden ist trocken und von der Tagessonne erwärmt. Bevor wir uns hinlegen, nehmen wir nochmals einen kräftigen Schluck Wasser, das uns dieser Bauer schenkte. Er hat mit seiner guten Tat mehr für seine Nation getan als die gesamte tschechische Armee. Meine zweite Decke rolle ich zusammen und nehme sie als Kopfunterlage. Der Himmel ist mit Sternen übersät, den ich noch eine Zeitlang melancholisch betrachte, bis mir die Augen zufallen. Mir ist, als schleicht sich jemand an uns heran. Ruckartig setze ich mich auf, da steht eine Gestalt neben uns und versucht uns leise etwas zu sagen. Als ich aufgestanden bin und neben ihm stehe, erkenne ich einen von den Luftwaffenoffizieren, die gleich nebenan ihre Fahrzeuge abgestellt hatten. „Kameraden, habt ihr Hunger?" sagt er kaum hörbar. Heinz steht nun auch neben mir und antwortet, „was ist das für eine dumme Frage, wir hungern schon die ganze Woche." Der Offizier sagte nur noch, „geht leise und unauffällig nach nebenan und holt Euch, was Ihr wollt." Schon war er zum nächsten Wagen unterwegs. Heinz sagt noch, „träume ich oder hast Du dasselbe gehört?" Mit ein paar Schritten sind wir beim Lastwagen, wo uns ein Luftwaffenfeldwebel schon erwartet. Auf seinen Wink folgen wir ihm ins Innere und er schließt die Plane. Als er seine Taschenlampe anknipst, stehen wir mitten in einem Warenlager voller Lebensmittel. Kartonweise voll Konserven aller Art, Kisten voll feinster Spirituosen und kartonweise Wein. Wir sind überwältigt und schleppen gleich einige Kartons zu unserem Fahrzeug, wo unser Feldwebel gleich mit der Verteilung beginnt. Wir gehen schnell zurück und nehmen die schon wieder bereitgestellten Kartons in Empfang. Andere Lanzer eilen herbei und verschwinden vollbepackt wieder. Als der erste Lastwagen geleert ist, geht es mit derselben Ruhe über den zweiten her. Das dritte Fahrzeug war weniger gefragt, es ist mit Stoffballen, fertigen Luftwaffenuniformen und ähnlichem gefüllt. Ich probiere mir einen Luftwaffenrock an und er passt mir wie angemessen. Er ist beige, aus festem Leinen, eine Sommeruniform für Flieger. Hosen und Stiefel waren leider keine dabei oder sie waren schon weg. Eine zweite Feldflasche finde ich noch, die ich mitnehme. Die ganze Aktion dauert kaum mehr als eine Stunde. Alles geschieht fast lautlos. Innerhalb kürzester Zeit waren die drei Lastwagen entladen, ohne dass der Iwan etwas bemerkt hat.

Unser Feldwebel gibt mir meine Ration, mit der ich zu meinem Nachtlager verschwinde. Wahllos greife ich nach einer Konserve und öffne sie. Es ist eine Leberpastete, frisch, duftend und köstlich. Auch zwei Vollkornbrote sind dabei. Leise öffne ich eine Flasche Wein und Heinz und ich schenken uns je einen Becher voll ein. Bissen um Bissen genießen wir diese Rarität und spülen immer wieder mit einem Schluck Wein nach. Ich spüre, wie der Magen wieder arbeitet. Mein Körper will weiterleben, obwohl ich weiß, dass unsere Zukunft sinnlos ist. Es ist noch vor Mitternacht, als wir uns Kopf an Kopf mit unserem Proviant in den Decken am Ackerrain ausstrecken. Jetzt plagt mich mein schlechtes Gewissen, weil ich zuvor nichts als Murren und Grollen in mir hatte. Lieber Gott verzeih mir, ich werde in Zukunft nicht mehr so schnell verzweifeln, auch wenn meine Lage noch so hoffnungslos werden sollte. Ringsherum schlafen und schnarchen schon alle und mir fallen auch die Augen zu.

Die Sonne blendet mich, als ich mich aus meiner Decke wickle. Zu meiner Beruhigung finde ich meinen Lebensmittelvorrat neben mir. Umso härter und schmerzlicher ist die Tatsache, dass wir russische Gefangene sind und hier irgendwo in der Tschechei liegen. Heinz wickelt sich nun auch aus seiner Decke und richtet sich auf. Wir reden nichts miteinander, denn in seinem verzweifelten Gesichtsausdruck erkenne ich, dass es ihm genauso ergeht wie mir, wie jedem der 15.000 von uns. Keiner ist allein, sonst würde er verzweifeln. Nur die Sonne scheint, als wäre nichts geschehen, als wäre alles noch wie gestern. Als wir, Heinz und ich, unseren Lebensmittelvorrat betrachten und sortieren, bekommen wir allmählich wieder etwas Interesse an unserem sinnlosen Dasein. Wir nehmen wieder einen Becher voll Wein aus der halbleeren Flasche und sogleich beginnen wir mit großem Appetit unser Frühstück. Rings um uns essen die anderen auch schon alle. Einige Reihen weiter hinten fängt sogar einer zu singen an. Sofort wird er zum Schweigen gebracht, er konnte sich trotz strengster Anweisung nicht beherrschen und trank zu viel. Zum Glück merkten die Russen nichts davon.

Ich finde eine Flasche Gin unter meinem Vorrat. Vorsichtig öffne ich sie, versuche ein Schlückchen davon und leere den Inhalt in meine Feldflaschen. Den restlichen Raum fülle ich mit Zucker auf. Ich fürchte, dass noch Tage kommen werden, wo ich mit einem Schlückchen davon den ganzen Tag auskommen muss. Jetzt merke ich, dass ich weiterleben will. Ich will nicht aufgeben, ich will wieder heimkommen, wieder nach Hause, die warten auf mich und wenn es Jahre dauert. Könnte ich ihnen nur mitteilen, dass ich lebe und gesund bin.

Während ich in meiner Verzweiflung meine Habseligkeiten zusammenpacke, kommt ein russisches Fahrzeug den Feldweg entlang und ein russischer Offizier mit Megaphon gibt in perfektem Deutsch folgendes bekannt: „Achtung Bekanntmachung! Ihr seid russische Gefangene. Ihr habt unser Land zerstört und Ihr werdet es wieder aufbauen. Ihr habt alle gegen uns gekämpft und seid zu unserem amerikanischen Waffenbruder geflüchtet. Ihr seid russisches Reparationsgut. Jeder Schmuck und alle Uhren müssen abgeliefert werden. Wer das nicht macht, wird erschossen. Macht Euch das Gepäck möglichst leicht, Ihr habt noch einen Marsch von ca. 200 km vor Euch. Ihr habt in Eurem Zerstörungswahn alle Brücken gesprengt. Am Ziel werdet Ihr in Waggons verladen und nach Russland transportiert. Wer marschunfähig ist, soll auf Euren Fahrzeugen mitfahren. Fahrzeuge ohne Treibstoff bleiben hier stehen, damit die Straßen nicht verstopft werden. In einer Stunde ist Abmarsch. Ende." Der russische Offizier gibt einige Reihen weiter dasselbe bekannt. Nochmals hören wir den niederschmetternden Wortlaut, wo jedes Wort schmerzt, aber es ist die bittere Wahrheit.

Nochmals betrachte ich meine Taschenuhr, wickle sie in einen Bogen Zeitungspapier, scharre eine kleine Mulde am Feldrand und verstecke sie. Vielleicht gehört dieser zusammengetrampelte Acker auch so einem guten tschechischen Bauern. Hoffentlich findet er diesen kostbaren Inhalt beim Umpflügen.

Ich nehme mein Bündel und steige mit Heinz auf unser schweres Fahrzeug. Hoffentlich werden wir nicht heruntergejagt und müssen diese lange Strecke in dieser Sonnenglut marschieren. Immer mehr Kameraden kommen zu uns herauf. Gegenüber steht der fahrbereite Wagen der Luftwaffe. Ihre drei entladenen Lastwagen stehen nun verlassen da. Ihre wertvolle Fracht wollten sie von Wallern aus mit ins nächste Lager nehmen oder vielleicht noch mit in ihre Heimat. Die beiden Offiziere lehnen an ihrem Fahrzeug und warten so wie wir. Sie beobachten zwei russische Posten, die jetzt langsam auf sie zukommen, denn sie hatten es auf ihre feinen Stiefel abgesehen. „Gib Stiefel her, dawei!" fordert einer von ihnen die Offiziere auf. Der Angesprochene sagt „nix verstehn" und sie wollten sich aus der peinlichen Situation retten, indem sie zu uns herüberkommen. Ein Russe reißt sein MP herunter und versperrt ihnen den Weg. Der andere brüllt, „gib Stiefel her, bistro dawei, sonst tot, kaputt!" Sie setzen sich nieder und ziehen ihre Stiefel aus. Die Russen reißen sie ihnen aus der Hand, setzen sich auf den Feldrain und werfen ihnen ihre schmutzigen, zerrissenen Schuhe hin. Als sie die fast neuen Stiefel im Hochglanz an ihren Beinen bewundern, grinsen sie übers ganze Gesicht und verschwinden wieder. Wie arrogant waren diese beiden Herrn in Wallern, wie demütig müssen sie sich jetzt den Russen beugen.

Die beiden Offiziere müssen diese kaputten Latschen anziehen, denn sie hatten keine anderen. Bei einem Paar sind die Sohlen schon locker und hatten Löcher an den Seiten. Als er sie angezogen hatte, musste er sie mit einer Schnur noch festbinden, damit sie zusammenhalten. Das andere Paar war kaum besser. Ich hatte Angst um meine fast neuen Gebirgsjägerschuhe, aber die wollten sie nicht, die waren ihnen scheinbar zu schwer.

Inzwischen warten wir, bis es nun endlich weitergeht, bevor noch etwas Unangenehmes passiert. Unter unseren Mitfahrern befinden sich auch die Luftwaffenhelferinnen von nebenan. Sie fühlen sich unter uns geschützter. Außerdem würden sie die schweren Strapazen eines Fußmarsches nicht lange durchhalten. Zuletzt kommen noch die beiden Luftwaffenoffiziere schnell zu uns herauf. Ich bewundere ihre Ruhe. In ihrem zerlumpten Schuhwerk sehen sie lächerlich aus, nur in ihren Gesichtern spiegelt sich die ganze Bitterkeit wider. Kein Wort der Verwünschungen oder ähnliches kommt aus ihrem Mund.

Endlich kommt Bewegung ins Lager. Die vorderen Fahrzeuge verlassen ihren Platz und wir schließen uns ihnen an. Als wir vom Feldweg wieder in die Hauptstraße einbiegen, werden jedem LKW zwei russische Posten zugeteilt.

Schlimmer als wir auf unseren Fahrzeugen sind unsere Kameraden da unten in der endlosen langen Kolonne dran. Sie sind alle ohne Gesichtsausdruck, sie haben alle auf stur geschaltet. Auch bei ihnen haben die Offiziere ihre feinen Stiefel mit den schmutzigen russischen Schuhen gewechselt. Viele von ihnen haben ihre Füße nur mit Lumpen umwickelt und mit einer Schnur zusammengebunden. Wie viele von ihnen werden auch heute noch keinen Bissen zu sich genommen haben und müssen mit leerem Magen in dieser heißen Sonne diesen schweren Opfermarsch bewältigen.

Warum machen wir da alle mit, wo am Ende dieses Kreuzweges doch erst das Elend, das langsame Sterben beginnt? Werden wir jemals wieder heimkommen? Vielleicht nur als Kranker oder als Invalide für den Rest des Lebens?

Bei uns wird nichts gesprochen. Die Mädchen haben verweinte Augen und werden mit ihrem schweren Los nicht fertig.

Die russischen Posten stehen ganz vorne an der Bordwand und verfolgen von oben gespannt die Fuß- und Handbewegungen unseres Fahrers. Sie interessieren sich nicht für uns, es läuft ja keiner davon. Wahrscheinlich sehen sie zum ersten Mal so ein großes Fahrzeug. Es sind auch keine russischen Motorfahrzeuge zu sehen, nur ab und zu begegnet uns ein Pferdefahrzeug.

Unser Feldwebel steht neben mir und erzählt mir so nebenbei, „als ich heute Morgen den Fahrer aus dem Kartoffelacker herauslotste, streifte das linke Rad den Ackerrain. Ich sehe einen zerknüllten Zeitungsballen herunterrollen. Beim Aufwickeln entdeckte ich diese Taschenuhr." Er hat meine Taschenuhr in der Hand. Ich war erfreut darüber und antworte, „das ist ja meine Uhr, ich wollte sie heute Morgen nicht den Russen abliefern, sondern für den Bauern in einer Mulde verstecken, weil wir sein Kartoffelfeld zertrampelt haben." Er gibt sie mir zurück, sichtlich erleichtert, diese verbotene Ware los zu sein. „Nimm sie wieder, die Hauptsache ist, dass wir wieder eine Uhr haben."

Einer der Offiziere machte den Vorschlag, dass wir gegenseitig unsere Heimatanschriften austauschen. „Sollte der eine oder andere von uns doch früher heimkommen, so könnte er unsere nächsten Familienangehörigen benachrichtigen. Wir sind ja schon seit Monaten vermisst." Ich schreibe in mein Notizbuch ca. 20 mal meine Anschrift, verteile sie und bekomme ein ganzes Bündel wieder zurück. Dieser Anschriftenaustausch verbindet uns gegenseitig stärker.

Auf der Ortstafel steht Budweis. Wir überfahren die Moldau, die wir gestern in Wallern als kleines Bächlein so hoffnungsvoll verlassen hatten. Die ganze Stadt tummelt sich im Siegesrausch, als hätten ihre Befreier endlich das Paradies gebracht. Auf einer Grünfläche steht im lockeren Boden halb versunken ein deutscher Panzer, auf dem sich Buben herumtummeln. Immer wieder werden wir mit Pfui-Rufen beschimpft, viele drohen uns mit Messern und spucken nach uns. Wir waren froh, als wir die Stadt wieder hinter uns hatten. Es geht weiter in Richtung Neuhaus.

Einige Stunden später kommen wir in Wittingau an. Wir ahnen noch nichts davon, dass hier eine kleine russische Verkehrspolizistin die Weichen für meine Zukunft stellt.

Die Fahrt wird immer langsamer und zähflüssiger, denn alle Straßen sind verstopft. Wir nähern uns einer Kreuzung, auf der diese Verkehrspolizistin elegant den Verkehr regelt. Sie könnte genauso gut in Moskau oder Berlin stehen. Wir fahren auf sie zu, aber bevor unser Fahrzeug die Kreuzung passieren kann, dreht sie sich um und stoppt uns. Wir dürfen die Hauptstraße nicht mehr weiterfahren, sie weist uns in eine Seitenstraße ein, auf der wir die Stadt in südlicher Richtung wieder verlassen. Hinter uns folgen uns noch etwa 15 Lastwagen. Hier auf diesem Seitenweg sind auch keine marschierenden Soldaten mehr.

Gleich hinter der Stadt verwandelt sich die geteerte Straße in eine steinig staubige Landstraße. Zu allem Unglück bleibt der Lastwagen hinter uns stehen. Leerer Tank. Wir verständigen unseren Fahrer, der ihn mit einer Eisenstange in Schlepp nimmt. Wir konnten unsere Kameraden doch nicht den Tschechen überlassen. Eine Stunde später kommen wir nochmals an einem vollbeladenen Lastwagen vorbei, der auch keinen Sprit mehr hat. Auch dieser wird noch angehängt und mitgenommen.

Es wird schon dunkel, als wir mitten in einem Wald anhalten und absteigen müssen. Einer der russischen Posten sagt, „alles schlafen hier, morgen weiterfahren." Hier sind auch weit und breit keine Tschechen, außerdem bewachen uns ja die Russen. Niemand denkt ans Ausreißen.

Ich richte mit Heinz ein halbwegs angenehmes Nachtlager zurecht. Wir ziehen Äste heran, die wir zwischen zwei Bäume schlichten. Darauf legen wir kleine Zweige und zuletzt eine Decke. Es ist fast finster, als wir unser Abendessen verzehren. Anschließend decken wir uns mit der Decke zu und schlafen bald darauf ein. So etwa hausten früher die Räuber und Banditen. Trotz allem Elend schlafen wir die ganze Nacht durch.

Es ist schon hell, als wir von selber wach werden. Zwei russische Posten machen ihre Runde, während die anderen vier noch schlafen. Nicht weit von uns entdecken wir ein kleines Bächlein mit klarem Wasser. Nach dem Waschen machen wir uns ein Feuer und bringen beide Kochgeschirre mit Wasser zum Kochen. In dem einen bereiten wir uns eine wohlschmeckende Suppe und geben zuletzt noch eine Dose Schweinefleisch dazu. In das zweite Kochgeschirr hängen wir einige Teebeutel hinein. Irgend etwas in mir möchte jubeln und fröhlich sein, aber die Wirklichkeit lässt mich verstummen. Vielleicht wird die Gefangenschaft gar nicht so schlimm, wie wir sie uns vorstellen.

Unsere russischen Posten fordern uns zum Aufsteigen auf. Keiner von uns macht Anstalten, sich im Wald zu verstecken. Jeder versucht so schnell wie möglich, wieder seinen alten Platz einzunehmen. Unsere russischen Beschützer stehen schon droben. Das Motorengebrumm und das Rasseln der Ketten machen einen höllischen Lärm in dieser Morgenstille. Alles Friedliche ist wieder dahin. Die beiden angehängten Fahrzeuge und alle nachfolgenden sind schon wieder in Staub eingehüllt. Wir betrachten die schöne Natur, die an uns vorbeizieht. In ein paar Tagen werden wir an irgendeinem Bahnhof ankommen, wo wir in Waggons hineingepfercht werden. Ich erinnere mich, als wir nach Russland fuhren, da mussten wir immer auf ein Signal zur Weiterfahrt warten. Gleich gegenüber fuhr ein langer Zug mit russischen Gefangenen an uns vorbei. Ihre Köpfe waren kahl geschoren und in ihren Gesichtern stand Angst und Trauer. Was ist aus ihnen geworden? Das Blatt hat sich gewendet. Jetzt sind wir dran. Was wird aus uns werden? Gnade Gott uns allen.

Nach der Fahrt durch den Wald schlängelt sich die Landstraße wie ein grauer Wurm durch Wiesen und Felder. Am Waldrand steht noch eine Art Blockhütte, vor der zwei Tschechen Wache schieben, die schadenfroh zu uns heraufgrinsen. An der Betonbrücke weht die rot-weiß-blaue Fahne. Auf der anderen Seite der Brücke, etwas abseits, steht wieder ein Häuschen, aber hier hängt eine rot-weiß-rote Fahne am Mast. Wir schauen uns fragend an, aber keiner weiß, was das für eine Fahne ist. Vor dem Haus steht ein KZ-Häftling mit einem deutschen Karabiner und einer roten Armbinde mit Hammer und Sichel. Einer von uns fragt ihn, „was ist das für eine Fahne?" Sofort gibt er uns in perfektem Deutsch zur Antwort, „wir sind Freies Österreich!" Heinz und ich schauen uns fragend an, denn unsere geographischen Kenntnisse sind mangelhaft. Wie vom Blitz getroffen denke ich sofort an eine Flucht. Aber wie soll das gelingen? Ich flüstere meine Gedanken Heinz zu, der sofort damit einverstanden ist. Ich schiele zu unseren Posten vor, aber sie stehen noch dort, eingekeilt mit interesselosem Gesichtsausdruck, als hätten sie von diesem Grenzwechsel nichts bemerkt. Wir schauen zu den beiden Posten, die auf dem angehängten Fahrzeug stehen, aber dort stehen alle mit dem Rücken zu uns, damit sie den aufgewirbelten Staub nicht ins Gesicht bekommen.

Wir nicken uns nur stumm zu, „jetzt oder nie", sage ich zu Heinz. „Einverstanden!" Ich greife nach meinem Bündel und wir warten auf einen günstigen Moment. Von Sekunde zu Sekunde wird mir klarer, dass wir jetzt die letzte Chance haben. Wer weiß, wie lange wir durch dieses Freie Österreich fahren.

Unsere Straße steigt leicht an und macht da vorne eine kleine Kurve. Als wir diese Kurve passieren, sehe ich links eine Wiese, die zwar leicht ansteigt, aber nach 100 m wäre oben der rettende Wald. „Jetzt", sage ich leise zu Heinz, indem ich mein Bündel über die Bordwand werfe, mich hochziehe und mich oben etwas wackelig abstoße. Heinz macht dasselbe. In weitem Bogen lande ich jenseits des Straßengrabens, ergreife mein Bündel und laufe in Richtung Wald. Auch Heinz kommt unten gut an, der dann einige Schritte hinter mir gut mithält. Wir haben schon über die Hälfte geschafft, ohne dass sie nach uns schießen. Sollten sie uns gar nicht bemerkt haben? Das letzte Stück zum Wald ist viel steiler, als es den Anschein vom hohen Fahrzeug aus hatte. Im selben Moment höre ich das Knattern der MP und die Erde neben mir spritzt auf. Jetzt spurte ich im Zick-Zack-Sprung die letzten 10 m den Hang hinauf wie ein Hase. Meine schweren Gebirgsstiefel hängen wie Bleiklumpen an den Füßen. Mit einem Hechtsprung rette ich mich hinter den ersten Baum. Nun rattern mehrere MP's, Querschläger schwirren durcheinander. Schnell robbe ich zum nächsten Busch und riskiere einen Blick zurück, ob wir verfolgt werden. Die Fahrzeuge aber stehen, während die Posten erneut heraufschießen. Inzwischen kommt Heinz zu mir herangekrochen und fragt mich, „hat's Dich erwischt?" „Nein", geb ich zur Antwort. Erlösend sagte er, „mich haben sie auch nicht getroffen." Die Fahrzeuge unten setzen ihre Fahrt wieder fort.

Im Schutze eines dicken Baumes richte ich mich vorsichtig auf und suche den Wald hinter uns ab, der von hier aus wieder langsam abfällt. „Vielleicht sind wir schon wieder auf tschechischem Boden?" sage ich warnend zu Heinz. Gott sei Dank bleibt alles ruhig, nirgendwo sehen wir etwas Verdächtiges. Nur das Motorengebrumm unten auf der Straße ist zu hören. Erst jetzt wird uns bewusst, dass wir frei sind. Es war diese russische Verkehrspolizistin, unser Schutzengel, der uns gestern in Wittingau nicht mehr über die Kreuzung fahren ließ. Und wir schimpften noch auf sie, weil wir auf dieser staubigen Landstraße fahren mussten.

Heinz nimmt sein Soldbuch und zerreißt es. Er gehörte einer Elite-SS-Einheit an. Auch ich zerreiße meines, denn das erste Gebirgsjäger-Bat.-Reg.144 war seit 1.1.1945 die Feuerwehr der 6. Armee. Wir wurden von den Russen ebenfalls der SS gleichgestellt.

Nachdem wir etwas verschnauft haben, gehen wir weiter hinten auf eine Lichtung zu, in der ein Bauernhof steht. Schon auf halbem Weg hören wir Hühnergegagger. Also da muss jemand sein. Der Hof liegt direkt am Waldrand. Hinter einem dicken Baum lasse ich Heinz stehen, während ich mich an das erste Fenster heranschleiche. Vorsichtig stecke ich meinen Kopf zwischen die Blumentöpfe und sehe eine Bäuerin am Küchenherd. „Guten Morgen", rufe ich ihr ziemlich laut zu. Erschrocken dreht sie sich zu mir um, erwidert meinen Gruß ebenfalls mit Guten Morgen und kommt langsam ans Fenster. „Ist das hier noch Österreich?" frag ich sie. Sie macht mit der Hand eine einladende Bewegung und sagt, „komm schnell zur Haustür herein, ich zeige Dir die nahe Grenze." Ich gebe Heinz ein Zeichen, dass er mir nachkommen soll. Als sie uns beide sieht, ist sie sogar erleichtert und nimmt uns mit in die große Küche. Sie führt uns an das gegenüberliegende Fenster und zeigt über die Wiese auf den Bach, der zugleich die Grenze ist. Ich frage sie, ob auf den Hof hier auch Russen herkommen. Ängstlich nickt sie mit dem Kopf, eilt zum Küchentisch und zeigt uns einen Zettel. „Hier steht's drauf, da lies es selber. Wir mussten unterschreiben. Das ist schon drei oder vier Tage her." Heinz und ich lesen den kurzen Inhalt, der lautet: „Ich erkläre hiermit, dass ich keinem deutschen Soldaten Unterkunft oder Verpflegung gebe oder ihn bei der Flucht unterstütze. Jeder ist der russischen Kommandantur zu übergeben. Bei Zuwiderhandlung ist strengste Strafe zu erwarten." „Den Hof zünden sie uns an, hat der mit der roten Armbinde noch gesagt, wenn wir einem helfen." Sie nimmt mich hastig bei der Hand und sagt, „ich muss Euch etwas zeigen, ich hab ja schon auf Euch gewartet." Sie führt uns durch den Stall über den Hof in eine Scheune. Ganz hinten in einer Ecke nimmt sie einige Bretter beiseite und zeigt mit der Hand hinein. Meine Augen mussten sich erst an das Dunkel gewöhnen, während mir Schweißgeruch in die Nase steigt. Langsam kommt ein deutscher Soldat herausgekrochen, während uns die Bäuerin erklärt, dass er vor zwei Tagen mitten in der Nacht geklopft und gebettelt hat, um sich einige Tage ausruhen zu dürfen. „Krank ist er und Fieber hat er, das sieht man ja. Wir wollten ihn gar nicht herein lassen, weil es so streng verboten ist. Aber ich kann doch den armen Kerl nicht draußen sterben lassen, das wär ja noch eine größere Sünd." An den Kranken gewandt fragt sie ihn, „wie geht's denn heut? Können's mit dene Zwei gleich mitgehn?" Ohne eine Antwort abzuwarten fleht sie uns an, „nehmt ihn bittschön gleich mit, es ist für ihn und für uns das Beste, verstehst des?" Wir haben es gut verstanden, dass wir so schnell wieder verschwinden müssen. Beruhigt, dass wir ihn mitnehmen, sagt sie: „Ich bring ihm an Tee, der hat nur immerzu Durst. Gegessen hat er überhaupt noch nichts." Nach diesen Worten war sie schon verschwunden.

„Ich heiße Emil", sagt unser Kamerad und er sieht mehr tot als lebendig aus. Seine Wangen sind eingefallen und seine glänzenden Augen zeigen, dass er hohes Fieber hat. Er streckt uns seine zitternde Hand entgegen und sagt, „ich habe Malaria. In der Tschechei drüben war ich im Lazarett. Als wir erfuhren, dass das ganze Lazarett dem Russen übergeben wird, bin ich mit noch einem getürmt. Ich schaffte es bis hierher, aber den anderen hat es erwischt." Wir packen seine Sachen zusammen, machen uns fertig und warten auf die Bäuerin, die auch bald mit der gefüllten Feldflasche Tee und einem kleinen Bündel wieder kommt.

Am Scheunentor schaut sie, ob draußen die Luft rein ist. Mit Emil zwischen uns beiden folgen wir ihr, die uns im Wald vorangeht. Oben am Waldrand zeigt sie uns die Richtung, in die wir gehen müssen. „Über diese Straße müsst Ihr hinüber und dann müsst Ihr immer geradeaus weitergehen", warnt sie uns. „Rechts ist der Grenzbach, da dürft Ihr nicht zu nahe kommen und links ist das Dorf, da sind die Russen und die Kommunisten dort. Wenn die Euch erwischen, bekommen sie ein Kopfgeld für jeden. Ihr müsst halt Obacht geben."

Erleichtert schüttelt sie uns freundlich die Hand und wünscht uns Alles Gute auf unserem gefährlichen Fluchtweg. „Bleibt immer im Wald, Ihr habt bis Gmund immer den Wald", ruft sie uns noch nach.

Wir drei sitzen hinter einem Busch und suchen die Gegend um uns herum nach verdächtigen Zivilisten oder Russen ab, aber nirgends sehen wir etwas. Emil hockt zwischen uns wie ein Häufchen Elend. Es ist ihm peinlich, dass er uns zur Last fällt. Ich beruhige ihn und sage, „wir werden Dich selbstverständlich mitnehmen, Du kannst Dich auf uns verlassen. Wir müssen nur sehr vorsichtig sein und dürfen uns keinen Fehler leisten."

Zuerst stelle ich mit Hilfe meiner Taschenuhr die Himmelsrichtung fest. „Jetzt ist es 9 Uhr", sage ich zu Heinz. „Um 6 Uhr steht die Sonne im Osten und um 12 Uhr im Süden, dann steht sie jetzt genau im Südosten. Die Bäuerin zeigte in diese Richtung, auf die kleine Anhöhe am Horizont. Das ist genau zwischen dem kleinen Uhrzeiger und 12, also wir halten uns direkt nach Süden." Dem Emil stehen die Schweißperlen auf der Stirn, während seine glänzenden Augen uns hilfesuchend anschauen. Ein mattes Lächeln huscht über sein Gesicht. Der kurze Weg vom Bauernhof bis hierher hat ihn schon ermüdet. Und das ist erst der Anfang unseres weiten langen Fußweges. Heinz schaut mich stirnrunzelnd an und sagt, „das ist unser Bremsklotz, aber wie leicht könnte er ebenso gut einer von uns beiden sein und wir in seiner Lage."

Unten auf der Straße, die quer verläuft, hören wir erneut Motorengeräusche. Bald darauf kommen wieder Lastwagen, vollgestopft mit Gefangenen. Ich möchte ihnen zurufen, versucht es, vielleicht schafft Ihr es auch. Aber ich muss still bleiben, wir dürfen uns nicht einmal bewegen. Bald werden sie jetzt an der Stelle vorbeifahren, wo wir abgesprungen sind. Der Straßenstaub legt sich wieder und von den Lastwagen ist nur mehr ein schwaches Summen zu hören. Es wurde auch kein Schuss abgefeuert.

Der leicht abfallende Hang vor uns wurde vor einigen Jahren frisch aufgeforstet, sodass die kleinen Bäumchen uns schon genügend Schutz bieten. In der Mitte der Pflanzung stehen noch einige alte Buchen in ihrem zartgrünen frischen Frühlingskleid. Die neuen Blätter haben sich schon soweit entfaltet, dass wir darunter in vollem Schatten stehen können. Als erfahrene Fronthasen wissen wir, was tarnen und Geländeausnutzung heißt. Emil hat schon wieder die Feldflasche offen und trinkt. Das Fieber verlangt fortwährend Flüssigkeit, die er wieder ausschwitzt. Sein Hemd ist patschnass. Wir hoffen nur, dass wir gut über die Straße kommen und den sicheren Wald wieder erreichen.

Unten im Straßengraben, hinter einem Schlehenstrauch überschauen wir nochmals beide Richtungen, es ist nichts zu hören und sehen. Mir geht es jetzt wie an der Front beim Angriff. Ich bin aufgeregt, aber ich lasse es mir nicht anmerken. Als wir vom schützenden Wald in die grelle Sonne hinausgehen, habe ich das Gefühl, dass wir von allen Seiten schon beobachtet werden. Vielleicht zielt schon einer auf mich, wie ein Jäger auf sein Wild? Mit flotten Schritten überqueren wir die Straße, müssen in einen Feldweg hinein, der mir unendlich lang vorkommt und erreichen den schützenden Wald. Emil zwischen uns beiden stöhnt und keucht. Er stolpert mehr als er geht. Wir sind gezwungen, gleich hinter den ersten Bäumen eine kurze Rast einzulegen. Die Zunge klebt ihm am Gaumen und er verlangt zu trinken. Es ist nicht mehr viel in der Flasche, stelle ich fest. Als wir ihm ein Stückchen Brot anbieten, schüttelt er nur mit dem Kopf. Wir müssen uns darauf einstellen, dass wir uns eine schwere Last aufgebürdet haben.

Eine Stunde später ließen wir uns zu einer Brotzeit nieder. Emil verlangt nur seine Feldflasche. Bevor wir ihm den Rest austrinken lassen, öffne ich das Bündel von der Bäuerin und biete ihm ein Stück Fleisch an, von dem drei Stücke vorhanden sind. Auch das will er nicht haben. Meine Feldflasche ist noch voll mit dem hochprozentigen Alkohol und Zuckergemisch. Ich gebe ihm einen Becher davon, der ihm entweder auf die Beine hilft oder umhaut, sodass wir hier mitten im Wald bleiben müssen. Während wir uns genüsslich über die Bauernbrotzeit hermachen, sitzt Emil zufrieden an einen Baum gelehnt und schaut uns zu. Wir packen unsere Sachen zusammen und versuchen ein Stück weiterzukommen. Heinz verzieht sein Gesicht wegen Emil. Ich sage zu ihm, „weißt Du, wo wir gestern um diese Zeit waren?" Uns fällt beide die hoffnungslose Situation wieder ein, in der wir waren. Zu Emil sage ich, „was wir in Überfluss haben, ist die Zeit. Uns drängt niemand. Unser bester Freund ist der österreichische Wald. Wir gehen täglich nur soweit, solange Du mithalten kannst." Wir waren alle auf einmal wieder fröhlicher. Ich schnitze Emil einen Gehstock, damit er sich stützen kann.

Ein großes Problem ist die leere Feldflasche. Die Hauptsache aber ist und bleibt unsere wiedergewonnene Freiheit. Wir würden sogar den ganzen Sommer dafür opfern, wenn es sein müsste.

Gestärkt und frohgestimmt setzen wir unseren Weg wieder fort. Wir kommen auf einen vermoosten Feldweg, der direkt in südlicher Richtung verläuft. Obwohl es gefährlich ist, auf ihm entlang zu gehen, für Emil aber ist es bedeutend leichter. Außerdem krachen und knistern kleine Äste, wenn wir durch den Wald gehen. Der kräftige Schluck aus meiner Feldflasche gab ihm wieder soviel Kraft, dass er das gemütliche Marschtempo mithalten konnte. Mitten im Wald kommen wir an ein murmelndes Bächlein. Das Wasser ist so klar, dass wir ohne Bedenken daraus trinken können. Nach dieser kleinen Erfrischung stellt sich heraus, dass die scheinbar wiedergewonnene Stabilität bei Emil nur Strohfeuer war. So sehr er sich verstellte, er kann sich nicht länger verleugnen. Seine Beine schlottern und seine Augen haben wieder den gläsernen Blick. Während wir am angebrochenen Nachmittag gemütlich dahinschlendern, wartet Emil schon sehnlichst auf die nächste Rast. „Recht weit werden wir heute nicht mehr kommen", sage ich zu Heinz. „Es ist besser, wenn wir uns bald ein günstiges Nachtlager suchen, bevor wir ihn weiterquälen." Emil ist sichtlich dankbar dafür. Sein Atem geht kurz und sein Puls ist doppelt so schnell wie meiner. Ich merke, dass das Fieber steigt.

Vom Hochwald wechseln wir in das angrenzende Jungholz hinüber. Etwa in der Mitte dieser großen Pflanzung,
unter einer dichten Baumgruppe, finden wir den idealen
Platz für unser Nachtlager. Wir richten uns wieder wie
gestern Abend unser Lager zurecht, damit Emil seine
Ruhe bekommt. Als wir über die Äste und Zweige die
Decke wieder straff ziehen, kommt uns erst richtig zum
Bewusstsein, dass gestern Abend bei derselben Beschäfti-
gung zwei russische Posten dabeistanden. Ein unbe-
schreibliches herrliches Gefühl überwältigt mich. Zuerst
müssen wir Emil versorgen. Er kann sich aus eigener
Kraft kaum mehr erheben. Auf seinen Stock gestützt, wackelt er die paar Schritte zu uns herüber. Seine Unterwäsche ist ganz nass. In seinem Rucksack hat er eine tro-
ckene Garnitur, die wir ihm auswechseln. Bald darauf
schläft er ein.

Wir beide setzen uns in die warme Abendsonne und verzehren unsere Ration, die wir ausnahmsweise etwas größer machten. Wo werden die anderen jetzt sein? Immer
wieder wundere ich mich, dass wir tatsächlich abgesprungen sind und dass uns kein Geschoss getroffen hat. Es ist
schöner als ein Traum, denn es ist die Wirklichkeit.

In den vergangenen schrecklichen Jahren gab es auch
glückliche Zeiten, die aber schon wieder von der grauen
Zukunft überschattet wurden, bevor noch der Höhepunkt
erreicht war, ich meine damit einen Fronturlaub. Nun ist
der Krieg aus. Der Friede gilt noch nicht für alle, den haben nur die Sieger. Wir drei zum Beispiel müssen ihn
noch mit viel List und auf gefahrvollem Weg erkämpfen.
Diese Freiheit will ich um keinen Preis mehr hergeben. Es
gibt doch einen Schutzengel, davon bin ich jetzt überzeugt. Lieber Gott verzeihe mir, weil ich vor Tagen fast
daran verzweifelte. Der Hochwald wirft schon lange
Schatten, als wir uns in unser Versteck zum Schlafen zurückziehen. Mit Emil in der Mitte, damit er von beiden

Seiten noch etwas Wärme bekommt, schlafen wir bald ein.

Das langgezogene Röhren eines Hirschen schreckt mich auf. Ringsherum im Wald wird es lebendig. Auch Heinz setzt sich sofort auf und starrt mich fragend an. „Es ist nur ein Hirsch in unserer Nähe, da besteht nicht die geringste Gefahr für uns", beruhige ich ihn. Ich drehe mich auf die andere Seite um weiterzuschlafen, aber damit ist es jetzt vorbei. Mit geschlossenen Augen lausche ich in den neuen Morgen hinein, der mit einem Amselruf von einer Seite eingeleitet wird. Gleich darauf antwortet eine andere von gegenüber und bald mischen sich noch viele Vogelstimmen dazwischen, als wollten sie ein Konzert vollziehen. Ich richte mich auf, spähe vorsichtig durch das Geäst und bewundere den grauen Nebelschleier vor mir, der zwischen den jungen Fichten schwebt. Im Osten wird der Himmel schon blau, während im Westen da und dort noch einzelne Sterne funkeln. Von Minute zu Minute ändert sich dieses Bild und ein gemischter Vogelchor stimmt mit seinem Gezwitscher wie ein Halleluja den neuen Tag an. Wieder eine Viertelstunde später verwandeln sich die hohen Baumspitzen in goldene Kronen und bald darauf tauchen sich die darunter ausgebreiteten Äste verschwenderisch in denselben Glanz. Der dünne Nebelschleier verkriecht sich teilweise im Boden, teils steigt er von der Sonne angezogen auflösend nach oben. Die ersten Sonnenstrahlen kommen jetzt wie Pfeile durch die riesigen Bäume aus dem Hochwald und erreichen nun auch unser Versteck. Die Millionen Tautropfen auf Ästen und Zweigen glänzen von der Sonne angestrahlt wie Edelsteine. Zwischen den Ästen bewegen sich elastisch im leichten Morgenwind die künstlerisch-vollendeten Spinnwebennetze. Ein aromatischer Duft von Fichtennadeln, herbem Baumharz und Walderde steigt wohlriechend in die Nase. Hinten am Waldrand äsen noch einige Rehe und verschwinden langsam. Noch nie habe ich ein solches Naturereignis in dieser Schönheit erlebt. Vielleicht ist es die Freiheit, in der ich nun wieder bin. Vielleicht ist es die Hoffnung, dass ich bald wieder glücklich heimkomme. Am Himmel ist kein Wölkchen zu sehen, es wird ein heißer Tag werden.

Hinter mir höre ich jetzt die anderen beiden knistern und räuspern. Als ich mich von dieser Naturbühne zurückziehe, finde ich meine beiden Kameraden auch schon auf. Heinz rollt gerade die Decken zusammen, während Emil niedergeschlagen und matt an einem Baum lehnt. Seine Augen glänzen immer noch und seine Wangen scheinen noch mehr eingefallen zu sein. Das Fieber lässt ihn einfach nicht los. Auf die Frage, wie es ihm geht, flüstert er, „mir geht es gut." Wir mussten dabei lachen, auch Emil. Sein langes Gesicht geht dabei etwas in die Breite. Er weiß, dass wir seine Schwäche kennen. Ich sage zu ihm, „Dein Geist ist zwar willig, aber Deine Beine sind halt immer noch wackelig und schwach." Ich öffne für Emil eine Dose Leberpastete, die er sogar mit einem Stück Brot verzehrt. Er kaut zwar wie auf Stroh, aber mit viel Wasser schafft er das nahrhafte Frühstück. Nach einem halben Becher Medizin aus meiner Feldflasche packen wir ihn und ziehen ihn hoch. Da steht er nun wie ein hingestelltes Fragezeichen.

Mit neuem Mut, aber wieder vorsichtig, ziehen wir auf unserem Weg weiter. Ich gehe spähend voraus, während Heinz mit Emil mir auf Sichtweite folgen. Anfangs hatte ich Bedenken, ob Emil das Tempo durchhalten kann, aber nach einer Stunde schreitet er immer noch tapfer mit und ich wage sogar zu hoffen, dass wir heute ein gutes Stück weiterkommen werden als gestern, wenn nichts dazwischen kommt.

Von weitem sehe ich mitten im Wald einige Decken liegen. Sofort gehe ich hinter einen Baum und gebe den anderen ein warnendes Handzeichen. Als sich einige Zeit nichts rührt, schleiche ich mich heran. In weitem Umkreis liegen Wehrmachtsachen verstreut. An einem Baum lehnt ein Gewehr, als wäre sein Eigentümer schnell einmal weggetreten. Es ist geladen und gesichert, stelle ich fest. Wir können daraus ersehen, dass sich hier eine deutsche Einheit den Russen ergeben hat. Wir durchsuchen schnell die Rucksäcke nach etwas Essbarem, aber es ist nichts zu finden. Wir werden dabei immer unruhiger, denn das alles sieht nach Gefahr aus. Ich finde zum Glück einen kleinen Rucksack, nehme mir eine Decke und in einem anderen Rucksack entdecke ich einige Garnituren Unterwäsche. Auch Heinz macht es mir nach. Für Emil stopfen wir auch einige Hemden in den Rucksack und werfen seine verschwitzten Sachen weg. Unter einem Ast am Boden sehe ich etwas Graues hervorschimmern. Vorsichtig entfalte ich den Lappen und entdecke eine geladene Pistole, Kaliber 7,65, mit Tasche und Reservemagazin. Schnell stecke ich sie mir verstohlen ein. Rundherum bleibt immer noch alles ruhig. Ich werde mich mit der Pistole verteidigen, ist mein Entschluss, bevor ich wieder in Gefangenschaft gehe. Sollte ich das geladene Gewehr auch noch mitnehmen? Ich laufe schnell hin, nimm es zu mir und fühle mich gleich wieder stärker. Schon nach einigen Schritten erkenne ich den Unsinn, dass uns diese Waffen mehr Schaden als Nutzen bringen können. Ich entlade das Gewehr und werfe das Schloss in weitem Bogen weg. Das wertlose Gewehr schiebe ich unter einen Busch. Mit jedem Schritt wird mir auch die Pistole unheimlicher. Mit ein paar Griffen ist sie zerlegt und ich werfe die einzelnen Teile in verschiedene Richtungen.

Je weiter wir uns von diesem Wald entfernen, desto ruhiger werden wir wieder. Nun hatte ich endlich wieder einen kleinen Rucksack und für die Nacht eine zweite Decke. Es lässt sich jetzt viel bequemer marschieren. Als wir wieder an einem Bächlein ankommen, lassen wir uns zur Mittagsrast nieder. Uns bleibt nur mehr etwas Brot und Wasser. „Wir müssen jetzt den nächsten Bauernhof suchen", sage ich zu den anderen. Emil sieht schon wieder sehr mitgenommen aus, aber ein halber Becher aus meiner Feldflasche wird ihn auch über die zweite Tageshälfte hinweg helfen. Wir stellen fest, dass wir heute schon mehr geschafft haben als gestern den ganzen Tag. „Kopf hoch und Brust heraus, es muss einfach gehen", muntert ihn Heinz auf. Emil nickt nur zustimmend seinem Kopf.

Wir marschieren immer auf Sicherheit bedacht im alten Trott weiter. Schon am frühen Nachmittag lässt die Kondition von Emil merklich nach. Er nimmt all seine Kräfte zusammen, um noch mithalten zu können, dabei macht ihm die kleinste Unebenheit oder eine querlaufende Baumwurzel schon zu schaffen. Er hängt schon lange wieder bei Heinz am Arm. Von Weitem könnte man die beiden für zwei durchgezechte Wirtshausbesucher halten.

Vor uns ist der Wald auf einmal zu Ende und der ausgefahrene Waldweg führt durch eine Wiese zu einem Bauernhof. In einigen Minuten wäre er von hier aus zu erreichen. Am Waldrand beobachten wir lange das Gehöft, können aber nichts Verdächtiges sehen oder hören. Obwohl der Hof in gutem Zustand ist, kommt er uns verlassen vor. „Da stimmt etwas nicht", sage ich zu den beiden, die mir recht geben. „Auf einem solchen Hof ist doch Leben, aber dieser hier scheint ausgestorben zu sein", rätseln wir weiter. „Ich werde trotzdem den Hof nach etwas Essbarem absuchen", sage ich zu den beiden. Beim näheren Betrachten sehe ich, dass ich ihn von der anderen Seite fast ungesehen erreichen kann. Wir umgehen diesen Wald und kommen ziemlich nahe an die Vorderseite heran. Durch den Obstgarten, im Schutz von Johannisbeersträuchern, könnte ich die Hintertüre erreichen und genauso ungesehen wieder zurückkommen, stelle ich fest. Als ich durch die offene Gartentür durchgehen will, ruft mich eine Frauenstimme an, die hinter einem Baum steht. Wie angewurzelt bleibe ich stehen und drehe mich zu ihr um. Sie gibt mir mit der Hand ein Zeichen, dass ich zu ihr hinkommen soll. Ich teile den anderen beiden sofort mit, dass sie auch mit herkommen sollen. Mit leiser Stimme sagt die Frau, „ich bin die Bäuerin von diesem Hof, es ist besser, wenn Ihr nicht hineingeht.“ Als würde sie sich auch hier nicht sicher fühlen, gibt sie uns zu verstehen, dass wir ihr folgen sollen. Wir gehen den Waldrand entlang, bis wir dem Bauernhof von der vorderen Seite, etwa 800 m gegenüber stehen. Die Bäuerin zeigt uns hier ihr Versteck, eine Art Unterstand, der erst kürzlich errichtet wurde. Hinter einer herunterhängenden Decke verschwindet sie und kommt mit einem weinenden Mädchen wieder heraus. Die Frau selber hat einen kummervollen Gesichtsausdruck. „Das ist meine Tochter Hanni, sie ist erst 18 Jahre“, sagt sie. Der Unterstand ist am Hang versteckt angebracht, wo man aber den Hof ungesehen beobachten kann. Vorne ist eine einfache Bank angebracht, auf die wir uns niedersetzen. „Wir sitzen die meiste Zeit da und schauen auf unseren Hof hinüber“, beginnt die Bäuerin leise zu erzählen. Sie beugt sich nach vorne, überschaut nochmals den Weg vom Bauernhof zum Dorf, ob auch niemand kommt. Sie wischt sich wieder die verweinten Augen und erzählt weiter, während sie mit der Hand auf den Unterstand zeigt: „Da drinnen liegt unsere Cilly, sie ist erst 15 Jahre. Vor drei Tagen waren die Russen da auf unserem Hof und haben uns alle vergewaltigt. Nicht einmal vor Kindern, wie meine Cilly, machen sie halt. Mein Gott, das sind ja keine Menschen mehr, das sind ja nicht einmal mehr Tiere, das sind ja die leibhaftigen Teufel selber.“ Sie greift nach ihrem Schürzenzipfel, wischt sich erneut die Tränen und putzt sich die Nase. „Als sie laut um Hilfe schrie, kam unser Opa aus dem Keller, wo er sich versteckt hatte und wollte unserer Cilly helfen. Sie haben ihn einfach zusammengeschlagen, aus dem Haus hinausgezogen und auf den Pferdewagen geworfen. Es waren ungefähr 10 Russen. Alle waren sie besoffen und suchten immer noch mehr und brüllten 'Schnaps, wo ist Schnaps oder du kaputt.' Einer packte sein MP und schoss in die Decke. Kurz darauf hörte ich meine Cilly schreien. Als ich ihr helfen wollte, sah ich gleich drei von den Teufeln bei ihr. Mich haben sie dann festgehalten und mir meine Kleider heruntergerissen. Ich habe gebissen und gespuckt, aber die haben nur gelacht." Hanni ging beschämt weg zu ihrer Schwester im Unterstand. „Ja, und mit ihr haben sie es genauso gemacht." Sie faltet die Hände und jammert verzweifelt: „Warum lässt unser Herrgott das zu?" Nach einer kurzen Pause fährt sie fort: „Hernach schlugen sie das ganze Geschirr zusammen, Gläser und Fensterscheiben klirrten und dabei lachten und schrien sie vor Freude." Sie schaut uns dabei an, ob wir ihr das auch alles glauben. Sie erzählt weiter, „als ich unseren Opa suchen wollte, packten mich zwei von ihnen und sperrten mich in die Kammer. Gleich darauf hörte ich sie schießen. Ich glaubte, dass ich zuletzt erschossen werde oder dass ich zuvor noch alles aufräumen müsse. Ich hörte die Schweine im Stall schreien und auch die Rinder. Sie spannten die Pferde in unseren großen Wagen ein, um die Schweine und Rinder mitzunehmen. Dann fuhren sie fort und es war wieder alles still. Bald darauf klopfte es an die Kammertür und der Schlüssel drehte sich langsam im Schloss. Die Tür öffnete sich einen Spalt und ich seh meine Hanni vor mir stehen und weinen. Gott sei Dank, sagte ich und lief sofort ins Wohnzimmer, dort lag Cilly und wimmerte leise vor sich hin, nur mit einer Decke flüchtig zugedeckt. Wir suchten nach unserem Opa, aber den haben sie mitgenommen. Nun warten wir, bis er wieder kommt." Etwas leiser, mehr zu sich selber sagt sie, „ob er überhaupt wieder kommt?" Dies scheint ihr noch die größten Sorgen zu machen. Dann fuhr sie fort: „Im Hof haben sie einfach auf die Hühner geschossen und was sie getroffen hatten, haben sie mitgenommen. Auch unseren Fredy, unseren Hund, haben sie erschossen. Ich habe ihn im Garten eingegraben. Dies war noch alles vormittags, wir haben etwas aufgeräumt, denn es war alles durcheinander und haben nochmals das ganze Haus abgesucht, ob wir unseren Opa doch noch finden, aber den haben sie mitgenommen. Dann kamen sie nochmals. Von weitem hörte ich sie schon schreien. Wir sind schnell hinten hinaus und hierher gelaufen. Vielleicht waren es dieselben? Sie haben ihre zwei Wagen vollgeladen und sind dann wieder fort." Die Bäuerin erzählte das alles in niederösterreichischem Dialekt, wo ich jedes Wort verstand. Heinz und Emil verstanden zwar nicht alles wörtlich, aber sie wussten, um was es ging. Selbst Emil, der einen jämmerlichen Eindruck macht, scheint jetzt mit seinem Los wieder zufriedener zu sein. Es war entsetzlich, was wir da hörten. Wir konnten aber nichts dagegen tun, wir konnten sie nicht einmal trösten. Sie hat gesehen, dass es uns peinlich ist und schlägt ein anderes Thema an. „Ihr habt bestimmt Hunger." Sie verschwindet, ohne eine Antwort abzuwarten und kommt bald darauf mit einem Laib Brot, einigen Scheiben Geräuchertem und mit einem Teller Butter wieder. Hanni folgte ihr mit einem Steinkrug voll Buttermilch und drei Tassen. Diesem Angebot konnten wir nicht widerstehen. Emil greift gleich nach dem Steinkrug und trinkt eine Tasse leer. Die Bäuerin merkt, dass er krank ist und ich sage ihr, „er hat Malaria und kann sich kaum auf den Beinen halten. Mit seinem Fieber werden wir heute nicht mehr weit kommen."

Der Laib Brot schrumpfte bis zur Hälfte zusammen und wir wollten dieser guten Frau nicht noch das letzte Brot wegessen und hörten auf. Sogar Emil hat etwas gegessen. Wir bedanken uns etwas beschämt, als wir den Rest betrachten. Ich sage zur Bäuerin, „wir können Ihnen keine Gegenleistung machen." Zu unserer Überraschung packt sie uns sogar den Rest noch ein. Auch die Feldflaschen können wir noch mit Buttermilch füllen.

Voll Sorge betrachtet die Bäuerin von hier aus ihr Anwesen und sagt, „wenn sie uns nur den Hof nicht anzünden, wir müssten von hier aus zuschauen und könnten nicht einmal löschen oder den versteckten Vorrat retten." Sie flüstert mir noch zu, „wir haben schon noch zu essen, dafür haben wir schon vorgesorgt, denn wir haben schon gehört, dass die Russen alles stehlen, aber so arg haben wir uns das nicht vorgestellt." Wir lassen uns noch die Richtung nach Gmund zeigen und müssen diese Armen mit ihrem schweren Los zurücklassen.

Nach dieser Stärkung versuchen wir mit Emil heute noch eine große Strecke zu schaffen. Nur weg von hier.

Während wir Schritt für Schritt im Schutze des Waldes unseren Weg weiterziehen, bringe ich meine Gedanken von dieser Bäuerin nicht los. Die Sonne steht schon ziemlich tief, als wir an einem Dorf ankommen. Für Emil wäre es besser, wenn er wegen seines Fiebers nicht im Freien bleiben müsste. Wir beobachten vom Wald aus den ersten Hof, können nichts Verdächtiges feststellen und ich gehe wieder an das Fenster, um nachzufragen. Die Bäuerin antwortet mir, „nein, einquartiert sind hier keine Russen, aber alle Tage kommen sie und suchen nach deutschen Soldaten. Dabei haben sie beim Nachbarn noch ein Schwein mitgenommen. Sicherer wäre es für Euch, wenn Ihr drunten in der Mühle übernachten würdet, dort sind die Russen noch nicht." Nach einer Viertelstunde wurde es schon dunkel, aber für uns ging es immer noch bergan. Endlich, nach der nächsten Biegung, sehen wir unter uns den Bach, der zur Mühle führen muss. Bald darauf überqueren wir einen schmalen Steg zum anderen Ufer hinüber, wo unter Bäumen die Mühle steht. Die vorderen Fenster sind schwach erhellt. Wir beraten uns, ob wir einfach hinten in eine Scheune hineinschleichen sollen oder ob wir fragen, dass sie uns Unterschlupf geben. Ich lasse die beiden stehen, gehe allein hinüber, um doch zu fragen. Ein Mann steht am Küchenfenster mit dem Rücken zu mir, den ich für den Besitzer halte. Ich klopfe, der Mann dreht sich um und reißt das Fenster auf. Ich stehe einem russischen Offizier gegenüber. Sofort renne ich wieder zum Steg zurück, während der Russe laut „stoi, stoi" nachschreit. Heinz und Emil laufen inzwischen über den Steg zurück, den Hang hinauf, während ich noch 50 m bis zum Steg habe. Ich komme aber nicht mehr ganz hin, denn MP-Salven peitschen an mir vorbei und versperren mir den Weg. Mir bleibt kein anderer Ausweg, als in das kalte Wasser zu springen. Es geht mir zwar wieder bis zu den Knien, aber der Bach ist ca. 8 bis 10 m breit. An dieser Stelle hier fällt das Wasser etwas ab und viele Felsen liegen durcheinander, manche sogar größer als ich. Es ist schon so finster und zum Glück überzieht ein Nebelschleier die Bachniederung, sodass sie mich vom Ufer aus nicht mehr sehen können. Sie schießen immer wieder auf das Felsenlabyrinth und auf das gegenüberliegende Ufer. Das Wasser plätschert und rauscht beim Umspülen der Felsen so laut, dass ich mich ganz langsam, ohne gehört zu werden, bewegen kann. Ich greife in das knietiefe Wasser, hole mir einige faustgroße Steine und werfe sie etwa 15 m flussabwärts in den Bach, wo das Wasser wieder ruhiger läuft. Sofort feuern sie in diese Richtung und suchen die Gegend dort unten nach mir ab. Jeder verdächtige Felsbrocken wird beschossen, dabei schwirren die

Querschläger um mich herum. Einer nach dem anderen verlässt das Ufer wieder. Als sich keine Silhouetten mehr bewegen, warte ich noch einige Minuten und werfe nochmals zwei große Steine einige Meter ins Wasser, aber es bleibt alles ruhig. Ich taste mich nun an das andere Ufer hinüber und erreiche unverletzt den Wald. Heinz und Emil warteten schon ungeduldig auf mich, aber wir freuten uns alle, weil es keinen von uns erwischte. Patschnass wie ich bin, ziehen wir noch eine Zeitlang weiter. Als uns der Bodennebel die Orientierung nimmt, sind wir gezwungen, bis zum Morgengrauen zu warten. Wir richten uns schnell ein Lager zurecht, ich ziehe meine nassen Sachen aus und hänge sie an einige Äste. In Decken gerollt und eng zusammengerückt schlafen wir bald ein. Mit Emil in der Mitte meinen wir, dass er mit unserer Körperwärme ausreichend versorgt sein könnte. Er hat wieder mehr Fieber und die fallende Nachttemperatur schüttelt ihn immer heftiger. Wir duseln den Rest der Nacht so dahin und warten auf den neuen Tag.

Am nächsten Morgen tropft meine Hose noch immer, als ich sie anziehen muss und sie ist eiskalt. Noch schlimmer aber ist Emil heute dran. Er hat einen neuen Fieberanfall, wobei er sich kaum mehr auf den Beinen halten kann. Er ist elender dran als je zuvor. Uns ist klar, dass wir in diesem Zustand nicht weit kommen. Heute werde ich die Medizin aus meiner Feldflasche verdoppeln müssen. Hier bleiben können wir auch nicht. Dankbar nimmt Emil den Becher und trinkt ihn leer. Er weiß selber am besten, dass wir weiter müssen. Nachdem wir frierend und vor Kälte zitternd im Stehen unseren Essensvorrat verzehrt haben, nehmen wir Emil in die Mitte und ziehen los. „Aller Anfang ist schwer", sagen wir zu ihm, aber wir müssen bald einsehen, dass Emil nicht lange mithalten kann. Nachdem wir ihn schon länger als eine Stunde mitzerrten, wurde uns beiden von innen heraus wieder warm und mir machten die nasskalte Hose und die nassen Schuhe nichts mehr aus. Bei Emil tritt das Gegenteil ein, er verfällt zusehens.

Wir hören einen Hahn krähen, der uns eine menschliche Ansiedlung ankündigt. Nachdem wir ein dichtes Gebüsch durchstreift haben, sehen wir am Waldrand einen einzelnen Hof vor uns. Aus dem Kamin steigt Rauch hoch und das Geschnatter von Federvieh lässt uns vermuten, dass dieser Hof von den Russen verschont geblieben ist. Trotzdem muss ich sehr vorsichtig sein, muss wieder zuerst nachschauen.

Durch ein angelehntes Scheunentor schleiche ich mich in den Innenhof und verstecke mich hinter einem Strohhaufen und horche. Aus der Stalltür schiebt eine Magd einen Karren Mist heraus, kippt ihn in die Grube und verschwindet gemütlich wieder. Hier ist tatsächlich die Luft rein. Nachdem kurz darauf auch noch die alte Bäuerin aus der offenen Haustür herauskommt, verlasse ich mein Versteck und husche in den Stall. Mit einen lauten Aufschrei, der durch den ganzen Hof zu hören ist, starrt mich die Magd mit der Mistgabel in Abwehrstellung trotzig an. Auch ich bin von diesem durchdringenden Schrei erschrocken und frage kleinlaut, „sind Russen hier?" Wahrscheinlich hat sie mich für einen Russen gehalten. „Nein, bei uns sind keine", antwortet sie mir, „aber im Dorf drunten sind sie." Zufrieden über diese Antwort atme ich erleichtert auf. Ohne lange Umschweife bringe ich gleich mein Anliegen vor. „Drüben im Wald sind noch zwei Kameraden, aber einer davon ist schwerkrank, er hat Malaria und hat hohes Fieber. Bitte dürfen wir ihn hier in der Scheune für kurze Zeit im Stroh verstecken, bis wir wieder weiter können?" Sie schüttelt unwissend den Kopf und sagt, „da muss ich schon die Mutter fragen." Die Mutter ist aber schon von selber durch den lauten Schrei in den Stall gekommen und kommt zögernd auf mich zu. „Grüß Gott", sage ich in meinem höflichsten Ton. „Grüß

Gott", antwortet sie etwas zaghaft und zu ihrer Tochter gewandt fragt sie, „wer ist denn der?" „Ich weiß es nicht, aber ich glaube, er ist schon ein deutscher Soldat." Ich merke, dass ich die Bäuerin vor mir habe und ich wiederhole nochmals meine Bitte. Als sie mit der Zusage etwas zögert, füge ich noch hinzu, „ich kann mich hier auch nützlich machen, wir könnten hier auch dafür arbeiten, wenn Sie uns brauchen könnten." Dieses Angebot wirkte. Die Tochter protestierte, „aber Mutter, es ist doch verboten, dass man deutsche Soldaten zur Flucht verhilft. Drunten im Dorf ist es überall angeschlagen." Die Bäuerin macht sich Gott sei Dank nichts daraus, was drunten im Dorf angeschlagen ist. Sie fragt mich, „was ist denn das für eine Krankheit?" Ohne eine Antwort abzuwarten sagt sie gleich dazu, „aber einen Doktor gibt es bei uns nicht und ein Bett habe ich auch nicht."

In der Scheune richten wir in der hintersten Ecke ein Lager zurecht und umstellen das Versteck mit Stangen und Brettern. Die Bäuerin steht daneben und betrachtet kritisch unser geheimnisvolles Werk. „Sie brauchen sich um ihn nicht zu kümmern", sage ich dankend zu ihr, „nur wenn Sie einen Tee für ihn noch kochen würden, mehr braucht er nicht." Sie nickt verständnisvoll, macht sich auf den Weg in die Kuchel, wohin ich ihr folge. Sie schwenkt eine eiserne Stange von der Wand über die offene Feuerstelle, hängt einen Kessel Wasser zum Kochen daran und verschwindet. Die Kuchel ist geräumig, aber rauchgeschwärzt und finster, obwohl draußen die Sonne scheint. Sie hat nur ein kleines Fenster. Der Fußboden ist hart und uneben, aus blankem Lehm. An der Wand neben der Feuerstelle hängen noch einige verrußte Pfannen und Töpfe und über dem selbstgezimmerten Tisch hängt ein Brettgestell mit einigen Holz- und Porzellantellern. Recht begütert wird dieser Bauer nicht sein, denke ich mir. Eine Tür nach nebenan führt wahrscheinlich in die gute Stube.

Als Fluchtweg bleibt uns also nur die Küchentür hier. Die Bäuerin kommt mit einigen Säckchen getrocknetem Tee wieder. „Da habe ich schon was dabei fürs Fieber, das haben wir alles selbst gepflückt." Sie schaut mich von der Seite an und fragt, „Ihr wollt also solange bleiben bis der wieder gesund ist, wie lange dauert denn das?" Ohne es selber zu wissen, antworte ich ihr, „vielleicht zwei oder drei Tage, bis halt das Fieber wieder weg ist." und weiter fragt sie, „wie weit müsst Ihr denn noch, bist Du a Österreicher?" Der Kessel dampft schon und sie gibt eine Hand voll Lindenblüten hinein. Sie holt aus dem Schrank einen Krug und eine große Tasse und sagt, „Zucker gibt's keinen, aber wir haben aus Zuckerrüben selbst Sirup gekocht." Sie gibt einige Löffel von dieser braunen Flüssigkeit in den Krug und rührt um. Emil wartet schon. Er löffelt und schlürft eine Tasse heißen Tee in sich hinein und legt sich zufrieden hin. Während ich wieder in die Kuchel zurückgehe, weiß ich selber nicht, wie Heinz und ich den angebrochenen Tag hier verbringen sollen. Jeden Augenblick können hier die Russen auftauchen. Die Bäuerin hat wahrscheinlich noch keinen gesehen. Hier ging scheinbar der Krieg spurlos vorüber.

In der Kuchel wieder angekommen, wartet die Bäuerin schon auf uns. Da steht aber noch ein Mädchen von etwa 20 Jahren bei ihr. „Das sind meine Töchter", sagt sie zu uns. „wir drei bewirtschaften den Hof. Unser Bua ist auch noch fort. Wir hoffen, dass er auch bald heimkommt. Im Februar musste er noch einrücken, er ist doch erst 16 Jahre gewesen, unser Franz. Nur zweimal haben wir Post noch bekommen." Sie zeigt uns ein Foto, einen jungen Soldaten in Fliegeruniform. „Bei der Flak ist er, da droben bei Hamburg irgendwo."

Wir drei haben hier eine schöne Unordnung mit herein gebracht. Der angebrochene Tag ist völlig durcheinander geraten. Durch uns haben sich die Leute eine große Last aufgebürdet, denke ich mir und frage sie, „wenn's eine Arbeit für uns haben, sagen sie es." Etwas besorgt sagt sie, „wir haben heute Mittwoch und am Sonntag ist schon Pfingsten. Wir sind heuer so spät dran, wir haben noch nicht einmal die Kartoffeln gesteckt." Ich antworte ihr, „gut, dann stecken wir gleich heute die Kartoffeln." Sie sieht, dass wir sofort anfangen wollen und sagt zu ihren Töchtern, „Anni, Du hilfst mir jetzt beim Kochen und Du Wali du kümmerst Dich um die Saatkartoffel, den Pflug, Du weißt schon." Zu uns allen sagt sie abschließend, „in einer Stunde können wir essen."

Wir beide folgen der Wali in den Hof. Das ganze Anwesen ist unordentlich und schlampig. Der Wagen ist alt und gebrechlich und der Pflug muss noch schnell repariert werden. Mit Hammer, Säge und Nägeln bessern wir den Wagen aus, während sich Wali vergeblich bemüht, die verrosteten Schrauben am Pflug festzumachen. „Wo ist denn der Bauer, Euer Vater?" frage ich so nebenbei. „Der ist schon gestorben", sagt sie ohne nähere Erklärung.

Wir ölen, schrauben und hämmern so gut wir können und ehe wir halbwegs fertig sind, werden wir zum Essen geholt. Ein wohlriechender Duft von angebräunten Zwiebeln kommt uns beim Eintreten entgegen. Die Mutter murmelt mit ihren Töchtern ein Tischgebet. Eine der beiden Töchter fischt gekochte Kartoffelknödel aus einem Topf, während die andere den Tisch deckt. Die Bäuerin gießt einen Teil von dem Knödelsud in eine Schüssel und gibt die angebräunten Zwiebel darüber. Das ist die Knödeltunke. Es ist eine einfache Hausmannskost, aber sie schmeckt uns prächtig. Gleich nach dem Essen werden zwei Kühe von den Mädchen eingespannt, während ich noch nach Emil schaue. Er kommt mir noch elender vor als je zuvor. Sein Gesicht verzieht er, als wolle er lächeln. Seine Unterwäsche ist völlig durchnässt, der Tee tat sein Bestes. Wir wechseln schnell die Wäsche, dann löscht er seinen großen Durst und legt sich wieder auf sein Strohlager. „Es kann spät werden, bis wir wiederkommen", sage ich zu ihm. „Wohin geht Ihr?" fragt er noch ängstlich. Er weiß ja noch nicht, dass wir uns als Knechte verdingt haben, solange wir hier bleiben müssen. „Wir werden heute Kartoffel stecken, morgen und übermorgen wartet so etwas ähnliches auf uns. Arbeit gibt es genug und Essen und Tee gibt es auch genug." Was mich aber am meisten beunruhigt, damit wollte ich ihn nicht belasten. Als ich gehen will, platzt er mit der Frage heraus, „Sepp, meinst Du, dass wir hier vor den Russen sicher sind?" Nun hat er doch meinen Kummer bemerkt. Ich dachte schon, dass er in seinem Delirium diese Gefahr gar nicht erkennt. Ich beruhige ihn und mich selber und sage, „dieser Hof liegt so versteckt, da finden keine Russen her."

Die beiden Mädchen verlassen mit ihrem Wagengespann den Hof und wir beide folgen ihnen mit ungutem Gefühl. Schon nach einer kurzen Fahrt erreichen wir den Acker. Die Felder und Wiesen liegen alle rund um den Hof. Zur Beruhigung sehen wir einige Felder weiter noch einen Bauern mit einigen Leuten bei der Frühjahrsbestellung. Sonst ist uns nichts Verdächtiges aufgefallen.

Mit ein paar Worten ist die Arbeit erklärt. Heinz und Wali legen alle 25 bis 30 cm einen Saatkartoffel in die vorbereitete Furche, während Anni und ich mit dem Pflug die Furche wieder zudecken. Ich habe nur die Kühe richtig zu führen, die den Pflug ziehen. Die Arbeit geht besser voran als wir meinten. Die Sonne steht schon tief am Abendhimmel. Wir möchten unsere Arbeit schneller zu Ende bringen, aber die Kühe bleiben gemütlich bei ihrem Tempo, sie merken nichts von unserer Unruhe. Endlich war das Feld bestellt und wir ziehen wieder heimwärts. Die Bäuerin war mit uns zufrieden und ich hatte das Gefühl, dass es ihr sogar recht wäre, wenn wir wegen Emil noch länger hier bleiben müssten.

Wir besuchen Emil und sagen ihm, dass wir mehr erwünscht sind als dass wir ihnen zur Last fallen. Was uns noch freute, war, dass von den Russen nichts zu hören und zu sehen ist. Der Hof liegt tatsächlich schön versteckt, aber wir sind noch nicht einmal eine Nacht da. Von der gestrigen Überraschung an der Mühle werden wir den Leuten hier nichts erzählen. Hoffentlich bleibt der Hof hier weiter verschont.

Emil liegt wie zerschlagen auf seinem Lager, aber er lächelt uns dankbar an. Er hat seinen Krug Tee leer getrunken, vom Essen will er aber noch nichts wissen. Seine Wäsche ist wieder durchschwitzt, wir wechseln sie aus. Mehr können wir für ihn nicht tun. Es wäre unmöglich, mit ihm in diesem Zustand weiterzuziehen. Wir meinen, dass ihm diese Ruhe und der Lindenblütentee gut tut.

Als wir in die Kuchel kommen, war das Abendessen schon hergerichtet. Es gibt Maissterz, ein typisch österreichisches Bauerngericht. Die Maiskörner kommen durch eine Schrotmühle, werden weichgekocht, gesalzen und in Fett abgeröstet. Dazu gibt es gestöckelte Milch. Ich kannte dieses Gericht schon, aber Heinz meinte, es gehöre für die Schweine. Für Emil war schon wieder ein Kessel frischer Lindenblütentee gekocht. Sobald das Abendessen beendet ist, gehen wir zu ihm, wo wir uns neben ihm unser Lager zurecht machen. Das Haupttor sowie das hintere Tor wurden mit einen Balken verriegelt. Wir sind hundemüde. Mit der Dunkelheit kommt auch ein Gefühl der Sicherheit und wir schlafen bald ein.

Durch Strohgeraschel schrecke ich auf. Emil steht vor uns und fragt uns, wie lange wir noch schlafen wollen. Durch die Astlöcher und Spalten sehen wir, dass draußen schon helllichter Tag ist. Auch vom Stall her hören wir, dass schon alles auf den Beinen ist. Wir beide gehen zum Brunnen im Hof, waschen und rasieren uns und fühlen uns wie neugeboren. Die Mädchen betrachten uns von der Stalltür aus und kichern miteinander. Heinz sagt zu mir, „die sind uns wahrscheinlich gar nicht böse, weil wir solange geschlafen haben." Ich antworte ihm, „nein, die beiden nicht, aber die Alte wird bestimmt nicht kichern." Wir gehen in die Kuchel und wollen uns entschuldigen. Mit einem freundlichen „Guten Morgen" begrüßt uns die Bäuerin und fragt ohne Ironie, ob wir wenigsten halbwegs gut schlafen konnten.

Nach dem einfachen Frühstück wartet auf uns dieselbe Arbeit wie gestern, nur müssen wir heute einen anderen Acker bestellen, was den ganzen Tag ausfüllen wird. Bei strahlendem Sonnenschein verlassen wir wieder mit unserem Gespann den Hof. Diesmal biegen wir in einen anderen Weg ein und überqueren die große Wiese. Erst am Waldrand ist uns wohler. Ein großer Acker liegt vor uns. Außer dem fröhlichen Vogelgesang ist nichts anderes zu hören. Am unteren Ackerrain entlang sehe ich einen Weg und frage die Wali, „was ist das für ein Weg da drunten?" Sie sagt, „das ist der Weg zum Dorf, der ist schon immer da." Diesen Weg werde ich ständig im Auge behalten. Die Kühe sind noch frisch und ausgeruht und der Boden ist hier besonders locker. Furche um Furche durchziehen wir den Acker und alles kommt mir wie ein gemütlicher Spaziergang vor. Es gibt nichts zum Überlegen bei dieser Arbeit, man kann seine Gedanken für Pläne und Wünsche verwenden.

Mitten während dieser Arbeit hören wir Motorengeräusch und noch ehe wir wissen, woher das kommt, sehen wir ein Lastauto aus dem Wald herausfahren. Heinz bleibt wie erstarrt stehen und schaut mich fragend an. Ich führe die Kühe weiter und rufe ihm zu, dass er unauffällig weiterarbeiten soll, als wäre nichts geschehen. Zum Abhauen mitten im Acker wäre es zu spät. Ich schiele zum Lastwagen hinüber und sehe einen deutschen Wehrmachtswagen mit einer russischen Fahne. Er fährt immer langsamer, während mein Puls bis zum Hals wie verrückt tobt. Als ich hinten am Ackerrand wende, hätte ich mich mit einem Sprung in den angrenzenden Wald retten können und auch Heinz hätte die paar Meter leicht geschafft, aber die beiden Mädchen wären dran gewesen. Als wäre nichts geschehen, verrichten wir unsere Arbeit weiter. Der Beifahrer im Lastwagen nimmt ein Megaphon und ruft, „alle deutschen Soldaten, die noch keine Entlassungspapiere haben, haben sich bis heute Abend um 18 Uhr im Dorf bei der Kommandantur zu melden." Dabei fährt der Lastwagen langsam weiter und schaut immer zu uns herauf. Wir machen unsere Arbeit weiter, als betreffe diese Bekanntmachung uns nicht. Gott sei Dank verschwinden sie hinter der nächsten Kurve in den Wald und wir atmen für diesmal erleichtert auf. Jetzt merke ich, dass mir der Schweiß über den Rücken läuft und die Knie leicht zittern. Es kann sein, dass sie jeden Moment wieder zurückkommen und uns doch überprüfen und mitnehmen. Wir machen aber weiter. Als wir die letzte Furche fertig haben, packen wir zufrieden unsere Sachen zusammen und treiben die müden Kühe zur Heimfahrt an.

An diesem Abend sprechen wir beim Essen wenig, um die Leute nicht zu beunruhigen. Wir legen uns bald nieder. Heinz würde am liebsten schon morgen wieder weiterziehen, denn diese Feldarbeit regt ihn auf und ist außerdem gefährlich. Mit der Verpflegung ist er schon gar nicht zufrieden. Emil braucht aber noch ein paar Tage Ruhe und hier haben wir doch einen halbwegs sicheren Unterschlupf. Er fühlt sich auch schon besser und macht einen frischeren Eindruck. Er hat sogar schon Appetit und fragt mich, ob er morgen auch etwas zu essen bekommt. Wir gehen mit den Hühnern schlafen und stehen mit ihnen wieder auf. Nur Emil kommt die Nacht länger vor, weil er neben uns liegen muss und nicht schlafen kann. Er meint, weil wir so laut schnarchen. Er fügt noch scherzhaft hinzu, „ich muss außerdem den Hofhund ersetzen, während Ihr alle schlaft."

Als der Hahn den neuen Tag ankündigt, erheben wir beide uns auch. Heute sind wir etwas früher dran als gestern. Der Kamin raucht schon und im Stall verrichten die Mädchen ihre tägliche Arbeit. Nach dem Frühstück fahren wir diesmal mit vier Kühen auf den Acker gleich hinter dem Hof, auf dem wir heute Mais ansäen. Dieser Acker grenzt an den Wald, aus dem wir vor drei Tagen kamen. Mir kommt es vor, als wären wir schon länger da. Wir fühlen uns schon wie zwei Knechte, die zum Hof gehören. Nachdem wir mit der Aussaat fertig waren, wurden noch einige Vogelscheuchen aufgestellt, die die Krähen und das Rotwild verscheuchen sollten. Bis zum Mittag waren wir fertig. Wir gehen gleich zu Emil, der zum ersten Mal am Tisch mitessen möchte. „Das wird Dir nicht gut tun", meint Heinz boshaft, „denn es gibt heute Schweinebraten." Ich füge hinzu, „ich glaube eher, dass es heute Kartoffelknödel mit Zwiebelbrühe gibt und zum Abendessen gibt es heute vielleicht Weizensterz." Emil kennt weder das eine noch das andere, hat aber auf alles Appetit. Ich gehe daher gleich zur Bäuerin und frage sie, ob wir Emil zum Tisch mitbringen dürfen. Selbstverständlich willigt sie gleich ein, fragt aber, ob er dies schon verträgt oder ob sie einen Haferschleimbrei kochen soll. Wir meinten, dass er es schon verträgt.

Emil wackelt auf schwachen Beinen mit in die Kuchel. Es gibt wieder Kartoffelknödel mit Zwiebelbrühe. Mit zitterigen Händen zerteilt er seinen Knödel und die Bäuerin übergießt es mit der Zwiebelbrühe. „Na wie schmeckt Dir das?" frage ich ihn, um die Unterhaltung wieder in Gang zu bringen. Emil nickt nur mit dem Kopf und sagt leise, „danke" und nimmt den zweiten und dritten Bissen zu sich. „Iß nur Emil, damit Du wieder zu Kräften kommst", fügt Heinz ironisch hinzu. „Du bist ja nur mehr Haut und Knochen, das kommt von Deinem ewigen Tee. Was Du jetzt brauchst, ist ein kräftiger Schweinebraten, damit Du bald wieder auf die Beine kommst." Die Bäuerin überhört diesen Spott und tröstet Emil, „für den Anfang musst Du Deinen Magen noch schonen, eine Tasse gestöckelte Milch tut Dir gut. In ein paar Tagen bringen wir Dich schon wieder zurecht." Und zu uns sagt sie abschließend, „tut nur nichts übereilen, Euch treibt doch niemand, es braucht halt alles seine Zeit."

Nach dem Essen kommt sie zu mir und sagt etwas schüchtern, „am Nachmittag könnten wir Holz sägen und spalten, wenn es recht ist." Sie geht uns voran, räumt in der Scheune eine Ecke aus, wo das Holz aufgeschlichtet werden soll. Sie bückt sich nach einem Gegenstand und legt ihn sofort wieder hin. Sie kommt zu mir und zeigt mir ihren Fund. Vorerst zögere ich, erkenne dann aber einen deutschen Karabiner. Ich nehme das Gewehr und stelle fest, dass es noch geladen ist. Wir suchen noch weiter und finden unter einem Haufen Bohnenstangen nochmals sechs geladene Gewehre. Während wir diese entladen, erzählt uns die Bäuerin, dass in den letzten Kriegstagen viele Soldaten hier durchgezogen sind und in der Scheune übernachteten. Wir stellen die Gewehre schräg an die Mauer und zertrümmern sie mit der Axt. Der lange Nachmittag geht dahin, während der Holzstoß immer größer wird. Auch Emil versucht sich nützlich zu machen und hilft mit beim Aufschlichten. Erfreulich ist an diesem Abend für alle, dass Emil auch schon aus der dampfenden Pfanne den Sterz mit löffelt.

„Morgen werden wir den Gemüsegarten umstechen und anbauen", sagt die Bäuerin zu ihren Töchtern und meint natürlich uns. Wir sind einverstanden und helfen, wo wir können. Zu Anni sagt sie dann, „wir müssen morgen Brot backen, wir haben nur mehr einen Laib." Wir drei ziehen uns wieder auf unser Strohlager zurück. Emil hat fast kein Fieber mehr, er hat die Krankheit überwunden. Er ist zwar noch schwach und ermüdet schnell, aber sein Puls schlägt schon wieder fast normal. In ein paar Tagen werden wir weiterziehen.

Durch einen Donner werden wir mitten in der Nacht geweckt. Ein Gewitter tobt draußen und durch die Spalten pfeift der nasskalte Wind. Wir hüllen uns in die Decken und fühlen uns wohl hier im Trockenen. Am Morgen war wieder alles vorbei. Die Luft ist noch reiner als zuvor und für die ausgetrocknete Erde war der Regen ein Geschenk des Himmels. Auch wir fühlen uns viel frischer und ausgeruhter als die Tage zuvor. Wir gehen nach dem Waschen wieder in die Kuchel und warten auf das Frühstück. Neben der Feuerstelle steht der Backtrog, in dem der Sauerteig schon gärt. Im Flur, neben dem Kucheleingang in der Ecke, ist der Backofen versteckt, den die Bäuerin mit meterlangen Holzscheiten zum Anheizen herrichtet. Wir drei verlassen mit Wali den Hof, um den Garten anzupflanzen. In einem Mistbeet sind die Gemüse- und Salatpflanzen schon so groß, dass sie ins Freiland ausgesetzt werden können. Es dauert noch eine lange Zeit, bis der erste Salat geerntet werden kann. Es kommt nur das auf den Tisch, was sie selber säen und ernten. Zufrieden mit unserer Arbeit machen wir am Nachmittag Feierabend. Zur Belohnung bekommen wir Schwarzbrotkuchen, ein Brotteig ausgerollt, mit Schmalz und Sirup bestrichen und dazu eine Tasse Milch. Emil macht mit Heinz einen ausgiebigen Spaziergang in den nahen Wald. Die ausgekühlten Brote schaffen die Bäuerin und ich in die Vorratskammer auf den Dachboden. Sie zeigt mir die Getreidevorräte, einige Säckchen noch von jeder Sorte und schüttelt sorgenvoll ihren Kopf. „So arm waren wir noch nie wie dieses Jahr." Anschließend führt sie mich zu der Räucherkammer und sagt, „die ist heuer auch schon leer, was noch nie vorgekommen ist. Vor vier Wochen war sie noch über die Hälfte voll. Wir wären noch gut damit bis zum Herbst ausgekommen, aber die vielen Soldaten haben alles aufgegessen. Anfangs gab ich jedem ein Stück Brot und ein Stück Fleisch, aber schon nach einigen Tagen mussten wir immer kleinere Stücke machen, bis auf einmal nichts mehr da war. Ein einziges Stück Fleisch haben wir für uns noch zurücklegen können, aber seit einer Woche haben wir auch nichts mehr." Nun weiß ich, warum es täglich diese Kartoffelknödel mit Zwiebelbrühe gibt. Wir werden auch morgen am Pfingstsonntag nichts anderes haben.

Während wir die enge Treppe wieder hinuntersteigen, klopft jemand am Küchenfenster. Die Bäuerin, auf Überraschung gefasst, öffnet vorsichtig und sieht aber nur zwei ängstliche deutsche Soldaten. Ohne lange zu reden, gibt sie ihnen zu verstehen, dass sie bei der hinteren Tür hereinkommen sollen. Natürlich haben sie Hunger und wollen für die Nacht einen Unterschlupf. Die Bäuerin murmelt, „es wird schon gut gehen. Bis jetzt ist noch alles gut gegangen und so viele kommen nicht mehr." Sie stellt jedem eine Tasse Milch und ein Stück Brot hin und gibt gleich noch eine Schaufel Mais mehr in ihre Schrotmühle fürs Abendessen. „Wo kommt Ihr denn her?" will sie wissen, um etwas von draußen zu erfahren. Sie antworten, „wir waren bei den Tschechen gefangen und sind dort ausgerissen." Einer erzählt weiter, „heute Mittag wollten wir in einem Bauernhof um etwas Essen fragen, aber dort waren die Russen und wir mussten schnell fliehen. Es ist nur gut, dass hier soviel Wald ist." Er wendet sich an mich und fragt, „kommen hier keine Russen her?" Ich sagte ihnen, dass wir genauso auf der Flucht sind wie sie.

Auch der Pfingstsonntag beginnt zur selben Zeit mit dem Aufstehen und mit derselben Stallarbeit. Nach dem Frühstück ziehen sich die Bäuerin und eine Tochter für den

Kirchgang um. Die andere bleibt daheim beim Hof. Wir helfen ihr beim Kartoffelschälen, denn es gibt heute Kartoffelknödel mit Zwiebelbrühe. Die Wali, die heute dran ist, entschuldigt sich und meint, „eigentlich gibt es am Sonntag immer Schweinebraten mit Kartoffelknödel, aber wir haben kein Fleisch mehr. Nächste Woche haben wir auch keine Zwiebeln mehr." Heinz hat nun eingesehen, dass die Leute wirklich nichts anderes mehr haben und das Wenige sogar noch mit uns teilen. Nun hilft er ihr, wo er helfen kann und nimmt ihr jede schwere Arbeit ab.

Die Bäuerin kommt mit der Anni schon etwas früher als sonst vom Dorf zurück und bringt nur schlechte Nachrichten mit. Sie sagt kopfschüttelnd, „der Pfarrer hat gepredigt, Pfingsten ist das Fest der Freude, aber wir haben heute nichts Gutes gehört. Immer mehr Russen kommen in unser schönes Österreich und rauben es aus. Wer bei der Partei war, wird vom Haus oder Hof verjagt und alles wird ihnen abgenommen. Viele Frauen und Mädchen werden vergewaltigt. Wir wollten es nicht glauben, aber wir hörten es immer wieder. Hoffentlich kommen sie nicht zu uns und nehmen uns das Wenige noch weg. Bei der Partei waren wir nicht."

Das Mittagessen ist hergerichtet. Die Bäuerin betet mit ihren zwei Töchtern heute besonders andächtig. Von uns können sie ja keine Hilfe erwarten, wir belasten sie eher. Emil hat sich inzwischen so gut erholt, dass wir beschließen, morgen Früh weiterzuziehen. Außerdem wird es von Tag zu Tag schlimmer für uns, wenn täglich immer mehr Russen wie Ungeziefer das Land überschwemmen. Und sie nennen sich Befreier.

Am Nachmittag wird in der großen Stube der Tisch gedeckt. Obwohl hier die Not aus allen Fugen schreit, gibt es doch eine kleine Feier. Die Bäuerin schneidet einen frischen Laib Brot auf, stellt einen Teller Butter auf den

Tisch und einen Topf mit Buttermilch dazu. Sie wollte sich dankbar zeigen für unsere geleistete Arbeit. Auch wir bedanken uns herzlich für alles, besonders aber, weil sie Emil so gut mit Tee versorgte. Die Bäuerin erzählt uns über das Leben in dieser Einöde, das schon immer ärmlich und einsam war. „Wir arbeiten das ganze Jahr und am Ende können wir uns nur das Nötigste kaufen. Mehr gibt der ausgelaugte Boden nicht mehr her. Wir können uns nichts ersparen, wir haben nie Geld."

Das große Zimmer hat einen Bretterboden und rundherum eine Bank. In einer Ecke steht ein großer Kachelofen und davor steht der große Tisch, an dem wir jetzt beisammen sitzen. Eine herbgezimmerte Kommode ist das einzige Möbelstück auf der anderen Seite. Ich gehe auf die andere Seite, um aus dem kleinen Fenster einen Blick in diese Richtung zu werfen. Auf der Kommode sehe ich eine Generalstabskarte liegen. Interessiert öffne ich sie, dabei sehe ich, dass jede kleine Ortschaft, ja sogar mein Heimatdorf Schönkirch eingezeichnet ist. Auseinander gebreitet ist sie größer als der Tisch. Die Bäuerin meint, „wenn Du sie brauchst, kannst sie mitnehmen. Ein Offizier hat sie liegengelassen gleich am Anfang. Wir brauchen sie nicht."

Mit dem Bleistift mache ich einen geraden Strich, der die Luftlinie anzeigen soll, wie wir weitergehen müssen. Wir werden mit einer Distanz von etwa 1 km parallel an der tschechischen Grenze entlang ziehen und jede Ortschaft umgehen. Diese Karte wird uns eine große Hilfe sein.

An diesem letzten Abend macht die Bäuerin nochmals eine Ausnahme. Es gibt heute keinen Sterz, sondern Pfannkuchen, bestehend aus Eier, Milch und Mehl. Schon nach kurzer Zeit bringt sie einen aufgeschlichteten Berg goldbraune, wohlriechende Pfannkuchen. Als wir anschließend über den sauber aufgeräumten Hof zu unserem

Nachtlager gehen, sind wir glücklich, dass wir diese Tage mit Arbeit ausfüllen konnten.

Am Pfingstmontag stehen wir heute wieder zur gleichen Zeit auf, packen unsere Habseligkeiten und versuchen, sobald wie möglich loszuziehen. In der Kuchel wartet schon der gedeckte Tisch, heiße Milch, Brot und Butter. Für die Feldflaschen haben sie uns gesüßten Tee hergerichtet. Ein ganzer Laib Brot und 12 gekochte Eier liegen für uns vorbereitet auf dem Tisch. Im Hausflur, der uns inzwischen schon vertraut geworden ist, stehen Anni und Wali traurig da. Zuletzt kommt die Bäuerin, besprizt uns mit Weihwasser und alle drei begleiten uns bis zum hinteren Tor, durch das wir vor sechs Tagen wie Diebe hereinkamen. Schnell erreichen wir den Wald und grüßen nochmals zurück.

Das Gras ist nass und die Äste hängen voller Regentropfen, denn es hat in der Nacht wieder geregnet. Wir werden die nächsten Tage und Wochen wie das Wild im Wald leben müssen. Wir hoffen nur, dass Emil keinen Rückfall mehr bekommt.

Mit Riesenschritten ziehen wir von einem Wald in den anderen und kommen gut voran. Natürlich ist Vorsicht wieder das oberste Gebot. Die Sonne steht schon im Süden, als wir uns unter einem Baum zur Mittagsrast niederlassen. Jeder bekommt zwei Eier und ein Stück Brot. Mit unserem Proviant müssen wir sparsam umgehen, denn wir wissen nicht, wann und wo wir wieder etwas bekommen. Emil steht zwar der Schweiß auf der Stirn, aber er macht noch einen frischen Eindruck. Es wird fast nichts gesprochen. Gleich nach dem Essen ziehen wir weiter, um möglichst nochmals dieselbe Strecke bis zum Abend zu schaffen. Am Nachmittag kommen wir an eine Straße, die wir vorsichtig überqueren. Der Karte nach muss es die Straße von Schrems in die Tschechei sein. Bald muss aber noch eine breitere geteerte Straße kommen, die von Schrems nach Gmünd führt. Wir kommen an Dörfern und einzelnen Höfen vorbei. Einen Bauern, der mit seinem Pferdewagen auf dem Heimweg ist, fragen wir, ob wir bei ihm für eine Nacht bleiben dürfen. Er sagt, „lasst mich erst heimfahren zu dem Hof da drüben und nachschauen, ob alles in Ordnung ist, dann gebe ich Euch ein Zeichen." Wegen seinem festlichen Anzug fällt uns ein, dass ja heute noch Feiertag ist. Wir warten nicht lange, da kommt die Bäuerin um den Hof und winkt uns hinüber. Es dunkelt schon, als wir über den offenen Feldweg auf den Hof zugehen. Ohne zu betteln werden wir in die Küche geführt, um am gedeckten Abendtisch gleich mitzuessen. Die Bäuerin stellt eine Schüssel Suppe auf den Tisch, legt jedem ein Stück Brot und einen Löffel dazu. Der Bauer fragt uns, wohin wir wollen und sagt, dass noch vor zwei bis drei Wochen jeden Abend die Küche voll mit Soldaten war. Die Bäuerin macht einen kummervollen Eindruck und sagt uns, dass sie auch noch zwei Söhne erwarten. „Vielleicht stehen sie auch einmal drüben am Waldrand, so wie Ihr", sagt sie. Im Heustadel brauchen wir uns kein Lager herzurichten, denn eine Ecke, in die uns der Bauer führt, ist schon vor uns von vielen Kameraden benutzt worden.

Am frühen Morgen, gleich nach dem Frühstück, ziehen wir weiter. Schon nach kurzer Zeit erreichen wir das Bahngleis und danach die Bundesstraße von Wien nach Budweis. Es klappt alles besser, als wir befürchteten. Gmünd haben wir schon weit hinter uns und wir haben noch keine Russen gesehen. Jetzt verläuft die tschechische Grenze etwa 15 km in südwestlicher Richtung und wir gehen im Schutz des Waldes weiter im gleichen Abstand wie bisher.

Weitra umgehen wir diesmal links. Am frühen Nachmittag sehen wir vor uns ein Dorf. Es ist noch zu früh, um für die Nacht hier zu bleiben. Wir beobachten den ersten Bauernhof vom Wald aus und gehen dann auf ihn zu. Wie immer fragen wir, ob die Russen da sind. Der Bauer schüttelt beruhigt den Kopf und sagt, „am Anfang waren sie da und dann kamen sie hin und wieder, aber seit einer Woche haben wir Gott sei Dank keinen mehr gesehen." Erfreut über diese Nachricht, machen wir diesmal keinen Umweg durch den Wald, sondern gehen durchs Dorf in unsere Richtung weiter. Gleich nach dem Dorf gabelt sich die Straße. Wir gehen die linke weiter, denn die rechte führt nordwestlich in die Tschechei. Außerdem sehen wir vor uns auf unserer Straße nur ein paar 100 m weiter den schützenden Wald. Wir haben noch etwa 200 m, die halbe Strecke bis zum Wald erreicht, da sehen wir von der rechten Straße eine russische Kolonne kommen, die in das Dorf hineinzieht, das wir soeben verlassen hatten. Unser gemütliches Marschtempo steigern wir sofort. Über den Äckern hören wir ein lautes „stoi" schreien. „Nicht stehen bleiben", sage ich zu den anderen und wir gehen flott weiter. Da pfeifen schon die ersten Gewehrschüsse an uns vorbei. Als ich umschaue, sehe ich zwei berittene Russen die Kolonne verlassen, um uns einzuholen. Im selben Moment spurten wir die letzten 15 m zum rettenden Wald, während die Russen jetzt gezielte Schüsse auf uns abfeuern. Mit einem Sprung erreichen wir das dichte Gebüsch und hetzen noch ein paar Meter durch das Jungholz, wobei uns die Äste das Gesicht verkratzen. „Beisammen bleiben", rufe ich den beiden noch zu, damit wir uns nicht verlieren. Im selben Augenblick bekommen wir einige Salven von den beiden Reitern, die am Waldrand hin und her patrouillieren. Wir liegen alle drei schützend am Boden, während die Querschläger umherschwirren. Dann verschwinden sie wieder über den Acker. Diesmal hat gar nicht viel gefehlt.

Wir ziehen einen Waldweg entlang weiter in unsere Richtung. Am Abend erreichen wir einen fast verfallenen Bauernhof, der nur von zwei älteren Frauen bewirtschaftet wird. Hier muss seit 100 Jahren nichts mehr ausgebessert worden sein. Den beiden müsste man eher etwas geben, als dass wir sie um etwas bitten würden. Wir fragen nur, ob wir in der Scheune übernachten dürfen. Sogleich wehren sie ängstlich ab und sagen, „es kommen immer wieder Russen hierher." Wir wollten gerade wieder gehen, da kommt eine junge hübsche Frau zum Hof herein. Auch sie war überrascht, aber mehr von uns und geht weiter in die schmutzige Küche hinein, als würde sie auch dazu gehören. Als sie sieht, dass wir flüchtige Soldaten sind, spricht sie uns in norddeutschem Dialekt an. „Ich koche für einen verwundeten Leutnant den alten Verband wieder aus. Ich bräuchte einen frischen, aber hier gibt es im ganzen Haus nichts Sauberes. Vor einer Woche wollten wir auch hier übernachten, da überraschten uns die Russen und wir flüchteten in den Wald. Sie haben uns nachgeschossen und dabei den Leutnant in sein Bein getroffen." In einem Blecheimer kocht sie die benutzten Binden wieder aus. Wir warten einstweilen im Wald, bis sie damit fertig ist und gehen mit ihr zu dem Versteck, einer halb verfallenen Waldhütte.

Die Wunde eitert, ein Arzt wäre dringend nötig. „Jetzt geht es ihm schon besser und das Fieber ist auch fast schon wieder weg", sagt sie uns, während sie den Verband wechselt. Sie brachte auch eine Kanne Milch und ein Kochgeschirr mit gekochten Kartoffeln mit. „Seit Tagen haben wir nichts anderes mehr, aber die armen Luder haben ja selbst nichts", tröstet sie sich und den jungen Offizier, der etwas Besseres gewohnt ist. Wir hatten noch einen halben Laib Brot, davon trennten wir ihnen die Hälfte ab. „Morgen werden wir schon wieder etwas bekommen", sage ich. Wir drei richten uns in der anderen Ecke unser Nachtlager zurecht.

Am frühen Morgen verspeisen wir unser restliches Brot und machen uns wieder auf den Weg. Die beiden müssen wir zurücklassen, wir konnten ihnen auch keine Hilfe versprechen. Der Leutnant sagt noch, „passt gut auf, damit Euch nicht dasselbe passiert. Ein Kopfschuss wäre mir lieber gewesen." Obwohl wir den herrlichsten Sonnenschein haben, suchen wir unseren Weg durch den dichtesten Wald. Dieser Anblick hat uns erschreckt. Jedem von uns kann im nächsten Moment dasselbe passieren. Nach stundenlangem Marschieren kommt auch noch der Hunger. Manche Bauern sind wirklich schon so arm, dass sie kaum selber etwas haben. Wenn wieder drei Hungrige am Fenster klopfen, kann manchen schon die Geduld ausgehen.

Um die Mittagszeit sind wir wieder an einem kleinen Bauernhof angekommen. Unten im Tal ziehen russische Kolonnen mit ihren Fahrzeugen die Straße entlang. Es sieht tatsächlich so aus, als kämen sie mit Sack und Pack aus der Tschechei herüber, um hier als Besatzung zu bleiben. Der kleine Bergbauer blieb bis jetzt von ihnen verschont. „Auch hier kamen schon viele Soldaten durch, aber seit einigen Tagen sind es nur mehr einzelne", sagt uns der Bauer. Das Netz um uns wird immer enger. Während wir essen, geht die Bäuerin ständig zum Fenster, um nach dem Weg zu schauen, der vom Tal herauf führt. Es wäre besser gewesen, wir hätten ihnen nichts von den Russen erzählt. Alle sind sie jetzt beunruhigt. Gleich nach dem Essen machen wir uns wieder auf die Beine und versuchen, die Straße zwischen Karlstift und Großgerungs bis zum Abend noch zu erreichen.

Am späten Nachmittag stehen wir am Waldrand und sehen einen kleinen Bauernhof, in dem wir die Nacht verbringen könnten. Ich habe wieder die Aufgabe, zuerst den Besitzer zu fragen. Uns trennt eine Waldwiese und noch ein Getreidefeld, das schon sehr hoch gewachsen ist. An den Ähren erkenne ich, dass es ein Kornfeld ist. Am Bauernhof stelle ich nichts Ungewöhnliches fest. Ich durchgehe die Wiese, was etwa der halbe Weg ist und gehe einige Schritte durchs Kornfeld, als ich wie angewurzelt stehen bleibe. Aus dem Wald gegenüber kommt ein Pferdefahrzeug im Trab auf das Bauernhaus zugefahren. Schnell ducke ich mich, um erst abzuwarten, wer da kommt. Es ist ein Pferdewagen mit zwei Russen, die vor dem Hof halten und absteigen. Sie bleiben stehen und einer zeigt zu mir herüber. Sie werden mich doch nicht gesehen haben, durchzuckt es mich. Sie spannen ihre Pferde aus, schwingen sich drauf und reiten auf mich zu. Blitzschnell muss ich mich jetzt entscheiden. Zurücklaufen kann ich nicht, sie holen mich ein oder schießen mich zuvor noch ab. Ich springe ein paar Schritte nach rechts, lege mich flach und krieche wieder 10 bis 12 m nach links zurück. Da entdecke ich eine längliche Mulde, als wäre sie extra für mich schon hergerichtet. Da hinein lege ich mich, habe aber wenig Hoffnung, dass dieses Versteck ausreichen wird. Schon höre ich sie heranreiten. Es können nicht mehr als 20 m sein, als sie an mir vorbeigaloppieren. Sie bleiben stehen, unterhalten sich aufgeregt und reiten noch weiter rechts wieder zurück. Sie können sich nicht erklären, dass ich auf einmal vom Erdboden verschwinden kann. Gleich darauf kommt wieder einer zurückgeritten. Systematisch suchen sie das Kornfeld nach mir ab. Einmal kam einer so nahe heran, während sein Pferd immer langsamer wurde, dass ich glaubte, jetzt hat er mich gesehen. Ich warte nur mehr darauf, bis er mich anschreit. Die Pferdeschritte entfernen sich Gott sei Dank wieder, was mich wundert. Sie geben schließlich auf und reiten zum Hof zurück. Gleich darauf höre ich Krach aus dem Hof, den die beiden Russen dort verursachen. Obwohl Frauen und Kinder laut schreien, schießen die Russen immer wieder zwischendurch aus ihren Maschinenpistolen. Diese Gelegenheit nutze ich aus, um zu meinen Kameraden zum Wald zurückzulaufen. Sie können es kaum fassen, als ich wieder bei ihnen ankomme. Beide schauten vom Wald aus zu und auch sie konnten sich nicht erklären, wo ich mich so gut verstecken konnte. Heinz sagt nur, „jetzt hätte ich doch ein Gewehr gebraucht, dann wäre den armen Leuten da drüben dieses Leid erspart geblieben, das ihnen die Bestien jetzt zufügen."

Wir ziehen wieder weiter ohne etwas zu essen oder an ein Nachtlager zu denken. Wir wissen, dass die Straße und die Bahnlinie von Linz nach Budweis die Demarkationslinie ist. In zwei bis drei Tagen könnten wir das schaffen. Wir sind aber darauf gefasst, dass diese Linie ganz scharf von den Russen bewacht wird. Hier können wir kaum mehr in ein Haus oder in einen Hof, weil die Russen schon überall sind. Im großen schönen Greinerwald hier fühlen wir uns zwar beschützt, aber wir vermeiden jede freie Fläche. Wir dürfen uns keinen Fehler mehr leisten.

Diese Nacht verbringen wir wieder unter freiem Himmel. Das Frühstück, das wir im Gehen einnehmen, besteht aus zarten Buchentrieben und dazwischen ziehen wir uns Grashalme aus, beißen das gelbe Ende ab, das einen süßlichen Geschmack hat. Der Magen findet sich tatsächlich damit ab und hört nach einiger Zeit zu knurren auf. Unser nächstes Ziel ist Sandl, das wir diesmal rechts liegen lassen. Als wir auch am Mittag noch in keinem Haus um etwas Essen nachfragen können, müssen wir weiterhin bei unserer Pflanzenrohkost bleiben. Wir wundern uns über Emil, weil er diese Strapazen so tapfer durchhält.

Jeder Waldweg, den wir entlang gehen, führt zu einem Dorf oder einem Hof, die von Feldern und Wiesen eingesäumt sind. Wir müssen jedes Mal wieder einen großen Bogen herum machen und verlieren dadurch sehr viel Zeit. Es ist trostlos, aber wir haben keine andere Wahl.

Als wir an diesen Abend noch keinen Bissen normales Essen hatten, beschließen wir, dass wir die Nacht durchgehen. Vielleicht erreichen wir sogar vor dem Morgengrauen die Demarkationslinie.

Es wird kühl, aber wir kommen gut voran. Unsere einzige Orientierung ist wieder der Polarstern. Als uns aber schon nach einer Stunde der Nebel die Sicht zum Himmel versperrt, versuchen wir mit unserem Gefühl die Orientierung beizubehalten. Es kann doch nicht so schwer sein, nur einfach in einer geraden Linie zu gehen? Bis zu den Knien durchnässt vom Tau stapfen wir die ganze Nacht durch.

Endlich wird es hell. Aber was ist heute los? Zum ersten Mal geht die Sonne im Westen auf, was unmöglich ist. Nun haben wir uns selbst betrogen. Wir wissen nicht einmal, wo wir jetzt sind. Vielleicht sind wir wieder nach Osten gegangen, oder die ganze Nacht im Kreis herumgelaufen und sind zufällig bei Sonnenaufgang nach Westen gegangen? Völlig verwirrt bleiben wir da wo wir sind und legen uns unter ein dichtes Gebüsch. Nach einigen Stunden wachen wir auf und versuchen, uns zu orientieren. Auf einem Feld sehen wir einen Bauern, den wir zu uns zum Waldrand heranwinken. Seiner Auskunft nach sind wir tatsächlich die ganze Nacht im Kreis herumgelaufen. Er kann uns auch nichts zu essen geben, weil an seinem Hof die Straße vorbeiführt, wo die Russen fortwährend kontrollieren. Enttäuscht ziehen wir weiter. Als Nahrung versuchen wir es diesmal mit jungen Walderdbeerblättern, zarten Baumtrieben und Kleeblüten. Wir müssen versuchen, dass wir wenigstens eine kleine Strecke vorwärtskommen, denn das Warten zerrt noch mehr an unseren Nerven. Vielleicht schaffen wir es kommende Nacht.

Endlich kommt der ersehnte Abend, aber mit ihm ziehen vom Westen her auch einzelne Wolken auf, die uns wieder unsere Orientierung versperren. Heute Nacht werden wir es schlauer anstellen. Wir werden uns öfters umdrehen, um so unsere Richtung besser beizubehalten.

Schon nach einer Stunde ist es so finster, dass wir uns nur am Waldrand entlang tasten können. Wenn wir jetzt einen kleinen Bogen nach links machen, weil der Wald so verläuft, dann müssen wir diese Kursabweichung nachher wieder nach rechts ausgleichen. Jeder ist bis aufs Äußerste gereizt, denn diese Unsicherheit, das ständige Knistern der Äste am Boden, die nassen Füße, der Hunger und dass wir schon im nächsten Moment wieder geschnappt werden können, stellt unsere Selbstbeherrschung auf die Zerreißprobe. Als auf einmal, keine 20 m vor uns, ein Hirsch aufspringt und dabei einige Male laut und kräftig röhrt, erschrecken wir bis ins innerste Mark. Uns bleibt auch nichts erspart. Wir sind aber froh darüber, dass es nur ein harmloser Hirsch war.

Nach jedem Wald, den wir immer wieder heil hinter uns lassen, suchen wir nach der geteerten Straße, aber wir finden keine. Dagegen steigen wir wieder den nächsten bewaldeten Hügel hinauf und schnurgerade wieder hinunter, durchstreifen mitunter ein fast undurchdringliches Gebüsch und wechseln wieder zum nächsten Hochwald hinüber. Nirgends aber ist eine Straße zu sehen. Diese Nächte sind zwar kurz, uns aber kommen sie sehr lang vor.

Endlich dämmert es wieder, diesmal im Osten, während wir in südwestlicher Richtung einen bewaldeten Berg hinaufziehen. Mitten im Wald entdecken wir eine kleine Holzhütte, auf die wir zugehen. Wahrscheinlich ist sie für den Förster oder die Waldarbeiter gebaut, damit sie während eines Gewitters Unterschlupf haben. Die Tür ist zu oder klemmt, aber mit einem kräftigen Ruck reiße ich sie auf und schaue zugleich in den Lauf einer Pistole. „Oh, Verzeihung" oder ähnliches bringe ich noch hervor und füge stotternd hinzu, „wir wussten nicht, dass da jemand drinnen ist." Die Pistole senkt sich wieder, während ein uniformierter Soldat zum Vorschein kommt. Er sagt, „Mensch, hast Du aber jetzt Glück gehabt, dass ich nicht abdrückte. Ich meinte tatsächlich, Du bist ein Russe mit Deiner hellen Fliegerjacke." Ein zweiter Soldat mit einer MP bewaffnet kommt noch verschlafen hervorgekrochen. Wir drei stehen, wieder bis zu den Knien durchnässt, vor ihnen, während ich die beiden frage, ob hier in der Nähe die Demarkationslinie verläuft. „Zwei Nächte versuchen wir schon zum Amerikaner hinüber zu kommen, aber wir sind scheinbar immer im Kreis herumgelaufen." „Kommt herein", sagt der zweite zu uns, während er nochmals umherschaut, ob keine Russen zu sehen sind. Durch das einzige kleine Fenster kommt wenig Licht herein. Die Hütte ist so klein, dass nur ein grober Tisch in der Mitte Platz hat und eine Bank herum, auf der die beiden geschlafen hatten. Sie rollen ihre Decken zusammen, damit wir uns alle hinsetzen können. Der jüngere von ihnen hatte eine SS-Offiziersuniform an und war nur ein paar Jahre älter als ich. Er war im Rang eines Oberleutnants und stellte sich als Rudolf Streck vor und der ältere war im Rang eines Feldwebels mit Namen Hans Rukovski. Er sagte, „wir sind beide von der SS, deswegen sind wir noch bewaffnet. Auch wir wollen zum Amerikaner hinüber. Tagelang suchen wir etwas Essbares, aber hier können wir in kein Haus mehr hinein, denn überall sind schon die Russen. Wenn Ihr wollt, könnt Ihr heute Nacht mit uns mitgehen." Der Oberleutnant nimmt beim Verlassen der Hütte seine MP vom Nagel an der Wand. „Wir gehen jetzt den Berg hinauf und bleiben tagsüber in dem Felsenpanorama versteckt. Die Hütte hier ist zu gefährlich."

Die beiden gehen uns voraus und wir folgen ihnen mit gemischten Gefühlen. Mir kommt es vor, als wären wir mitten im Krieg bei einem Spähtrupp. Der Wald ist auf einmal zu Ende, aber wir steigen zwischen den Felsen weiter hinauf, bis wir ein sicheres Versteck gefunden haben. Der Oberleutnant fordert mich auf, mit ihm bis ganz oben hinauf zu steigen.

Vor uns liegt das Tal, das wir von hier oben aus weit übersehen können. Er zeigt hinunter und sagt, „halb links da unten liegt Freistadt, dort verläuft die Demarkationslinie. Wir werden uns aber etwas rechts halten. Wenn wir losziehen, sobald es dunkel ist, müssen wir es in zwei Stunden, spätestens in drei Stunden schaffen. Wenn Du Dir das Gelände noch so gut einprägst, beim Durchgehen verändert es sich von einer Viertelstunde auf die andere und erst recht bei der Nacht. Wenn noch die Wolken kommen, erschwert sich umso mehr die Orientierung."

Wir gehen wieder zu den anderen zurück, die inzwischen ein gutes Versteck gefunden haben. Hier scheint die Sonne. Ihre Wärme tut uns wohl. Wir drei ziehen unsere nassen Sachen aus, um sie zu trocknen, während sich die beiden davonmachen. Einer sagt beim Weggehen zu uns, „bleibt hier bis wir wiederkommen, vielleicht finden wir etwas Essbares."

Wir drei beraten uns, ob es nicht besser wäre, wenn wir uns stillschweigend von ihnen wieder trennen. Wir fürchten, dass sie uns in noch größere Gefahr bringen. Hilfe können wir uns von diesen beiden kaum erhoffen. Wir verschieben diese Entscheidung, denn wir haben ja noch bis zum Abend Zeit. Heinz und Emil verkriechen sich hinter einem Felsen um zu schlafen, während ich für die ersten zwei Stunden die Wache übernehme. Ich gehe ein weiteres Mal zum Felsenvorsprung hinauf, weil von dort die größere Gefahr kommen könnte. Außerdem kann ich mir nochmals das Gelände und den Fluchtweg gut einprägen. Nochmals überlege ich mir, ob wir drei es doch alleine schaffen. Von rechts unten höre ich Hundegebell. Ich durchsteige dieses Felsenlabyrinth und komme gut geschützt sogar noch ein Stück den Abhang hinunter. Am aufsteigenden Rauch, etwa 500 bis 600 m unter mir sehe ich einige Schindeldächer. Jetzt höre ich deutlich Kindergeschrei, dazwischen das Brüllen einer Kuh und auch Männerstimmen. Diese Männer können auch Russen sein. Für uns hier oben besteht keine Gefahr, deswegen bleibe ich noch eine halbe Stunde, um dahinter zu kommen, was da unten vor sich geht. Das Knallen von vier Pistolenschüssen oder auch zwei und deren Echo übertrifft den Dorflärm. Die Schüsse wurden aber nicht da unten im Dorf abgegeben, sondern links unten, aus der Richtung, in der sich unsere beiden SS-Kameraden davonmachten. Dann war wieder alles ruhig. Nichts Gutes ahnend schleiche ich mich zu Heinz und Emil wieder zurück und warte, bis meine Wache vorbei ist. Nach einer Viertelstunde höre ich die beiden wieder kommen. Als wäre nichts geschehen, trägt jeder ein russisches Rucksäckchen in der Hand. Sie öffnen es vor uns, durchsuchen den Inhalt und legen einige deutsche Fleischkonservendosen, Bauernbrot und etwas Geräuchertes auf den blanken Stein. In Zeitungspapier eingewickelt kam eine Hand voll Tabakblätter zum Vorschein. Ganz unten liegt noch russische MP-Munition, die sie gleich in eine Felsspalte schütten. Einer schneidet rund um den Laib Brot fünf große Stücke herunter und legt sie vor uns auf den Stein. Hernach öffnet er eine Konservendose, macht wieder fünf Teile und legt auf jedes Brot einen drauf. Ihre Maschinenpistolen lehnen griffbereit daneben. Der Oberleutnant sagt, „es geht einmal nicht anders, wenn man überleben will." Woher sie ihre Rucksäckchen haben, wagt sich keiner von uns zu fragen. Er schaut jedem von uns ins Gesicht, ob wir danach fragen. Es entsteht eine Spannung, der wir uns beugen müssen. Der Feldwebel nimmt als erster seine Portion, setzt sich auf den Stein daneben und beißt mit vollem Genuss hinein. Mit einer Kopfbewegung gibt er uns zu verstehen, dass sich jeder seine Portion nehmen soll. Das letzte Stück nimmt sich der Herr Oberleutnant und während er uns dabei beobachtet, sagt er ganz ruhig, „unser SS-Regiment bestand nur aus Freiwilligen. Bei uns ging es nur hart auf hart. Wir machten keine Gefangenen und die Russen machten es mit uns genauso. Wir werden uns auch jetzt nicht ergeben, deswegen bleiben wir bewaffnet. Außerdem laufen doch viel zu viele von diesen dreckigen Wanzen hier herum." Heinz gibt sich gelassen und antwortet, „ich bin zwar auch von der SS, aber wir halten es ohne Waffen für vernünftiger." Ein spöttisches Lächeln war seine Antwort. Jeder kaut an seinem Brot, für das wir ihnen noch zu Dank verpflichtet sind. Nach dem Essen nimmt der Feldwebel seine MP und verschwindet wieder. Der Oberleutnant sagt in ruhigem Ton, „Hans schaut nur, ob uns auch niemand verfolgt. Wir haben dort unten zwei Russen umgelegt, ihnen die Rucksäcke abgenommen und sie unter eine große Fichte gezogen. Dort sind sie gut versteckt. Ihr Ausbleiben darf von ihrer Einheit aber nicht so schnell bemerkt werden, wenigstens nicht vor heute Abend." Wir sind unter die Wölfe geraten und müssen mit ihnen jetzt mitmachen. Um mich auch solidarisch zu zeigen, nehme ich meine Landkarte heraus und breite sie auf dem Stein auseinander. Der Oberleutnant überblickt sie interessiert und stellt unseren Standpunkt fest. Mit einem Bleistift zeichnet er unseren Fluchtweg ein, den wir bei Einbruch der Dunkelheit gehen werden. Er sagt nur, „sie nützt uns wenig, denn wir können kein Licht machen und

nachschauen." Unten an der Straße und dem daneben ver-
laufenden Bahngleis macht er ein Kreuz und sagt, „hier
ungefähr müssen wir die Demarkationslinie überqueren.
Wir werden uns schon beeilen müssen, denn es sind ca.
10 km bis dorthin."

Ich war vorher müde und freute mich auf meinen Schlaf,
aber jetzt bin ich wieder hellwach. Trotzdem nehme ich
meine Decke, krieche zwischen zwei Felsen und versuche
mich etwas auszuruhen. Vorsichtshalber ziehe ich meine
nassen Socken und Schuhe wieder an, ich muss ja auf
jede Überraschung gefasst sein.

Nach etwa drei Stunden wache ich wieder auf. Jetzt müssen wir die wertvolle Zeit vertrödeln, die wir heute Nacht
vielleicht so dringend benötigen. Die Nachmittagssonne
steht schon schräg am Himmel, aber es dauert noch mindestens drei Stunden, bis es dunkel ist. Jeder zeigt sich so
gelassen wie möglich, aber ich bin schon wieder aufgeregt. Vielleicht machen es die beiden SS-Schergen aus,
weil sie bewaffnet sind und weil sie auf ihre Methode
durch die Demarkationslinie wollen, auch wenn sie dabei
zugrunde gehen. Oder sie schaffen es und uns schnappen
die Russen. Uns bleibt nichts anderes zu tun, als die Zeit
abzuwarten. Der Oberleutnant schlägt vor, dass wir uns
nur beim Vornamen nennen und sagt, „ich heiße Rudi und
das ist Hans." Wir geben ihnen unsere Vornamen und unsere Spannung lässt etwas nach. Eigentlich bin ich froh,
dass sie uns mitnehmen, vielleicht würden wir sonst noch
Nächte lang herumirren.

Hans bringt das restliche Brot und die Konservendosen
und teilt sie wieder gleichmäßig aus. Sie sind eigentlich
kameradschaftlich und meinen es gut mit uns. „Morgen
sind wir beim Amerikaner drüben", sagt Rudi mit einer
Selbstverständlichkeit, als handele es sich um einen
Nachtmarsch. Hans stimmt ihm zu und sagt, „drüben

beim Amerikaner machen sie nicht Jagd auf uns wie die Russen hier."

Nachdem die Sonne endlich am Horizont verschwunden ist, steigen wir den Berg hinunter. Rudi übernimmt die Führung. Anfangs gehen wir noch geschützt durch den Wald. Am Waldrand stehen wir vor einer großen Wiese, die wir umgehen müssten, aber Rudi zieht das freie Gelände vor. Hoffentlich haben die Russen ihre beiden Kameraden noch nicht vermisst und suchen womöglich schon nach ihnen.

Es wird schnell dunkel und wir können somit besser aufrücken. Wir kommen auch schnell voran, dadurch werden wir auch innerlich wieder ruhiger. Inzwischen hat sich der Himmel zugezogen und Rudi muss sich allein auf sein Gefühl verlassen.

Nach einer halben Stunde kommen wir direkt auf einen Bauernhof zu, in dem es noch laut zugeht. Anstatt einen Bogen herum zu machen, gehen wir durch den Obstgarten. Am Hoftor brennt eine Lampe und im Haus sind auch noch einige Fenster beleuchtet. Eine männliche Stimme spricht uns an, ohne dass einer von uns eine Antwort gibt. Gleich darauf wiederholt ein zweiter Mann dasselbe in russischer Sprache. Hans bleibt sofort hinter einem Obstbaum mit der MP im Anschlag stehen. Nun ist es schon soweit, denke ich mir und warte, bis er losknattert und dadurch das ganze Haus alarmiert. Die beiden Russen folgen uns noch einige Meter, bis Hans sie mit einem zischendem „stoi" zum Stehen bringt. Ich denke mir, jetzt befördert er sie auch noch ins Jenseits. Die beiden Russen sind aber ohne Waffen, machen auf der Stelle kehrt und laufen zum Bauernhaus zurück. Hans kommt hinter uns nach und wir setzen unseren Marsch mit etwas mehr Tempo fort.

Etwas weiter unten kommen wir wieder auf ein Dorf zu, aus dem wir schon von weitem die Russen mit ihrem abgehackten Akzent hören. Es geht schon auf Mitternacht zu, aber überall brennt noch Licht und überall bellen die Hunde. Die Russen werden nicht müde, ihren Sieg zu feiern. Rudi zieht es vor, diesmal der Gefahr aus dem Weg zu gehen. Je weiter wir hinunter kommen, umso gefährlicher wird es für uns.

Wir sind inzwischen unten angekommen und gehen einen Feldweg entlang. Es geht wieder leicht bergan. Rudi schreitet zügig voran und wir haben Mühe, ihm zu folgen. Emil hält noch gut mit. Nachdem wir eine kleine Anhöhe überschreiten, geht es wieder bergab, aber nach meiner Meinung in eine andere Richtung. Ich schalte auf stur und folge ihnen nach. Als Rudi die Richtung nicht ändert, flüstere ich Heinz und Emil leise zu, „meiner Meinung nach laufen wir wieder zurück oder wir gehen schon wieder im Kreis herum. Lassen wir die beiden doch allein ihren Weg gehen, womöglich kommen wir noch in eine Schießerei hinein." Heinz stimmt mir sofort zu, während Emil der Meinung ist, dass die beiden den richtigen Weg gehen.

Es ist schon nach Mitternacht, als wir vor uns wieder beleuchtete Fenster sehen. Ruckartig bleibt Rudi stehen und legt sich flach hin. Wir machen dasselbe. Einige Sekunden später kommen einige Russen auf uns zu. Nun ist es soweit, es war alles umsonst, denke ich mir. Die Russen gehen lärmend nur ein paar Meter an uns vorbei und verschwinden wieder. Nun frage ich Rudi, ob wir vielleicht verkehrt laufen. Er war etwas überrascht wegen dieser dummen Frage und sagt nur, „wir sind schon richtig dran, außerdem müssen wir bald an die Straße kommen." Als wir nach einer Viertelstunde immer noch in dieselbe Richtung laufen, bleibe ich mit Heinz hinter einem Busch stehen und wir wollen auch Emil bei uns behalten. Er verneinte aber und folgte den beiden nach. Sie warten noch eine Minute, dann geben sie uns zu verstehen, dass wir ihnen folgen sollen. Heinz und ich aber bleiben stehen. Dann gehen sie ohne uns weiter.

Nun sind wir beide wieder allein. Wir beraten uns kurz, um ja keinen Fehler zu machen. Wenn wir wirklich bald an der Demarkationslinie sind, dann können wir, bevor es hell wird, noch die Straße und das Bahngleis überqueren. Ein Stück gehen wir noch den anderen nach, gehen aber dann einen Abhang hinunter und schleichen uns an einem breiten Bach entlang, bis wir einen Steg zum Überqueren finden. Am anderen Ufer geht es wieder bergauf. Oben am Hang beschließen wir zu warten, bis wir das erste Grau am Himmel sehen. Wenn es gegen 3 Uhr soweit ist, dann wäre die Richtung nordwestlich. Wir müssen bis dahin aber noch eine gute Stunde warten. Wir wickeln uns in unsere Decken und legen uns unter einen Busch und warten.

Eine singende marschierende russische Kompanie weckt uns beide aus dem Schlaf. Die Sonne steht schon längst am Himmel, als wir uns fragend anschauen. Auf meiner Uhr ist es 7:30 Uhr. Wir haben das Morgengrauen verschlafen. Neugierig erhebe ich mich hinter dem Gestrüpp und sehe keine 300 m vor uns die geteerte Straße, die Demarkationslinie. Eine russische Kompanie marschiert vorüber. Auf der Straße patrouillieren die russischen Posten auf und ab. Vor uns ist ein Rest mit Wald, auf dem noch 30 bis 40 Bäume stehen, jeweils mit 20 m Abstand. Der Boden ist mit deutschen Uniformteilen, Munitionskisten, Koffern und Decken übersät. Hier sind die flüchtenden deutschen Truppen von den Russen eingeholt worden. Oder sie sind hier auf die Amerikaner gestoßen, die sie entwaffneten und ebenfalls den Russen wieder auslieferten. Wahrscheinlich hat sich hier ähnliches ereignet wie in Wallern bei uns. Uns bleibt auf einmal vor Schreck fast das Herz stehen. Von der Straße her kommen zwei russische Reiter direkt auf uns zu. Wir werfen uns auf den Erdboden und ziehen uns die Decken über. Nur mit einem Auge riskiere ich einen Blick. 20 m vor uns steigen beide von ihren Pferden und binden sie an einem Baum fest. Jetzt suchen sie den Boden ab. Einer stößt mit den Füßen die Decken und Schachteln um, während der andere dazu einen Stock zur Hilfe nimmt. Schon nach wenigen Schritten hebt einer einen Gegenstand hoch, es ist eine deutsche Offizierspistole, zieht sie aus der Tasche und zielt zu uns herüber. Schon drückt er ab und schießt das ganze Magazin leer. Jetzt kommt er auf uns zu und hebt, nur einige Meter rechts neben mir, seine Zielscheibe hoch, es ist ein deutscher Stahlhelm, den er mit Stolz seinem Kameraden zeigt. Dieser nimmt nun den Stahlhelm, wirft ihn 12 bis 15 m von sich, aber Gott sei Dank nicht in unsere Richtung. Auch er schießt mit derselben Pistole auf den weggeworfenen Stahlhelm. Wir beide schauen uns nur stumm an und warten voll Bangen, was denen noch einfallen wird. Wir sind Gott sei Dank noch nicht entdeckt worden. Noch zweimal durchstöbern sie den Boden, wobei einer nur ein paar Meter vor unseren Köpfen vorbeigeht.

Endlich nehmen sie ihre Pferde, schwingen sich drauf und verschwinden wieder so schnell wie sie gekommen sind. Mein Mund ist ausgetrocknet und die Zunge kann ich kaum bewegen. In Schweiß gebadet liege ich da, schnaufe einige Male ruhig durch und greife zur Feldflasche. Es war heute Nacht eine Geisteseingabe, dass wir unsere Feldflaschen an einem Gartenbrunnen noch auffüllten. Der Blick auf meine Uhr zeigt, dass die beiden nicht einmal eine halbe Stunde da waren. Auch Heinz liegt vollkommen erledigt neben mir und wischt sich nur den Schweiß ab. Es ist nicht nur die Angst, es ist auch die erbarmungslose Hitze, die uns unter der Decke quält. Die Sonne brennt schon mit voller Kraft herunter und wie es

aussieht, wird sie ihre Energie noch steigern. Kein Wölkchen ist am Himmel. Wir können unser Versteck auch
nicht verändern. Wir müssen diese Bruthitze hier bis zum
Abend durchhalten. Es ist erst kurz vor 8 Uhr. Es wird ein
langer unbarmherziger Tag werden. Immer wieder blicke
ich auf das Zifferblatt meiner Taschenuhr, wo die Zeiger
still zu stehen scheinen. Nur der Sekundenzeiger hüpft
gleichmäßig weiter. Er braucht unendlich lang, bis er eine
Runde schafft. Mein Puls schlägt viel schneller, er überholt ständig das Ticken dieser kleinen Mechanik. Noch
nie habe ich mich solange mit einer Taschenuhr beschäftigt, noch nie die Zeiteinheit so intensiv beobachtet.
Inzwischen rückte auch der Minutenzeiger um einige Stri-
che weiter. Das alles nennen wir Leben und wir beide
dürfen dankbar sein, dass wir frei sind, dass wir immer
noch frei sind. „Wie spät ist es?" fragen seine Augen und
ich flüstere ihm leise zu, „8 Uhr 20". Fast mutlos lässt er
seinen Kopf in seine Hände fallen, als will er ein Schläf-
chen machen, oder verzweifelt aufgeben. Wie oft waren
wir so übernächtigt, so müde und wurden Tag und Nacht
verfolgt und gehetzt, dass uns manchmal kein Viertel-
stündchen Rast gegönnt war. Jetzt hätten wir reichlich
Zeit dazu, wenn nur diese Hitze und diese Ungewissheit
nicht so auf uns drücken würde. Verstohlen blickt Heinz
zu mir herüber, als suche er einen tröstenden Zuspruch.
Als Antwort zeige ich ihm die Uhrzeit. Es ist 8:30 Uhr,
wir haben schon wieder 10 Minuten geschafft. Wieder
fährt uns der Schrecken durch alle Glieder. Wo vor einer
halben Stunde die beiden Reiter verschwanden, kommen
jetzt auf einmal 10, 12 oder 15 russische Soldaten. Sie
schwärmen auseinander und suchen das Gelände nach
brauchbaren Sachen ab. Die Decken und alles andere werden hastig umgewendet, sie suchen neugierig die ganze
Gegend ab. Schritt für Schritt kommen sie uns immer näher. Schnell wickle ich meine Taschenuhr in mein Ta-

schentuch, mache mit meinem Taschenmesser ein etwa 20 cm tiefes Loch unter meinem Kopf und lege meine Taschenuhr hinein. Sollten wir doch entdeckt werden, so werden sie diese Uhr nicht bekommen. Keiner von diesen Teufeln soll dieses ehrwürdige Familienstück bekommen. Mit einem Handgriff ist der Boden wieder geebnet. Gleich sind sie bei uns. Was werden die für Augen machen, wenn sie unsere Decke auf die Seite werfen, uns entdecken? Ich sehe nur die Stiefel, die Schritt für Schritt auf uns zukommen. Keine 10 m mehr, dann ist unsere Freiheit zu Ende. Alles war umsonst! Was werden sie mit uns machen? Werden sie uns schlagen, dass wir verletzt liegen bleiben? Wahrscheinlich werden sie uns nicht verletzen, sondern als gute Ware verkaufen, das bringt für sie einen höheren Lohn ein. Die Stiefel vor uns bleiben mit einem Ruck stehen. Im selben Moment hören wir seitwärts einen Streit entstehen. Die Stiefel vor uns wenden sich nach hinten und schreiten in die Richtung der beiden Streithähne. Nun lichte ich meinen Sehschlitz ein wenig und sehe in etwa 50 m Entfernung zwei kämpfende Russen. Vermutlich haben beide gleichzeitig einen Gegenstand gefunden, den nun jeder als sein Eigentum beansprucht. Das Wortgefecht wird zwar ruhiger, dafür nimmt der Zweikampf an Heftigkeit zu. Im Nu stehen die beiden im Mittelpunkt und alle anderen stehen im Kreis herum und feuern mit lautem Gejohle die beiden Kampfhähne noch an. Keiner der beiden gibt auf. Wahrscheinlich geht es jetzt nicht um die Fundsache, sondern wer als Sieger hervorgeht. Keiner will der Verlierer sein. Während der eine zu Boden geworfen wird, stürzt sich der andere auf ihn und schlägt unbarmherzig mit beiden Fäusten auf ihn ein. Als der Kampf nun entschieden ist, klatschen alle Beifall und verlassen nacheinander den Kampfplatz. Als letzter erhebt sich der Verlierer und trottet hinterher. Jetzt hole ich meine Taschenuhr aus dem Loch wieder hervor.

Am Weitersuchen haben sie alle kein Interesse mehr. Meine Hand greift wieder nach der Feldflasche, denn ich habe wieder einen trockenen Rachen. Ein Schlückchen kann ich mir nur erlauben. Auch Heinz beschäftigt sich mit seiner Feldflasche und nippt auch nur ein wenig daran, denn wir wissen, dass unser Überleben von dieser köstlichen Flüssigkeit abhängt. Wie durch ein Wunder sind wir unentdeckt geblieben. Jetzt spüren wir wieder, wie heiß es unter der Decke ist, aber die Hitze darf uns nicht umbringen. Mein Kopf glüht und mein Puls schlägt schon 100 mal in der Minute. Sobald ich mich ein wenig hin und her bewege, merke ich, dass ich vom Kragen bis zu den Füßen durchnässt bin. Alles klebt an mir und ich spüre jeden Tropfen Schweiß, wenn er mir übers Gesicht herunterläuft. Mir kommt es vor, als würde ich von innen austrocknen, wie eine Pflanze, die kein Wasser bekommt, wie ein gemähter Grasbüschel, der zu Heu getrocknet wird.

Bis jetzt funktionieren meine Sinne noch einwandfrei. Ich höre noch jedes Geräusch und meine Augen erkennen noch jeden Gegenstand in Nah und Fern. Nur der Durst quält uns unbarmherzig. Wir müssen unsere Feldflaschen immer öfter aufschrauben, wobei wir jedes Mal nur den Mund anfeuchten können. Ich stelle mir einen Liter Wasser vor, den würde ich jetzt ganz langsam in einem Zug austrinken. Oder einen Gebirgsbach, wo ich mitten drin stehe oder liege und um mich herum die Forellen schwimmen. Es sind Wünsche, die man sich kostenlos leisten könnte, ohne einen anderen Menschen dabei zu schädigen. Warum müssen wir hier so gequält werden?

Aus den vielen Sekunden, den vielen Minuten sind nun doch Stunden geworden. Das krampfhafte Warten zieht sich fast in die Unendlichkeit, aber eine weitere Schreckensüberraschung ist uns bis jetzt erspart geblieben.

Als es endlich 17 Uhr ist und es uns den Umständen nach noch halbwegs gut geht, wagen wir sogar zu hoffen, dass wir diesen längsten und heißesten Tag überleben werden. Eine Stunde später, kurz nach 18 Uhr, werden uns noch alle Hoffnungen geraubt. Diesmal schwirrt eine ganze Menge Russen auf uns zu. Es hat sich bei ihnen scheinbar herumgesprochen, dass hier noch etwas zu finden ist. Wir ziehen wieder unsere Decken ganz zu und lassen nur einen kleinen Spalt offen. Die Sonne brennt noch immer mit aller Kraft auf uns hernieder und wieder schlägt mir der Puls bis zum Kopf herauf. Alle durchwühlen jetzt den Waldboden viel hastiger als die anderen von heute Morgen. Dieses Mal sind es doppelt so viele. Einige kommen uns gefährlich nahe, aber jedes Mal wenden sie am Waldrand und durchstöbern immer wieder das Zentrum. Als sie mit ihrer Ausbeute scheinbar nicht zufrieden sind, verschwinden sie wieder. Die ganze Aufregung hat aber doch fast eine halbe Stunde gedauert. Wieder greifen wir gleichzeitig nach unseren Feldflaschen und feuchten damit nur den Mund an. Trotz sparsamer Einteilung haben wir schon mehr als dreiviertel des Inhalts verbraucht.

Nach 21:30 Uhr, als uns immer schneller die Dunkelheit einhüllt, wagen wir die Decken über uns zurückzuschlagen. Im Westen ist nur mehr ein heller Streifen zu erkennen, während über uns die Sterne schon aufleuchten. Gebückt nähern wir uns dem Wald, um uns erst an einem Baum aufzurichten, damit wir nicht als Silhouette gesehen werden.

Das Aufstehen strengt mich an, sodass ich den Baumstamm dazu benötige. Kaum stehe ich, fangen meine Beine zu schlottern an und vor meinen Augen wird es auf einmal schwarz. Bevor ich ohnmächtig umfalle, lasse ich mich schnell zu Boden rutschen und lege mich wieder flach. Ich nehme schnell einen Schluck aus meiner Feldflasche in der Hoffnung, dass ich diesen Schwächeanfall somit überstehen werde. Allmählich hört die Erde um mich herum auf sich zu drehen und ich sehe wieder klar. Auch Heinz hat mit demselben Schwächeanfall zu kämpfen. „Wir haben Kreislaufprobleme", flüstere ich ihm ins Ohr. „Wir haben zu viel Wasser verloren und keines zu trinken bekommen", gibt er bei. „Das ist aber kein Grund jetzt schlapp zu machen", gebe ich ihm zurück. Erneut krabble ich am Baum hoch und versuche aufrecht zu stehen. Der Schluck Wasser hat gewirkt. Wie betrunken torkle ich zu Heinz zum nächsten Baum, ziehe ihn hoch und sage etwas schärfer, „komm jetzt, wir müssen heute hinüber oder willst Du hier sterben?"

Es werden etwa 300 oder mehr Schritte in Richtung Straße gewesen sein, da werden wir wieder gezwungen, uns ganz flach zu legen. Keine 30 m vor uns gehen zwei russische Posten auf der Straße auf und ab. Es ist die Demarkationslinie. Als sie keine 20 Schritte an uns vorbei sind, folgen ihnen schon wieder neue Posten. Wir kriechen in den Straßengraben und hoffen, dass wir bald über diese gefährliche Straße kommen. Kaum sind die Posten 50 Schritte weg, wenden sie und kommen wieder zurück. Diesmal direkt an uns vorbei. Dies wiederholt sich einige Male und wir wissen immer noch nicht, wie wir unbemerkt da hinüberkommen. Wenn wir jetzt den geringsten Fehler machen, war alles umsonst. Als sie nach 20 Schritten verschwinden, kriechen wir aus unserem Graben und krabbeln wie Echsen so schnell es uns möglich ist über die noch heiße Straße und verschwinden lautlos im gegenüberliegenden Graben. Nur ein kurzer Rückblick zu den Posten bestätigt uns, dass wir nicht bemerkt wurden. Wir lassen sie jetzt noch einmal passieren, dann werden wir uns von hier weiter entfernen. Als wir den Straßengraben verlassen, kommen wir in eine Schilfgraswiese. Es raschelt etwas zu laut, sodass wir meinen, wir wurden schon gehört. Die Russen waren aber schon weiter weg. Als wir uns erheben, sehen wir, dass sie sich weit vorne mit anderen unterhalten. Jetzt durchschreiten wir so leise wie möglich dieses Schilfgras und merken, dass das Gelände leicht ansteigt. Vor uns stehen einzelne Büsche, denen wir uns vorsichtig nähern. Wir richten uns wieder langsam auf und sehen vor uns das Bahngleis, auf dem sich wieder zwei Russen gemütlich bewegen. Sie bewachen die Bahnstrecke genauso scharf wir die anderen die Straße hinter uns. Uns bleibt keine andere Wahl, wir müssen wieder unbemerkt da hinüber.

Als unsere zwei Bewacher auf dem Gleis vorbei waren, nähern wir uns auf allen Vieren dorthin. Sobald wir die Schottersteine berühren, machen sie Krach. Die zwei Posten bleiben etwa 30 m entfernt stehen und horchen. Es ist Gott sei Dank kein Stein mehr nachgefallen und sie setzen ihren Gang fort. Nach kurzer Zeit kommen sie wieder zurück. Wir müssen schnell wieder hinter unsere Büsche. Wir müssen dieses letzte Hindernis heute schaffen, wir haben nur noch einige Tropfen Wasser.

Plötzlich steigt keine 100 m links eine Leuchtkugel hoch, erhellt die Umgebung in Tageslicht und zugleich knattern russische MP. Die beiden Russen vor uns laufen in die Richtung, wo der Lärm herkam und diese Gelegenheit nützen wir aus. Wir überspringen mit ein paar Schritten das Bahngleis und laufen so schnell wie möglich weiter den Hang hinauf. Nach 150 m haben wir den Waldrand erreicht. Fast außer Atem spähen wir in den dunklen Hintergrund, stellen aber zur Beruhigung fest, dass wir nicht verfolgt werden. Mit den allerletzten Tropfen können wir uns nur noch die Zunge anfeuchten. Wir gehen weiter durch den Wald und kommen auf einen schmalen Weg, der weiter bergan geht. Zwischendurch bleiben wir immer einige Sekunden stehen und überzeugen uns, dass wir auch nicht mehr verfolgt werden. So gehen wir schon über eine Stunde immer etwas bergauf durch diesen friedlichen Wald.

Unser Weg gabelt sich und wir bleiben einen Moment stehen. Wir hören ein leises Wassergeplätscher. In diese Richtung gehen wir weiter, es ist der linke Weg. Wir erreichen nach einer Biegung einen alten Steinbruch, in dem eine alte Hütte steht. Die Tür ist nur angelehnt und wie immer sind wir sehr vorsichtig und schleichen uns heran. Es ist diesmal keine Falle, niemand ist hier. Ich zünde ein Streichholz an und sehe auf dem Tisch neben leeren Konservendosen einige Kerzenreste. Das einzige Fenster ist verhängt, sodass kein Licht nach draußen dringen kann. „Hier waren vor uns auch solche wie wir", sage ich beruhigt. Nun eilen wir zur Wasserquelle. Es ist ein Bächlein, das mit einer behelfsmäßigen Rinne in den Steinbruch hereingeleitet ist. Der Wasserlauf fällt in einem Bogen in eine Tonne und der Überlauf in einen ausgehöhlten Baumstamm. Es ist das beste und klarste Wasser auf der Welt. Am liebsten würde ich mich in den Baumstamm legen. Nachdem wir uns mit dieser Köstlichkeit vollgepumpt haben, entkleiden wir unsere Oberkörper und waschen uns den Schweiß und den Staub ab. Ein Unbehagen ist stets unser Begleiter. Als wir nichts Essbares finden können, löschen wir die Kerzen und gehen den Weg bis zur Gabelung wieder zurück. Wir müssen den anderen Weg nehmen, der immer weiter hinaufführt. Über einer Talmulde auf gleicher Höhe sehen wir in etwa 1 km Entfernung einen Bauernhof, eine Einöde. Zuerst schlägt der Hund dort an, dann werden die Fenster alle beleuchtet, es war kurz nach 3 Uhr. Jetzt schreien Kinder- und Frauenstimmen um Hilfe. Zwischen diesem Lärm hören wir ein Schwein aufquitschen, das im selben Moment durch einen Schuss wieder verstummt. Nach kurzer Zeit verlässt ein russischer Pferdewagen, beladen mit dem Schwein, das Hoftor und verschwindet schnell wieder in

Richtung Demarkationslinie. Da kommen also mitten in der Nacht die Russen auf das amerikanisch besetzte Gebiet, überfallen und berauben die Bauern hier und verschwinden wieder. Nach einer weiteren Stunde Marsch macht sich hinter uns der neue Tag bemerkbar. Uns überfällt die Müdigkeit und wir beschließen, uns in diesem Gebüsch etwas auszuruhen. Kaum haben wir uns in unsere Decken gewickelt hingelegt, fallen uns schon die Augen zu. Mit der Tatsache, dass wir es wirklich geschafft haben, hat auch die innere Spannung nachgelassen.

Auf meiner Uhr ist es schon 9 Uhr vorbei, als ich Heinz neben mir wachrüttle. Hungrig, aber froh und zuversichtlich packen wir unsere Sachen und ziehen frohgelaunt in westlicher Richtung weiter. Wir hoffen, dass wir bald zu einem gutmütigen Bauern kommen. Weiter bergauf folgen wir dem Weg durch den Wald und sehen über den Feldern ein Dorf. Fast eine halbe Stunde lang beobachten wir unter einem Baum die Zufahrtsstraße, aber wir sehen kein amerikanisches Fahrzeug. Da merken wir schon den gewaltigen Unterschied zwischen drüben und herüben. Hier ist schon Frieden. Der Hunger treibt uns schließlich zum Dorf hinauf.

Beim ersten Bauern klopfen wir vorsichtig am Fenster und fragen, ob hier Amerikaner sind und ob wir ein Stück Brot haben können. Die Bäuerin wundert sich wegen unserer Angst und sagt, „bei uns sind keine Amerikaner mehr, sie kommen aber manchmal mit ihrem Jeep und schauen, ob keine Russen da sind. Kommt nur herein, wenn Ihr Hunger habt." Beim Hineingehen zweifeln wir schon wieder an unserer Orientierung, denn wir meinten, dass wir schon weit in der amerikanischen Zone sind. Wir fragen den Bauern, ob bis hierher die Russen kommen, denn wir meinten, wir wären schon weit mehr als 10 km in der amerikanischen Zone. Der Bauer sitzt auf der Eckbank und sagt, „diese Russen, diese Räuber kommen bis zu uns herauf, stehlen uns das Vieh aus dem Stall und was sie sonst noch erwischen und verschwinden wieder. Der Ami hat sie schon einige Male vertrieben. Gott sei Dank haben wir den Amerikaner. Wir hoffen nur, dass diese Diebeszüge vom Russen bald aufhören." Die Bäuerin stellt zwei Tassen Milch auf den Tisch und legt zwei große Stücke Brot dazu. Wie oft wird sie dies schon vor uns gemacht haben? Der Bauer führt uns zum Fenster und zeigt hinunter in die Richtung, aus der wir kamen. Von hier aus können wir das abfallende Gelände bis weit hinunter übersehen und im Hintergrund die bewaldeten Berge bis zum Horizont, das schon die russische Zone ist. Wir erzählten ihnen von dem Licht, das wir heute Nacht bei dem Bauern da drunten sahen. Sie sagten dazu, „ja, das passiert immer wieder den armen Leuten da drunten."

Auf meiner Karte suchen wir das Dorf und stellen fest, dass wir diesmal auf dem richtigen Weg sind. Der Bauer zeigt auf die Karte und sagt, „nördlich von hier liegt Leonfelden. Wenn Ihr nach dem Wald den Hang hinuntergeht, überquert Ihr die Straße nach Zwettl. Von dort aus geht es gerade weiter und Ihr kommt zwischen St. Johann und Helfenberg durch. Aber heute werdet Ihr nicht mehr ganz so weit kommen."

Während wir unsere Brotzeit verzehren, kommt draußen ein Jeep herangefahren und biegt in den Hof herein. Uns bleibt vor Schreck der Mund offen und wir starren die Bäuerin hilfesuchend an. Wir springen beide auf und wollen noch ausreißen, aber die Bäuerin drückt uns wieder auf die Bank und sagt, „esst ruhig weiter und tut so, als gehört Ihr zu uns." Die Tür geht auf und zwei lange Amerikaner kommen bis in die Mitte der Küche. Meine Augen verfolgen nur ihre Stiefel, denn ich war unfähig, sie anzuschauen. Einer von ihnen sagt, „hallo, alles o.k.?" und der andere geht langsam auf das Fenster zu und schaut wie wir zuvor in die östliche Richtung. Im Nu sind acht oder mehr Kinder um sie herum, strecken ihnen ihre Hände entgegen, wo ihnen je ein Kaugummi draufgelegt wird. Die Bäuerin antwortet ihnen, „danke schön, ja, es ist alles o.k." Bevor noch mehr Kinder hereinkommen, verschwinden sie schnell wieder und fahren zum Dorf hinaus. Ich kaue immer noch an meinem Bissen, als hätte ich Stroh im Mund. Als Heinz seine Tasse nehmen will, muss er mit beiden Händen zugreifen, weil auch er zittert. Wir werden von den Leuten ausgelacht. Wir erklären ihnen, dass wir von den Russen flüchteten und in Wallern bei den Amerikanern Schutz suchten. Die haben uns aber nach sechs Tagen den Russen wieder ausgeliefert. Nun konnten sie unsere Angst verstehen.

Als wir den Hof wieder verlassen, merke ich noch ein Zittern in meinen Knien. Erst im Wald fühlen wir uns wieder sicherer. Schon nach einiger Zeit überqueren wir die Straße und wir beschließen, dass wir doch tagsüber wandern. Nach zwei weiteren Stunden kommen wir wieder bei einem einzelnen Bauernhof an, um uns wieder etwas Essbares zu erbetteln. Die alten Bauersleute lassen uns hereinkommen und bewirten uns mit einer kräftigen Brotzeit mit Fleisch und Most. Uns kommt der Most etwas sauer vor, eine Tasse Milch wäre uns lieber gewesen, dabei wollte uns der Bauer etwas Besonderes anbieten. Sie sagen uns, dass auch sie noch drei Söhne draußen haben und täglich hoffen, dass sie auch bald heimkommen. Jetzt kommen immer weniger Soldaten vorbei, sagen sie. Nachdem wir alles verspeist hatten, verlassen wir dankbar wieder den Hof. Der herbe saure Apfelmost hatte aber eine stärkere Nachwirkung. Fröhlich und heiter schreiten wir noch einige bewaldete Hügel hinauf und hinunter. Gestern um diese Zeit schmorten wir in unseren Decken eingewickelt in der prallen Sonne und heute wandern wir leicht angeheitert im Schatten dieses Waldes. Warum muss es immer so extrem sein? Die Bauern hier helfen uns gerne, aber nicht nur deswegen, weil ihre Söhne genauso auf dem Heimweg sein könnten, sondern auch aus Dank und Freude, weil sie in der amerikanischen Zone sind.

Es wird wieder Abend und wir gehen gemütlich auf einer Landstraße, die uns zu einem Bauernhof führt. Hinter uns hören wir ein Auto kommen und wir drehen uns erschrocken gleichzeitig um. Zu spät. Ein amerikanischer Jeep kommt uns schnell nachgefahren. Ein Ausreißen ist zwecklos. Wir warten, bis er vor uns stoppt und uns mitnimmt. Der Jeep flitzt an uns vorbei, ohne dass sich die Amerikaner auch nur nach uns umschauten. Eine Staubwolke hüllt uns ein und weg war er. Wir verstehen das Verhalten der Amerikaner zwar nicht, verlassen aber gleich die Straße und folgen einem ausgetretenen Pfad, der uns wieder durch einen Wald führt. Am Ende dieses Waldes sehen wir über Felder eine Rauchwolke hochsteigen. Schon nach einer kurzen Zeit stehen wir vor einer Einöde.

An der vorderen Hausfront ist eine lange Bank, auf der schon drei Soldaten sitzen und sich mit den Leuten unterhalten. Als wir auch noch durch das Gartentor eintreten, winkt uns die Bäuerin freundlich zu. Auch hier werden wir herzlich aufgenommen, denn die alten Leute drücken uns freundlich die Hand. Wir fragen, ob wir die Nacht hier bleiben können, wobei sie beide zugleich einwilligten. Wir erzählten ihnen von dem Jeep, der uns überholte, ohne uns zu kontrollieren. Der Bauer sagt, „die Amerikaner, die da herumfahren, die schauen Euch nicht an. Nur die MP-Streifen kontrollieren. Wer da keine Entlassungspapiere hat, den nehmen sie mit." Dieser letzte Satz wirkt wie ein Peitschenhieb. Wir müssen also weiterhin vorsichtig bleiben und dürfen keiner Militärstreife in die Hände fallen.

Von den drei Lanzern, die schon vor uns da waren, setzt sich einer neben mich, weil er an meinem Dialekt hörte, dass wir beide aus derselben Gegend sein müssen. Er sagt zu mir, „wir werden denselben Weg vor uns haben. Wenn es Dir und dem anderen nichts ausmacht, ziehe ich morgen mit Euch weiter. Meine zwei anderen gehen morgen in eine andere Richtung, sie sind Rheinländer. Ich heiße Ludwig und bin aus Eger." Etwas traurig fügt er hinzu, „heim nach Eger kann ich freilich nicht mehr, aber ich muss vorerst in die Grenznähe nach Waldsassen, um nachzuschauen, ob ich meine Familie dort finde." Ich stellte Heinz und mich vor und sage, „natürlich ist es besser, wenn Du Dich morgen uns anschließt." Wir unterhalten uns noch bis in den Abend hinein, bis uns die Bäuerin zum Essen holt. Ludwig ist gelernter Friseur, gab aber seinen Beruf bald auf und ging zum Finanzamt in den Staatsdienst. Seitdem er beim Militär ist, hat er seine Handwerkstasche - zwei Haarschneidemaschinen, drei verschiedene Scheren, Kämme und einige Rasiermesser - dabei.

Die lange Eckbank um den großen Tisch füllt sich, weil sich heute zusätzlich fünf Lanzer über die große Suppenschüssel hermachten. Die Bäuerin hatte aber schon damit gerechnet und füllt nochmals nach. Nach dem Essen nimmt Ludwig ohne Aufforderung sein Friseurwerkzeug und schneidet den drei Buben und dem alten Opa die Haare. Auch hier wartet die Familie noch auf ihren Vater, den sie in russischer Gefangenschaft vermutet. Der Opa führt uns in den Heustadel in eine Ecke, die für die durchziehenden Lanzer hergerichtet war. „Da legt's Euch hin, da haben in den letzten Wochen schon viele geschlafen. Jetzt werden's alle Tag weniger." Beim Hinausgehen ermahnt er uns freundlich, „aber tuts net rauchen."

Beim Erwachen hatte ich das Gefühl, dass ich noch nie so gut geschlafen habe. Neben uns haben sich während der

Nacht nochmals zwei Lanzer dazugelegt, die aber noch schlafen. Als wir in die Küche kommen, stellt uns die Bäuerin schon das Frühstück auf den Tisch, viele Scheiben Brot und einen Topf heißer Milch. In der Pfanne schmoren Rühreier, die sie uns auch noch hinzustellt. „Das ist fürs Haarschneiden."

Hinter dem Hof gehen wir den ausgetretenen Lanzerpfad weiter. Ihm folgen wir durch Wiesen und Felder und er führt uns um jede größere Ortschaft herum. Um die Mittagszeit brauchen wir nur beim zutreffenden Bauer anklopfen. Ist einmal die Portion etwas kleiner ausgefallen, so versuchen wir es beim nächsten Bauer nochmals.

Nach zwei Tagen erreichen wir auf diesem Wege die österreichisch-bayerische Grenze, die wir eigentlich gar nicht bemerken. Als wir wieder einmal um die Mittagszeit um etwas Essen bettelten, fragten wir, ob wir bald nach Bayern kommen. Die Bäuerin erklärt uns, dass wir schon in Bayern sind. Nördlich von uns werden die Berge immer höher. Im Norden an der Grenze ist der Dreisesselstein. Wir ziehen respektvoll weiter südlich auf unserem Lanzersteg. Am Abend rechneten wir aus, dass wir bei diesem Tempo in einer guten Woche in meinem Heimatort Schönkirch ankommen könnten.

Nach gut einer Stunde überqueren wir die Bundesstraße 12, die von Passau über die Grenze durch Winterberg und weiter bis Prag verläuft. Es ist die verhängnisvolle Straße, auf der uns die Amerikaner an den Russen ausgeliefert hatten. Ein langer leidvoller und gefährlicher Umweg hat sich hier vollendet. Heinz und mir gruselt es noch bei dieser Erinnerung. Im schützenden Wald ziehen wir nördlich von Wolfsstein weiter, umgehen in großem Bogen Grafenau, bleiben aber zur besseren Orientierung in der Nähe der Straße nach Zwiesel, die wir öfters überqueren, um die Kurven abzuschneiden. Am Fuß des Großen Rachel bleiben wir wieder einmal bei einem Bauer über Nacht.

Sobald am Morgen die Fütterung im Stall beendet ist, warten wir geduldig auf unsere Morgensuppe. An diesem Vormittag umgehen wir Zwiesel südlich und erreichen den Schwarzen Regen. Wir wissen, dass jede Brücke von den Amerikanern bewacht wird. Die Eisenbahnbrücke lassen wir auch in respektvoller Entfernung im Norden liegen, wobei wir ständig die zwei Posten beobachten, die dort oben auf und ab gehen. Hier haben wir keine Chance, eine unbewachte Brücke oder einen Steg zu finden, wir müssen hier den Fluss durchwaten. Wir gehen soweit flussabwärts, bis wir eine seichte Stelle finden, ziehen unsere Schuhe aus, stülpen die Hose bis über die Knie hinauf und steigen in das eiskalte Wasser. Vom Ufer aus sieht es aus, als würde uns das Wasser nur bis zu den Waden reichen, aber wir täuschten uns. Gleich nach der Mitte wird es immer tiefer und als es uns den Bauch umspült, ging es erst wieder aufwärts. Auf den Kieselsteinen balancieren wir wie auf Eiern und hatten Mühe, das Gleichgewicht zu halten. Unsere Schuhe, die wir in den Händen tragen, patschen dabei ständig ins Wasser. Es wäre besser gewesen, wir hätten sie angelassen. Wir kamen aber doch gut zum anderen Ufer, ziehen uns in der warmen Sonne aus, um unsere Sachen auszuwringen. Nach dieser kleinen Pause ziehen wir wieder weiter.

Um die Mittagszeit kommen wir an ein einzeln stehendes Haus. Schon an der Haustür umhüllt uns eine Duftwolke von gutem Essen. Hier wohnt ein Arbeiterehepaar, das nebenbei noch eine kleine Landwirtschaft betreibt, weil der Verdienst für die ganze Familie eben nicht ausreicht. Wir wollten wirklich nur ein Stück Brot, aber die gute Frau führt uns in die Stube und deckt den Tisch. Auf dem Herd kochen die Kartoffelknödel und in der Bratröhre brutzelt der Schweinebraten. Es gibt das Oberpfälzer Nationalge-

richt: Kartoffelknödel mit Schweinebraten und Sauer-
kraut. Dieses Essen gibt es bei uns an Sonn- und Feierta-
gen. Als wir fragen, was heute für ein Tag ist, weil sie
ihre Sonntagskleider tragen, antworten sie, „heut ist
Fronleichnamstag." Sie waren auch bei der Prozession.
Während dem Essen erzählt uns das Ehepaar voller Sorge,
dass auch sie noch auf ihre vier Söhne warten. „Vielleicht
sind unsere Buben auch irgendwo und bekommen was zu
essen", sagt die Frau. An diesem Ehepaar sehen wir, wie
sie sich um ihre Kinder kümmern und wie machtlos sie
sind. Sie vermuten ihre Buben in russischer Gefangenschaft, wo sie mit zweifelhaftem Gefühl auf ihre Heimkehr warten. Nur wer das am eigenen Leib erlebt, kann
verstehen, wenn man täglich auf die Heimkehrer wartet.
Fast jede deutsche und österreichische Familie ist von diesem Leid betroffen. Nach diesem Festessen setzen wir unseren Weg in Richtung Bodenmais fort. Ich verspüre
einen inneren Drang, noch früher als geplant nach Hause
zu kommen.

Am frühen Nachmittag sehen wir von einem Waldrand
aus vor uns Bodenmais. Zwei junge Frauen, die mit ihrem
Kinderwagen spazieren fahren, fragen wir, ob das Bodenmais ist. Eine sagt gleich warnend zu uns, „macht einen
großen Umweg um Bodenmais, denn heute Nacht haben
die SS, die sich hier im Wald noch versteckt halten, zwei
Amerikaner erschossen. Jetzt bewachen sie rundherum jeden Weg und jeden Steg und nehmen jeden mit, der keine
Papiere hat." Sofort kehren wir um und machen einen
großen Bogen um Bodenmais. Nach mehr als 3 Stunden
Umweg und dem Gefühl, aus der Gefahrenzone zu sein,
schlendern wir im Wald an einem Bach entlang. Zum
Überspringen ist er zu breit und jetzt abends nochmals
durch das Wasser waten wollten wir auch nicht. Bodenmais ist ja schon weit hinter uns. Wir trippeln weiter dem
Bach entlang und kommen dann endlich an eine alte

Holzbrücke, über die wir gemütlich gehen. Eine Stimme schreit uns an, „halt, Hände hoch!" Nur einige Meter vor uns kommt ein Amerikaner hinter einem Baum hervor und richtet sein Gewehr auf uns. Wir bleiben stehen und während wir die Hände langsam heben, hören wir auch hinter uns nochmals dasselbe. Wir drehen uns um und schauen in die Mündungen von zwei bewaffneten Amerikanern. Einer von ihnen holt ein Notizbuch aus seiner Tasche und fragt uns ganz langsam, „haben Sie Papiere?", wir mussten verneinen. Er liest den nächsten Satz, „haben Sie noch Waffen?", wieder sagten wir „nein". Er blättert in seinem Büchlein um und sagt abschließend, „dann kommen Sie mit!" Das Ganze dauert keine 2 Minuten.

Der erste dreht sich um und geht schon voraus. Wir stehen immer noch da und wollten es nicht wahrhaben, dass wir in diesem Moment wieder Gefangene sind. Die anderen beiden machen mit ihren vorgehaltenen Gewehren eine Bewegung, dass wir dem ersten folgen sollen. Nun sehen wir im Wald noch mehr Amerikaner auf der Lauer. Wir schimpfen auf uns selber, weil wir nun doch in die Falle gingen, obwohl wir von den Frauen gewarnt wurden. „Nicht sprechen", redet uns einer der beiden hinter uns an. Nach weiteren 20 m hören wir dieselbe Stimme, „Stock wegwerfen." Vielleicht könnten wir ihnen damit zu gefährlich werden?

Mit jedem Schritt wird uns bewusster, in welche Lage wir da hineingeraten sind. Nur nicht den Kopf verlieren, denke ich mir, ich habe schon schlimmere Situationen zu meinem Vorteil ausgenützt. Mich hatte der russische Bär schon in seinen festen Krallen und ich konnte mich durch meinen Absprung doch befreien. Ihr Yankees meint, ihr habt einen dummen Tolpatsch gefangen? Ich werde euch überlisten. Bei diesen Gedanken fasse ich wieder neuen Mut und mir wird gleich wieder wohler dabei. Wir schreiten zwischen unseren drei Bewachern wieder zurück nach Bodenmais.

Auf dem Weg begegnen uns Liebespärchen, - Amerikaner mit deutschen Mädchen - oder sie liegen am Feldrain in der Abendsonne, während wir beschämend an ihnen vorbeigeführt werden. Was für ein Unterschied zwischen drüben und herüben. Dort wurden sie von den Russen vergewaltigt und hier gehen sie freiwillig mit oder sie drängen sich ihnen sogar auf. Ich kann das einfach nicht begreifen. Oder war das immer schon so? Kriege hat es schon immer gegeben, schon seitdem es Menschen gibt, glaube ich. Und nach jedem Krieg gibt es Sieger und Gefangene wie mich, so wie wir drei. Die Gefangenen sind immer die Schuldigen. Früher wurden sie in Ketten gelegt, mussten auch für den Sieger arbeiten und mussten dafür büßen. Nein, denke ich mir, da mache ich nicht mit.

Als sie uns nach Bodenmais hineinführen, sehen wir an beiden Straßenseiten noch die Birken stehen, die an die Fronleichnamsprozession erinnerten. In einem Gasthaus, das von mehreren Amerikanern bewacht wurde, lieferten sie uns ab. Wir wurden sofort untersucht, von oben bis unten abgetastet, wobei sie kein Versteck übersahen. Mein schönes Taschenmesser, ein Geburtstagsgeschenk von meinem älteren Bruder, das ich während des ganzen Krieges immer bei mir hatte, nimmt ein Amerikaner zu sich. Er greift mir in die hintere Gesäßtasche, nimmt mir das ganze Geld weg, meinen gesparten Wehrsold, etwa 1.800 Reichsmark. Meine Taschenuhr hatte ich in der Jacke, die ich zuvor unter den Tisch fallen ließ. Auf diese Weise konnte ich sie wieder retten. Das Notizbuch, in dem alle Adressen waren, die wir uns beim Transport durch die Tschechei austauschten, wirft er in seinen Papierkorb. Ich nehme es gleich wieder heraus und will ihm erklären, dass es nur Adressen sind, die ich mir notiert habe. Er nimmt mir zornig das Adressbuch aus der Hand, zerreißt es und wirft alles nochmals hinein. Heinz erging es nicht anders. Am meisten aber ärgert sich Ludwig, weil sie ihm seinen Friseurbeutel abgenommen haben. Kleinlaut schimpft er, „überall habe ich diesen Beutel mit durchgebracht und mitgeschleppt, dieser Dreckskerl nimmt ihn mir weg und lacht mir dabei noch frech ins Gesicht."

Das Gastzimmer ist als Gefangenenraum vorbereitet. Einige liegen schon hinten in der Ecke. Alle Fenster sind mit Stacheldraht dicht verrammelt. Bald nach uns werden schon wieder zwei Neue hereingebracht. Musste einer von uns auf die Toilette, so ging ein Bewacher bis an die Tür mit und wartete wieder. Auch das kleine Toilettenfenster ist mit einem Stacheldraht gesichert. Man müsste eine Maus sein, um hier heraus zu kommen. Vielleicht meinten sie, dass wir alle bei der SS sind?

Am Abend bekam jeder von uns ein amerikanisches Verpflegungspäckchen. Auch während der Nacht gingen ihnen noch einige in die Falle, die sie hierher brachten. Bis zum Morgen sind wir schon auf 20 Mann angewachsen.

In dieser Nacht habe ich fast nicht geschlafen. Immer wieder mache ich mir den Vorwurf, dass wir keinen größeren Bogen um Bodenmais gemacht haben. Nichts mehr wäre uns bis nach Schönkirch im Weg gewesen. Das „wenn und wäre" ist vorbei, wir müssen wieder vorausdenken, wieder neu planen. Was werden die Amis mit uns machen? Werden sie uns wieder den Russen ausliefern? Noch sind wir hier. Wir werden wie ein Luchs auf der Hut sein und die geringste Gelegenheit zur Flucht nutzen.

Ludwig hat immer noch sein Friseurbündel im Auge, das da drüben nutzlos auf dem Tisch liegt. Für ihn ist es aber ein nützliches Handwerkzeug, mit dem er sich zuerst sein Brot verdienen könnte. Er bittet den Amerikaner, ob er seinen Kameraden hier die Haare schneiden darf. Dieser gibt ihm die beiden Haarschneidemaschinen und die Kämme wieder, aber die drei Scheren und die beiden Rasiermesser behielt er zurück. Nochmals versucht er, wenigstens eine Schere und ein Rasiermesser zu bekommen. Nach einigem Zögern gibt er sie ihm doch. Bei der Wachablösung war Ludwig noch mit seiner Arbeit beschäftigt und der neue Posten forderte am Abend das Werkzeug nicht mehr zurück. Ludwig rettete dadurch den größten Teil davon.

Bis zum Nachmittag waren wir schon über 30 Gefangene hier. Vor dem Wirtshaus fahren drei Mannschaftswagen heran, auf die wir schnell verladen werden. Nun wird es spannend. Am Steuer sitzt je ein Neger und hinten nehmen auch je zwei Posten neben uns Platz. Mit Vollgas brausen sie nacheinander ab. Sie wussten wahrscheinlich, was wir im Sinn haben. Bald gleich nach Bodenmais erhöhten sie noch ihr Tempo und sie nahmen auch um die Kurven das Gas nicht weg. Anstatt an einen Absprung zu denken, krallen wir uns mit den Händen an der Sitzbank fest und ducken uns zusammen. Ein Absprung wäre Selbstmord gewesen und zerschmettert wären wir liegengeblieben.

Als die drei Wagen kurze Zeit später anhalten, sind wir in Zwiesel in einem Barackenlager angekommen. Es sieht aus, als würden wir hier die Nacht verbringen. Wieder rechne ich mir eine Chance aus, um hier zu entkommen. Das ganze Lager aber ist rundherum taghell erleuchtet und um jede Baracke patrouillieren ununterbrochen die Posten. Auch außerhalb des Stacheldrahts patrouillieren Posten. Es gibt auch keinen Winkel hier, um sich zu verstecken.

Gleich nach dem Wecken müssen wir antreten und wir werden abgezählt. Zufrieden vergleicht der Lagerkommandeur seine Zahlen und wir können wieder in die Baracken zurückgehen. Was haben sie denn bloß mit uns vor? Um die Mittagszeit werden wir auf große Lastwagen verladen und sie bringen uns durch Zwiesel in südlicher Richtung wieder hinaus. Jetzt fahren wir auf derselben Straße wieder zurück, die wir vor einigen Tagen mehrmals wegen der vielen Kurven überquerten. Nach Grafenau geht es weiter zurück nach Freyung, wo wir wieder auf die verhängnisvolle Bundesstraße 12 von Passau nach Winterberg kommen. Nun besteht kein Zweifel mehr für uns, wir werden wieder an die Russen ausgeliefert.

Kurz nach Freyung verlassen die Fahrzeuge die Hauptstraße und fahren auf einem schmalen Weg direkt nach Norden, in Richtung tschechische Grenze. Sollten sie uns vielleicht an die Tschechen ausliefern? Hinter dem letzten deutschen Dörflein Sonndorf, wo oben am Hügel entlang die Grenze verläuft, sehen wir in der Abenddämmerung einige Lagerfeuer brennen. Vielleicht ist hier doch ein Gefangenenlager? Tatsächlich biegen die Lastwagen in einen Feldweg ein, der direkt in ein eingezäuntes Gefangenenlager führt. „Alles absteigen!" ruft jemand. Sofort springen wir erleichtert herunter. Jeder bekommt eine Nummer und wir werden in Sektionen zu je 100 Mann eingeteilt. Ich bekam die Nummer 21, Sektion 42. Es sind also schon 4.220 Gefangene da. In einem Acker schließen wir uns der Sektion 41 an. Je vier Mann bekommen ein Zelt, das wir mit unseren Decken auslegen. Unsere Hoffnung wächst wieder, aber wir sind uns nicht sicher, ob sie uns entlassen, wie sie es versprochen haben, oder ob sie uns wieder so hintergehen wie in Wallern. Das Lager ist rundherum mit Scheinwerfern beleuchtet und wird scharf bewacht.

Gleich am Morgen mussten wir antreten und wir wurden ärztlich untersucht. Die SS-Angehörigen hatten an der Innenseite am linken Oberarm ihre Blutgruppe eintätowiert, sie wurden sofort von uns Wehrmachtsangehörigen ge-

trennt. Neben unserem Lager ist das SS-Lager ange-
schlossen, das mit hohen Brettern und Stacheldraht einge-
zäunt ist und doppelt bewacht wurde. Dieser ärztlichen
Kontrolle entging keiner. Auch Heinz musste hinter den
Bretterzaun und ich habe seit diesem Tag nichts mehr von
ihm gehört. In dieser Nacht krieche ich aus meinem Zelt
und schaue sehnsüchtig zum Zaun hinüber. Die hellen
Lampen sind so gut angebracht, dass sie die kleinsten Un-
ebenheiten ausleuchten. Nur die Posten bewegen sich hin
und her. Resigniert lege ich mich wieder in mein Zelt hinein. Hier zu fliehen, diesen Versuch gebe ich sofort auf.
Und ich Neunmalkluger, ich kleines Würstchen wollte
schlauer sein als sie.

Der ganze lange Tag vergeht, ohne dass wir etwas zu Essen bekommen. Auch der zweite Tag vergeht so. Die
Grünfläche im Lager sieht wie abrasiert aus. Die Gefangenen hatten schon das Gras mit dem Messer fein säuberlich abgeschnitten und gegessen.

Im unteren Lagerteil läuft ein breiter Bach durch, in dem
sich unter den ausgehöhlten Ufern Forellen versteckt halten. Einige stehen im Wasser bis zum Knie, greifen langsam mit beiden Händen immer wieder in die Schlupfhöh-
len, aber im selben Moment flitzt die Forelle wieder auf
die andere Seite. Neugierig wird jeder Handgriff von den
vielen Zuschauern am Ufer verfolgt. Jeder Griff ins Leere
wird spöttisch belächelt. Andere versuchen es mit einer
langen Schnur und einem selbstgebastelten plumpen An-
gelhaken aus Draht. Die Fische aber sind schneller und
schlauer. Keiner wird erwischt. Auch ich versuchte es,
gab aber bald wieder auf, weil mir von dem dauernden
Hin- und Herdrehen schwindelig wurde. Noch hungriger
gehe ich wieder in mein Zelt zurück. Als ich am anderen
Morgen etwas zu schnell aufstehe, wird mir schwarz vor
den Augen und ich lege mich sofort wieder flach. Auch
Ludwig ging es so. Wir sind schon drei Tage ohne Essen

hier. Jeden Morgen fallen einige Gefangene ohnmächtig um und man bringt sie ins Arztzelt. Wir wissen nun, dass der Amerikaner uns verhungern lässt. Unter den Gefangenen sind auch einige aus der nächsten Umgebung, die freiwillig her kamen, um sich ihren Entlassungsschein zu holen. Diese brachten sich im Rucksack einen Lebensmittelvorrat mit. Es war mir unmöglich, ihnen ein Stück Brot abzubetteln. Ich hatte nichts mehr als meine Taschenuhr. Diese wollte ich für ein Pfund Brot eintauschen. Weil mir aber nur ein Stück dafür geboten wurde, machte ich den Handel nicht mit.

Ich gehe am Zaun entlang, um nach einigen Gräsern zu suchen. Am Zaun sind in Abständen Warntafeln angebracht mit der Aufschrift: „Halt, nicht bis an den Zaun gehen. 2 m Abstand halten. Schießbefehl." Das Gras ist aber bis zum Zaun wie abgemäht. Außerhalb des Zaunes sehe ich in Greifnähe Löwenzahnbüschel, von denen ich mir jetzt einige holen werde. Ich will nicht verhungern hier. Die Posten sind weit vorne, sehe ich und so krieche ich die paar Meter bis zum Zaun, greife unten durch und reiße mir einen Büschel ab. Da schreit mich einer von hinten in scharfem Ton an, „was machen Sie da, können Sie nicht lesen?" Ein amerikanischer Leutnant steht mit der Pistole auf mich gerichtet hinter mir. Mit meiner Beute in der Hand drehe ich mich um und warte nun, was er mit mir macht. Er sagt, „jetzt hätte ich beinahe abgedrückt, ich meinte, Sie wollten unter den Zaun hindurch und flüchten." Er steckt seine Pistole wieder zurück und fragt, „was machen Sie mit diesem Gras?" Ohne es näher zu erklären, stecke ich mir gleich einige Blätter in den Mund und antworte ihm etwas boshaft, „Drei Tage sind wir schon hier und wir haben noch nichts zum Essen bekommen. In Bodenmais bekamen wir pro Tag drei Päckchen Verpflegung. Sie wollen uns hier wahrscheinlich verhungern lassen." In seinem Gesicht sehe ich, dass er mir wegen der trotzigen Antwort nicht böse ist. Nun hockt er sich neben mir nieder, wobei er sich abwechselnd auf seine Fersen setzte. Erst jetzt fällt mir sein Deutsch auf und ich frage ihn, „Sie sprechen ja perfekt Deutsch." Er gibt mir zur Antwort, „ich bin ein Berliner Jude. Ich bin in Berlin geboren und habe dort noch sechs Jahre die Schule besucht. Meine Familie konnte gerade noch rechtzeitig nach Amerika emigrieren." Nach einer Verschnaufpause sagt er weiter, „unser Regiment besteht nur aus freiwilligen Juden. Der Lagerkommandeur sieht in jedem Deutschen ein Nazischwein, denn seine deutschen Angehörigen sind alle im KZ-Lager umgekommen." Etwas neugierig frage ich, „was haben wir hier nun zu erwarten? Wir müssen jetzt für das büßen, was die großen Verbrecher angestellt haben." Er zeigt auf die Gefangenen und fragt mich, „warum habt Ihr solange mitgemacht, Ihr wolltet ja die Welt erobern." Mir fällt mein Vater ein und ich sage, „mein Vater war immer gegen Hitler und schimpfte immerzu, bis unser Dorfbürgermeister ihm einmal wütend sagte, 'du bist schon auf der schwarzen Liste, noch ein Wort und du bist in Flossenbürg hinten'." „Was passierte dann?" Etwas leiser antworte ich, „dann hat er nie mehr geschimpft, nicht einmal mehr im Familienkreis." Dann füge ich noch hinzu, „zur Strafe wurde uns das Kindergeld gestrichen, wir sind acht Kinder." Etwas mutig frage ich ihn, „warum sind Sie nicht hier geblieben und haben den Führer beseitigt? In Berlin wäre doch eine bessere Gelegenheit dazu gewesen als auf einem Dorf. Hohe deutsche Offiziere und Generäle haben es ja auch nicht fertiggebracht, wie Sie ja selber wissen." Wir stehen beide auf und schauen zum Lager hinunter, zu den vielen Gefangenen, dabei sage ich zu ihm, „das wäre uns alles erspart geblieben und Sie wären noch Berliner." Er greift in seine Uniformtasche, schenkt mir ein Päckchen Kaugummi, wobei er freundlich sagt, „man wird zwar nicht satt davon, aber es ist etwas zum Kauen." Dabei klopft er mir auf die Schulter und geht wieder. Er wendet sich noch nach einigen Schritten um und mahnt mich nochmals, „gehen Sie aber nicht mehr an den Zaun heran."

Etwas erleichtert gehe ich mit meinem Büschel Löwenzahn zu unserem Zelt zurück. Neugierig fragen mich meine Kameraden, wo man so etwas haben kann. „Lieber nicht", gebe ich zur Antwort, „dieser Büschel hätte mir beinahe das Leben gekostet." Anschließend erzählte ich ihnen meine aufregende Begegnung. Ein deutscher Offizier hätte sich damals einem Gefangenen gegenüber nicht so verhalten.

Am anderen Tag gegen Mittag wurde zum Essenholen ausgerufen. Jeder bekommt etwa einen halben Liter salzlose Gemüsesuppe. Entweder hatten sie kein Salz oder es war eine Schikane vom Lagerkommandeur. Vielleicht lassen sie uns doch nicht verhungern und der Fehler liegt etwa an der schlechten Organisation. Auch am anderen Tag bekamen wir wieder dieselbe ungesalzene Gemüsesuppe. Gott sei Dank war es wenigstens etwas. Am nächsten Morgen wurde diese amerikanische Einheit durch eine andere abgelöst und somit auch der Lagerkommandeur. Ab sofort wurde die Verpflegung etwas besser. Wir bekamen zwar wieder die ungesalzene Suppe am Mittag und am Abend je ein Stück Brot. Einen Tag später werden sogar die ersten Gefangenen entlassen. Die Glücklichen zeigten uns ihr Entlassungspapier, packten ihr Bündel und gingen zum Ausgang. Ab sofort ließ die Spannung bei uns nach, denn jeder hofft nun, dass er auch bald drankommt. Am nächsten Tag wurde um 8 Uhr zum Antreten aufgerufen. Der wachhabende amerikanische Offizier nimmt eine Liste und spricht, „heute werden entlassen von der Sektion 41 die Nummer 4, 11, 25, 83, 88 und die 91." Nach dieser Liste kam unsere Sektion. Ich bin die Nummer 21, vielleicht komme ich schon dran? Die Spannung steigt, als er die Nummern aufruft, „6, 7, 12, 23, 28, usw.". Enttäuscht gehe ich zurück zu meinem Zelt. Am anderen Morgen warten wir vergeblich auf die Entlassungen. Statt dessen verbreiten sich die übelsten Parolen. Die Allerschlimmste war, „die Russen hatten sich beim amerikanischen Hauptquartier beschwert, weil im Lager Sonndorf Gefangene entlassen wurden, die an der Ostfront gekämpft haben. Sie fordern vom Amerikaner, dass das Lager an sie ausgeliefert werden muss." Diese Ungewissheit nagt wieder an uns und wir können nichts dagegen tun.

Endlich, am nächsten Tag hören wir wieder um 8 Uhr den Offizier ausrufen: „Sektionen antreten zur Entlassung." Wieder war ich nicht dabei und gehe enttäuscht vom Platz. Am nächsten Morgen wieder das Nervenspiel. „Sektion 42: heute werden entlassen die Nummer 2, 8, 15, 21, 27, ..." 21 hat er gerufen, ich habe es klar verstanden. Es durchfährt mich wie vom Blitz getroffen. Man kann auch von einer glücklichen Nachricht erschrecken, musste ich soeben bei mir feststellen. Während die meisten wieder enttäuscht den Lagerplatz verlassen, möchte ich am liebsten mein Glück hinausschreien. Ich musste mich aber mit Gewalt zurückhalten, schon aus Rücksicht den anderen gegenüber. Jetzt weiß ich endlich, dass ich nicht mehr den Russen ausgeliefert werde. Meine drei Zeltkameraden sitzen gelassen dabei, während ich aufgeregt meine paar Habseligkeiten zusammenpacke. Auch meine Stimme zittert, als ich mich mit den Worten verabschiede, „einer muss einmal den Anfang machen, morgen oder übermorgen kommt Ihr dran."

Im Verwaltungszelt wird am 19. Juni 1945 aus meiner Nummer 21 wieder mein Name daraus. Ich musste auf beide Entlassungspapiere meine Fingerabdrücke hinterlassen. Zuerst unterschrieb der amerikanische Kommandeur, dann durfte ich unterschreiben. Eines bekam ich zurück (siehe letzte Seite des Buches). Es war ein herrliches Gefühl. Diese ganze Zeremonie dauerte kaum 5 Minuten. Mit diesem wertvollen Stückchen Papier in der Hand bin ich ab sofort ein freier Mensch.

Am Lagerausgang zeige ich dem Wachposten zum ersten Mal dieses Dokument vor und sofort konnte ich passieren. Einige Entlassene stehen schon da und wir warten auf den nächsten Lastwagen, der uns von hier wegbringt. Diese amerikanischen Lastwagen sind die einzigen Transportmittel, die auf den Straßen verkehren.

Bald darauf nimmt uns ein solcher LKW mit und schon verschwinden wir um die nächste Kurve. Der eingezäunte Hügel mit den vielen kleinen Zelten verschwindet aus meinem Blickfeld für immer.

In Freyung kann ich gleich auf den nächsten Lastwagen umsteigen, der nach Regen fährt. Wieder fahren wir dieselbe Straße zurück, aber diesmal ist sie viel schöner als vor 2 Wochen unter strenger Bewachung an ein unbekanntes Ziel. Ob einer unter den mitfahrenden Kameraden hier auch in einer ähnlichen Situation war wie ich, denke ich mir. Ich möchte singen und jauchzen vor Freude, musste mich aber festhalten, weil der Fahrer so schnell dahinrast. In jedem Ort wurde angehalten, um aussteigen zu lassen, wer wollte. Wer aber mitfahren wollte, brauchte nur seinen Entlassungsschein vorzeigen und schon konnte er aufsteigen.

Kurz vor Mittag kommen wir in Regen an, wo für unseren LKW Endstation ist und wir alle absteigen mussten. Vom Marktplatz aus gehe ich wieder stadtauswärts, um mit der nächsten Gelegenheit weiter heimwärts zu fahren. Heute komme ich nicht mehr nach Hause, vielleicht schon morgen. Heute Morgen beim Aufwachen hatte ich noch keine Ahnung, dass ich jetzt um die Mittagsstunde mich frei bewegen kann. Mein Gemütszustand ist mit der strahlenden

Sonne zu vergleichen. Da winkt mir von der anderen Straßenseite ein amerikanischer Offizier herüber und kommt gleich auf mich zu. Erst jetzt erkenne ich ihn wieder, es ist der freundliche Jude aus Berlin. Er streckt mir gleich die Hand entgegen und begrüßt mich wie einen alten Freund. In seiner Berliner Art sagt er zu mir, „jetzt sind Sie ja endlich entlassen worden, gratuliere!" Es macht ihm gar nichts aus, dass einige Leute stehen bleiben und sich über unsere Begrüßung wunderten. Er fragt weiter, „sind Sie hier in der Nähe zu Hause?" „Nein", antworte ich ihm, „ich bin aus der nördlichen Oberpfalz. Ich kam gerade mit einem amerikanischen Fahrzeug hier an. Jetzt gehe ich zur Stadt hinaus und versuche auf dieselbe Art wieder weiterzukommen." Der sympathische Leutnant begleitet mich zur Stadt hinaus, während ich ihm schildere, was es daheim für eine Überraschung geben wird, wenn ich vielleicht schon morgen zur Haustüre hineinkomme. Meine Freude muss ihn angesteckt haben, denn er lacht, als würde er das auch miterleben. Ich sage zu ihm, „sie haben noch keine Ahnung, dass ich heimkomme. Sie wissen überhaupt nicht, ob ich noch lebe. Seit vier Monaten haben sie nichts mehr von mir gehört, seitdem kann ja viel passiert sein. Sie vermuten mich wahrscheinlich in russischer Gefangenschaft. Es wird die größte Überraschung meines Lebens werden." Er antwortet mir mit einem glücklichen Lächeln, so, als wollte er um Verzeihung bitten, „und ich hätte Sie beinahe erschossen." Genauso freundlich sage ich nur, „es ist ja nichts passiert, ich habe schon öfters in einen Pistolenlauf geschaut."

Wir sind zusammen am Stadtrand angekommen. Der Leutnant lässt einen nachkommenden Lastwagen anhalten, der mich mitnimmt. Er schüttelt mir kräftig die Hand und sagt, „Alles Gute in Ihrem weiteren Leben und grüßen Sie auch Ihre Eltern von mir."

Am späten Nachmittag komme ich mit einigen Unterbrechungen und Umsteigen in Miltach an, wo mich die Militärpolizei zu dem noch existierenden deutschen Lazarett bringt. Eine ältere Ordensschwester führt mich in die Küche und lässt mich in einer Ecke warten. Sie bringt mir einen gehäuften Teller belegte Brote und eine Kanne Tee. Sie sorgte auch dafür, dass ich oben in der leeren Dachkammer übernachten durfte. Sie überbrachte mir die Neuigkeit, dass morgen Früh zum ersten Mal wieder ein Zug von hier nach Schwandorf fährt und ich mitfahren kann. Der Zug fährt schon um 5:30 Uhr weg und sie wird mich rechtzeitig wecken.

Als ich mich auf mein Nachtlager ausstrecke, betrachte ich durch das offene Dachfenster den Abendhimmel, während es in der Kammer schon fast dunkel wurde. Ich möchte noch nicht schlafen, denn dafür ist mir die Zeit zu schade. Ich werde wieder nachts schlafen dürfen und genügend Brot haben. Jahrelang mussten wir hungernd, manchmal durchnässt und vor Kälte zitternd Nacht für Nacht Wache schieben. Nur die Toten hatten ihre Ruhe und die Verwundeten durften zurück ins Lazarett. Es gibt jetzt auch keinen Fliegeralarm mehr und keine Bomben. Lieber Gott, ich möchte beten, aber ich finde nicht die richtigen Worte dafür. Wieder wurde ich überzeugt, dass ich ohne deinen Schutzengel dieses Ziel nicht erreicht hätte. Vielleicht musste ich durch diese Hölle, damit ich von diesem Zweifel befreit wurde. Wo werden jetzt die Kameraden aus Wallern sein?

Morgen vielleicht schon um diese Zeit werde ich zu Hause sein. Ob noch alles in Ordnung sein wird? Durch das Dachfenster sehe ich jetzt einzelne Sterne, als würden sie planlos da oben stehen oder ziehen, dabei herrscht da draußen im Universum seit Jahrtausenden peinlichste Ordnung. Mit ein wenig Kenntnis kann man sich bei klarer Nacht nach den Sternen hundertprozentig orientieren.

Bevor die gute Schwester zum Wecken kam, bin ich schon aufgewacht und angezogen. Nun stellt sie eine Kanne heißen Kaffee und ein Tablett belegte Brote auf den kleinen Tisch. „Für die Reise", meint sie, verabschiedet sich freundlich und geht wieder an ihre Arbeit.

Der Zug hat nur einige Waggons anhängen und wir sind nur wenige Fahrgäste, die bei dieser ersten Probefahrt mitfahren. Während ich in überschwänglicher Freude den Waggon besteige und einen Fensterplatz einnehme, betrachte ich die herrlichen Wiesen und Felder, an denen wir entlangfahren. Der Zug fährt manchmal nur in Schrittgeschwindigkeit, denn die gesprengten Brücken wurden nur notdürftig ausgebessert. Am Stadtrand von Schwandorf waren wir am Ziel und wir mussten alle aussteigen, weil von hier aus die weitere Bahnanlage und der Bahnhof zerbombt sind. Die meisten Mitfahrer sind Heimkehrer, denen ich mich anschließe. Wir gehen bis zum Marktplatz, wo es unterhalb der Pfarrkirche wie auf einem Bahnhof zugeht. Auch hier setzen die Amerikaner Lastwagenkolonnen ein, um den Flüchtlingsstrom und die entlassenen Soldaten weiterzutransportieren.

Um die Mittagszeit komme ich schon in Weiden an. Vorerst sieht es so aus, als müsste ich die letzten 30 km zu Fuß gehen. Mir macht das nichts aus, denn bis zur Sperrstunde werde ich es leicht schaffen. Als ich stadtauswärts in Richtung Neustadt gehe, stehen am Ortsende eine Gruppe Lanzer bei amerikanischen Soldaten. Bald darauf kommt ein LKW und der Posten sagt in schlechtem Deutsch, „nach Tirschenreuth aufsteigen." Auf der Fahrt durch Altenstadt ist die Straße verstopft, weil ein Bauernhof lichterloh brennt und die Feuerwehr löschte. Unser LKW musste anhalten und ich steige hier aus. Diese letzte Wegstrecke nach Hause gehe ich zu Fuß, beschloss ich spontan. Die Sonne brennt mit voller Kraft herunter und überall sind die Bauern mit der Heuernte beschäftigt. Alles ist noch so, wie es schon immer war. Gott sei Dank deutet nichts auf eine Kampfhandlung in dieser Gegend hin.

Nach Neustadt schreite ich flott auf der B 15 dahin. Ich habe mir überlegt und beschlossen, dass ich an dem frühen Nachmittag zuerst meine Schwester in Mitteldorf besuche, denn dort könnte ich gleich eine Brotzeit vertragen, bis nach Schönkirch ist es doch etwas zu weit. Gedacht, getan. Als ich die B 15 bei Mitteldorf verlasse und den Feldweg zum Dorf benutze, sehe ich eine Viehherde grasen, die ein Bub beaufsichtigt. Beim Näherkommen winkt dieser mir freundlich zu und nach einigen Schritten erkenne ich meinen jüngsten Bruder Koni. Unsere Begrüßung ist herzlich, dabei zeigte sein Gesichtsausdruck keine Überraschung. Er sagt so nebenbei, „wir haben schon auf Dich gewartet", sagte aber nicht, dass er heute Morgen meiner Schwester Maria meine Ankunft voraussagte. Als ich den Hof des Bauern erreichte, begegne ich gleich der Bäuerin. Sie macht einen Schrei, bleibt erschrocken einige Sekunden stehen. Ich komme mir wie ein Gespenst vor. Sie kommt mir einige Schritte entgegen, schüttelt mir die Hand und sagt, „das ist ja nicht zu glauben, Du bist es ja wirklich." Für mich ist mein Erscheinen zwar auch erfreulich, aber doch kein Wunder. Sie sagt nur, „die Maria ist mit den anderen auf der hinteren Wiese nach Wurz beim Heu Einfahren." Sie beschreibt mir den Weg und sagt, „aber die wird jetzt schauen." Dann ruft sie mir nach, „kommst hernach herein, ich richte Dir eine Brotzeit zurecht." Als ich auf die Wiese zugehe, sehe ich Maria auf dem Heuwagen, während der Bauer ihr das Heu hinaufspießte. Von weitem rufe ich ihren Namen. Wie elektrisiert dreht sie sich nach mir um und reißt Mund und Augen auf. Nur stotternd fragt sie, „wo kommst Du denn her?" Nach einigen Sekunden findet sie die Sprache wieder, redet auch von „so ein Wunder" und ähnlichem.

Dann erst sehe ich ihr die Freude an. Diese Überraschung ist mir gelungen. Ich will die Leute nicht mehr von ihrer Arbeit abhalten, denn auch ich habe noch ca. 10 km bis nach Hause. Der Bauer sagt zu mir, „jetzt machst einmal bei der Bäuerin richtig Brotzeit, dann kannst mein Fahrrad nehmen, es steht in der Scheune unter der Treppe. Es ist ja noch ein weiter Weg bis heim."

Nach der ausgiebigen Brotzeit überprüfe ich das angebotene Fahrrad, schwinge mich darauf und fahre los. Ich nehme den kürzeren Weg über Hammer, Wildenau, Albernhof nach Schönkirch.

Als ich auf der staubigen Landstraße auf mein Heimatdorf zufahre, sehe ich schon die beiden Kirchtürme, dann auch die ersten Häuser hinter den Obstgärten auftauchen. Auch hier scheint der Krieg spurlos vorübergegangen zu sein. Spielende lachende Kinder, Gänsegeschnatter, die ganze dörfliche Atmosphäre ist wie es schon immer war. Die Zeit scheint stehengeblieben zu sein. Kaum jemand bemerkt mich, als ich auf unser Häuschen zufahre. Auch hier sind die meisten mitten bei der Heuernte.

Als ich am Gartenzaun ankomme, sehe ich, dass die Haustür geschlossen ist. Meine jüngste 6-jährige Schwester spielt mit den Nachbarskindern am Brunnen gegenüber. Alle wundern sich, weil ich auf einmal vor ihnen stehe. „Kennst Du mich?" frage ich Liesi, „weißt Du wer ich bin?" „Ja, Du bist unser Sepp", gibt sie mir schüchtern zur Antwort und fügt noch hinzu, „die Mutter ist nicht da, sie hilft der Nannl beim Heu Einfahren in der Alohe." Die Nachbarsbuben hören zu spielen auf und laufen zu der zwei km entfernten Waldwiese, um der Mutter so schnell wie möglich diese Überraschung mitzuteilen.

Unsere Nachbarin, die Hanni, wie wir alle sie schon immer nennen, kommt mir auch freudig entgegen, um mich zu begrüßen. Sie sagt mir, dass zwar schon einige vom

Krieg heimgekommen sind, von Russland aber noch keiner. „Vom Krieg seid Ihr ja Gott sei Dank verschont geblieben, es ist ja noch alles so wie es war", sage ich. Hanni schüttelt mit dem Kopf und sagt, „wir haben schon Angst und Schrecken erlebt." Sie erzählt mir, dass in den letzten Tagen, bevor die Amerikaner kamen, SS und Hitlerjungen mit Maschinengewehren und Panzerfäusten durch das Dorf marschiert sind, sie wollten Schönkirch verteidigen. Über Nacht sind sie dann doch verschwunden. Am Sonntag, 22. April, kamen die Amerikaner über den Galgenberg ins Dorf herein. Als ich nach meinem Vater frage, sagt Liesi, „der ist schon wieder in der Arbeit und kommt immer abends heim."

Inzwischen kommen die drei Buben wieder zurück und der älteste sagt, „die Mutter wollte es einfach nicht glauben, aber dann haben wir es nochmals gesagt." Der Jüngste fügt noch hinzu, „die muss doch noch der Nannl beim Heu Aufladen helfen, weil die Nannl auf dem Wagen droben ist und die Mutter ihr das Heu hinaufgeben muss." Die Hanni lobt ihre Buben und sagt, „freilich muss sie ihr helfen, sie ist ja noch allein." Und zu mir sagt Hanni, „der Friedl ist ja auch noch nicht heimgekommen. Auch unser Vater, der Fritz, ist auch noch fort." Die Kinder spielen weiter, während ich gemütlich den Obstgarten durchgehe.

Ich setze mich am Gartenzaun auf die Steintreppe und warte auf meine Mutter, die bald die Dorfstraße entlangkommen wird. Auf diesen Tag, auf diese Heimkehr habe ich mich schon seit meinem ersten Fronteinsatz gefreut. Ich habe ihn mir schon in allen Variationen vorgestellt. Nun stehe ich an der verschlossenen Haustür. Seit vorgestern ist nun dieser Wunsch Wirklichkeit geworden, seitdem bereite ich mich auf die Begrüßung vor. Mein Vater hat noch gar keine Ahnung davon, aber meiner Mutter haben es diese Nachbarsbuben vor etwa einer

Stunde mitgeteilt. Wie wird sie diese freudige Nachricht aufgenommen haben?

Während die Minuten verstreichen, spüre ich meine steigende Erregung und Unruhe, dabei wollte ich ganz gelassen und ruhig bleiben. Wieder schaue ich die Dorfstraße vor, da sehe ich meine Mutter beim Nachbarn um die Ecke kommen. Ich kann nicht mehr sitzen bleiben, sondern gehe ihr einige Schritte entgegen. Beim Näherkommen sehe ich die Freudentränen über ihre Wangen laufen und dann stehen wir uns stumm gegenüber. Sie bringt kein Wort der Begrüßung hervor und auch mir versagt meine Stimme. So reichen wir uns schweigend die Hände und verweilen einen Moment. Diese Sekunden wiegen all das auf, was ich in den vergangenen Wochen und Monaten an Strapazen durchgemacht habe. Wir gehen gemeinsam die paar Schritte zum Haus zurück. An der Haustür betrachtet sie meinen ausgemergelten Körper und sagt, „Du wirst aber Hunger haben, ich werde Dir gleich etwas zurecht machen." Nun finde auch ich meine Stimme wieder und antworte ihr, „ich habe noch gar keinen Hunger, ich war schon bei Maria und Koni in Mitteldorf vor knapp drei Stunden und die Bäuerin hat mir eine kräftige Brotzeit gegeben. Am liebsten würde ich mich zuerst baden. Ich habe mich eine Ewigkeit schon nicht mehr gebadet und außerdem habe ich noch Läuse."

Sogleich wird unterm Waschkessel Feuer gemacht und der Waschtrog hergerichtet, sowie es früher an Samstagen immer gemacht wurde. Stück für Stück von meiner schmutzigen, speckigen und verlausten Unterwäsche verschwindet in der Feuerung. Nach dem Vorbad kommt dann erst das ausgiebige Hauptbad. Jetzt erst genieße ich in vollen Zügen meine wiedergewonnene Freiheit. Wo werden jetzt die anderen alle sein? Vielleicht haben sie auf der Zugmaschine die russischen Posten beim Schießen behindert und mir dadurch zur Flucht verholfen?

Werden sie schon an ihrem Verbannungsort angekommen sein? Wie werden die Luftwaffenoffiziere mit ihrem schweren Los fertig werden? Wie wird ihnen alle zumute sein? Lauter Fragen, auf die ich nie eine Antwort bekommen werde.

Als ich sauber und frisch aus dem Wasser steige, höre ich meinen Vater von der Arbeit heimkommen. Auch ihm sind die Nachbarsbuben bis über den Galgenberg entgegengelaufen, um ihm diese Neuigkeit zuerst zu verkünden. „Ich konnte es ihnen kaum glauben, aber als ich zum Dorf hereinfuhr, haben es mir alle Leute zugerufen."

Während dem Essen und Stunden hernach erzähle ich ihnen ganz durcheinander von meiner Flucht. Es geht schon auf Mitternacht zu, als draußen der Gewitterregen ans Fenster trommelt und wir zu Bett gehen. Meine Mutter machte aber noch ein sorgenvolles Gesicht und sagt, „nun wollen wir in Gottes Namen hoffen, dass unser Georg auch bald heimkommen wird."

PS: Mein Bruder Georg war als Offizier an der Westfront und kam acht Wochen nach mir aus französischer Gefangenschaft auch gesund nach Hause.

Franz, meinen österreichischen Kameraden und MG-Schützen aus dem Pitztal, von dem ich am 4. Mai getrennt wurde, besuchte ich dort nach mehr als 20 Jahren. Bei einer Flasche Wein plauderten wir miteinander und er erzählte mir, wie es an jenem Tag dort weiterging: „Wir fuhren doch zusammen auf dem Lastwagen zum nächsten Einsatz bis Friedberg, wo wir außerhalb die neue Stellung bezogen. Du warst auf einmal verschwunden und ich suchte nach Dir und fragte alles ab, aber keiner wusste etwas von Dir. In der kommenden Nacht blieb der Melder aus, der uns immer nach hinten holte, damit wir uns wieder ein Stück absetzen konnten. Auch in der nächsten und übernächsten Nacht blieben wir in unseren Löchern, ohne dass ein Melder kam. Wir wussten, dass wir endgültig eingeschlossen waren.

Am 8. Mai kam ein deutscher Offizier die Stellung entlang geritten und forderte uns alle auf, aus den Löchern zu steigen und uns in russische Gefangenschaft zu begeben. Es war ein Offizier vom Komitee Freies Deutschland. Als wir nach Brünn gebracht wurden, waren wir ca. 15 000 Mann. Kleine mongolische Russen bewachten uns, durchsuchten uns immer wieder nach Wertsachen und forderten uns auf, 'Uri her, Ring her'. Auf dem Marktplatz in Brünn wurden wir - unser Batl.- von der übrigen Wehrmacht getrennt und der SS zugeteilt. Sie hatten ja unsere Wehrpässe auch erwischt und da war alles eingetragen. Wir wurden namentlich aufgerufen und mussten gleich auf die Seite der SS hinübergehen. Und das ging so vor sich: durch den Lautsprecher wurde der Dienstrang, der Name und die Zahl der Nahkampftage durchgesagt. Je mehr Nahkampftage einer hatte, umso lauter brüllten die Tschechen 'pfui'. Ich hatte 64 Nahkampftage. Bald nach mir haben sie Dich aufgerufen, 'Gefr. Josef Beer, 60 Nahkampftage'. Wieder dasselbe 'pfui'. Ich hoffte, dass Du irgendwo hervorkommst, damit wir wieder zusammen sind, aber Du kamst nicht. Der Sprecher wiederholte Dich, aber Du warst nicht mehr dabei. Wer sich nicht meldet, der wird erschossen, haben sie am Anfang durchgesagt.

Vom Marktplatz aus wurden wir zum Bahnhof gebracht, wo zwei Transportzüge zusammengestellt wurden; einer ging nach Sibirien und der andere nach Stalingrad. Nun kam das Schlimmste. Die SS und die wenigen von unserem Batl. mussten durch ein Spalier von etwa 10 Mann beiderseitig bis zum Waggon gehen, wobei sie von beiden Seiten mit Knüppeln und Stöcken auf uns einschlugen. Nur wenige erreichten den Waggon, die meisten wurden zusammengeschlagen und blieben liegen. Ich bekam einige Schläge übers Kreuz und bin zusammengebrochen. Im

Liegen haben sie noch weiter auf mich eingeschlagen, dann wurde ich bewusstlos. Erst im Waggon bin ich wieder aufgewacht, aber ich konnte nicht aufstehen, mich nicht einmal bewegen. Der Zug, in dem ich mich befand, war der nach Stalingrad. Ich konnte auch dort bei der Ankunft keinen Schritt gehen und so wurde ich gleich in ein Lazarett eingeliefert. Nach der Untersuchung sagte mir ein deutscher Arzt, dass bei mir zwei Rippenwirbel gespalten wurden. Er gab mir wenig Hoffnung, dass ich jemals wieder gesund werde.

Was konnten denn wir dafür, dass ausgerechnet unser Batl. als Chorreserve eingesetzt wurde. Keiner von uns hat sich doch freiwillig gemeldet, wir wurden überhaupt nicht gefragt.

Gleich neben mir im Krankensaal haben sie den Lehner Fritz gelegt. Er war noch schlimmer dran als ich, ihm haben sie die Nieren blutig geschlagen und er hatte noch andere Verletzungen davongetragen. Er war doch immer so lustig früher. Von ihm habe ich erfahren, dass unser Batl. in Brünn nochmals getrennt wurde. Die Hälfte davon kamen nach Sibirien.

Später kam bei mir noch Angina dazu und ich hatte keine Hoffnung mehr, dass ich nochmals heimkomme. Mir ging es immer schlechter. Den ganzen Sommer und Herbst blieben wir in diesem unterirdischen Lazarett. Wir haben nie eine Sonne, ein Tageslicht gesehen. Wir bekamen fast nichts zu essen, täglich dieselbe Hirsesuppe oder Krautsuppe. Auch Fritz ging es immer schlechter. Anfang Dezember verschlechterte sich sein Zustand so sehr, dass er die grüne Karte umgehängt bekam, d.h. dass er beim nächsten Transport in die Heimat entlassen wird. Er freute sich aber gar nicht darauf, er war schon zu schwach. In der Früh wollte ich ihn wecken, weil er noch geschlafen hat, meinte ich, dabei ist er in dieser Nacht gestorben. Er war schon kalt und steif und ich habe gar nichts gemerkt." Hier machte Franz eine Pause, er hat es beim Erzählen nochmals miterlebt.

„Ja Sepp, das war der letzte Kamerad von unserer Kompanie. Täglich um 9 Uhr war Visite. Die russische Chefärztin ging mit dem deutschen Arzt durch den Saal und wer was Besonderes hatte, durfte es melden. Beim Fritz konnten sie nicht mehr helfen. Sie waren schon an uns vorbei, da kam die Ärztin nochmals die paar Schritte zurück und fragte mich, 'warum Du weinen?' Ich sagte zu ihr, 'Kamerad tot, er hätte heute mit heimfahren dürfen, aber er ist in der Nacht gestorben.' Sie überzeugte sich kurz, nahm ihm die grüne Karte ab, strich seinen Namen durch und schrieb den meinen darüber. Sie sagte zu mir, 'jetzt Du heute dafür nach Hause fahren', hängte mir die grüne Karte um und ging wieder. Ich konnte es nicht eher glauben, bis dass sie mich von hier zum Bahnhof brachten. Erst als sich der Zug in Bewegung setzte, glaubte ich, dass alles wahr ist. Am 23. Dezember 1945 kam ich heim.

Hier wurde ich erst richtig behandelt, sodass ich einige Zeit später schon auf Krücken gehen konnte. Weil ich also gehbehindert bleiben werde, wurde mir geraten, das Schneiderhandwerk zu erlernen. Durch das ständige Sitzen wurde mein Leiden eher schlimmer. Ich gab den Beruf wieder auf und fing beim Straßenbau an. Am Anfang war es noch schlimm, aber durch die Bewegungen wurde es dann doch langsam besser. Heute bin ich fast wieder vollständig gesund. Nur wenn ich schwer hebe, mich schnell bücke oder wenn das Wetter umschlägt, spüre ich mein Kreuz. Aber ich bin zufrieden. Wir sind vielleicht die einzigen Beiden, die bis zuletzt dabei waren und heim gekommen sind. Aus Stalingrad kam keiner mehr und aus Sibirien glaube ich auch nicht."

Ich besuchte Franz immer wieder. Inzwischen sind 50 Jahre vergangen und wir besuchen ihn und seine Familie immer wieder. Seit einigen Jahren ist er auch in Rente. Franz und seine Frau Fini sind gesundheitlich wohlauf.

Franz spielt noch jedes Wochenende in einigen Kirchen im Pitztal die Orgeln. Auch spielt er bei Hochzeiten seine Klarinette oder irgend ein anderes Instrument. Bei Trachtenzügen führt er die Pitztaler Musikkapelle an.

CONTROL FORM D.2.

CERTIFICATE OF DISCHARGE

PERSONAL PARTICULARS

ALL ENTRIES WILL BE MADE IN BLOCK LATIN CAPITALS AND WILL BE MADE IN INK OR TYPE SCRIPT.	

U. S. ARMY
65 K th Inf. Div.
CAMP SONNDORF

SURNAME OF HOLDER _____ DATE OF BIRTH _____
DAY, MONTH, YEAR

CHRISTIAN NAME _____ PLACE OF BIRTH _____

CIVIL OCCUPATION _____ FAMILY STATUS - SINGLE Ø _____
MARRIED
HOME ADDRESS _____ WIDOW(ER)
DIVORCED
NUMBER OF CHILDREN WHO ARE MINORS _____

I HEREBY CERTIFY THAT TO THE BEST OF MY KNOWLEDGE AND BELIEF THE PARTICULARS GIVEN ABOVE ARE TRUE.
I ALSO CERTIFY THAT I HAVE READ AND UNDERSTOOD THE "INSTRUCTIONS TO PERSONNEL ON DISCHARGE"(CONTROL FORM D.1)......
SIGNATURE OF HOLDER _____

NAME OF HOLDER IN BLOCK LATIN CAPITALS _Beer Josef_

II
MEDICAL CERTIFICATE

DISTINGUISHING MARKS __SCAR LEFT NESH__

DISABILITY, WITH DESCRIPTION ____NONE____

MEDICAL CATEGORY ____NORMB____

I CERTIFY THAT TO THE BEST OF MY KNOWLEDGE AND BELIEF THE ABOVE PARTICULARS RELATING TO THE HOLDER ARE TRUE AND THAT HE IS NOT VERMINOUS OR SUFFERING FROM ANY INFECTIOUS OR CONTAGIOUS DISEASE.
SIGNATURE OF MEDICAL OFFICER _____
NAME AND RANK OF MEDICAL OFFICER _____ T. Mc QUITTY
IN BLOCK LATIN CAPITALS _____ CAPT M. C. ARMY

III
THE PERSON TO WHOM THE ABOVE PARTICULARS REFER WAS DISCHARGED ON _____ 1945
(DATE OF DISCHARGE)

FROM THE _____

RIGHT THUMBPRINT	OFFICIAL IMPRESSED SEAL

CERTIFIED BY _____
NAME, RANK AND APPOINTMENT OF ALLIED DISCHARGING OFFICER _____
BEDFORD F. FOSTER
MAJOR 320th Inf
IN BLOCK LATIN CAPITALS

Ø DELETE THAT WHICH IS INAPPLICABLE
※ INSERT "ARMY" "NAVY" "AIR FORCE" "VOLKSSTURM", OR PARA MILITARY ORGANIZATION, e.g. "RAD", "SPK", etc.

(WHEN PRINTED THIS FORM WILL BE IN ENGLISH AND GERMAN)

-29-

Entlassungsurkunde